JOHN BURNHAM SCHWARTZ
Ein Leben lang

Buch

Es ist Liebe auf den ersten Blick. Ein plötzlicher Frühlingsregen hat die beiden zusammengeführt: Auf den Stufen vor einem Universitätsgebäude in Cambridge nimmt die Kunstgeschichtsstudentin Claire Marvel den jungen Julian Rose mit unter ihren gelben Regenschirm. Da stehen sie ein paar Minuten miteinander, eingetaucht in das gelbe Licht des Schirms, umhüllt vom Geräusch des prasselnden Regens. Diese Minuten reichen für Julian aus, sich Hals über Kopf in Claire zu verlieben. Die beiden beginnen eine stürmische Affäre, die jedoch nur von kurzer Dauer ist. Claires Vater ist tödlich erkrankt, und Claire fühlt sich nicht in der Lage, Julian mehr als Freundschaft zu versprechen. Wochenlang bleibt sie spurlos verschwunden, und als sie wieder auftaucht, bittet sie Julian, mit ihr nach Frankreich zu fahren. Auf den Spuren ihres Vaters, der dort einen Teil seiner Jugend verbrachte, finden die beiden scheinbar endgültig zusammen …

Autor

John Burnham Schwartz wurde 1965 geboren. Er machte seinen Abschluss an der Harvard-Universität im Bereich Ostasiatische Studien. Nach dem überragenden Erfolg seines Erstlingswerks »Die Geheimnisse von Tokio« gab er die geplante Manager-Karriere auf, um sich ganz dem Schreiben zu widmen. Mittlerweile hat er drei Romane vorgelegt. Schwartz lebt mit seiner Frau, der Filmemacherin Aleksandra Crapanzano, in New York.

John Burnham Schwartz

Ein Leben lang

Roman

Aus dem Amerikanischen von
Christiane Schott-Hagedorn und
Gerald Jung

GOLDMANN

Die Originalausgabe erschien 2002 unter dem Titel
»Claire Marvel« bei Nan A. Talese,
einem Imprint von Doubleday, New York.

Umwelthinweis:
Alle bedruckten Materialien dieses Taschenbuches
sind chlorfrei und umweltschonend.

1. Auflage
Taschenbuchausgabe November 2003
Copyright © der Originalausgabe 2002
by John Burnham Schwartz
Copyright © der deutschsprachigen Ausgabe 2002
by Wilhelm Goldmann Verlag, München,
in der Verlagsgruppe Random House GmbH
Umschlaggestaltung: Design Team München
Umschlagfoto: Zefa/Wolff
Satz: deutsch-türkischer fotosatz, Berlin
Druck: Elsnerdruck, Berlin
Verlagsnummer: 45371
JE · Herstellung: Max Widmaier
Printed in Germany
ISBN 3-442-45371-1

Für meinen Bruder Matt

Dort ist mein Haus der Liebe. Wie der Wandrer
kehr ich dorthin zurück nach weiter Strecke.
(Shakespeare, Sonett Nr. 109)

TEIL EINS

eins

Es gibt eine Zeit vor ihr und eine Zeit nach ihr. Das ist der ganze Unterschied.

Ich fange hier an, denn für diese Geschichte gibt es keinen anderen Anfang. Es war Mitte Mai 1985. Ich war an einem Montagnachmittag auf dem Weg zu meinem Professor und ging gerade die Union Street entlang, als das Wetter urplötzlich umschlug. Der Himmel riss auf, und ein wahrer Wolkenbruch ging nieder. Ich rannte los, um mich irgendwo unterzustellen, die Büchertasche schlug mir gegen die Rippen, und ich erreichte das Fogg Art Museum gerade noch rechtzeitig, bevor der Regen sich in eine Sintflut verwandelte.

Noch während ich lief, hörte ich ein Rascheln, und etwas Goldgelbes blitzte kurz auf.

Als ich auf den flachen Stufen vor dem Museum angelangt war, stand dort eine junge Frau unter einem butterblumengelben Regenschirm hervor und sah mich an.

»Ich spiele nicht gern den Unglücksboten, aber das Fogg hat montags geschlossen.«

Noch ganz außer Atem von dem Sprint, den ich hingelegt hatte, schüttelte ich mich. Regentropfen, so groß wie TicTacs, prasselten auf mich herab. Das Wasser rann mir aus den Haaren in den Kragen. Ich wischte mir mit einem triefenden Hemdsärmel übers Gesicht.

Sie fing an zu lachen, wenn auch nicht unfreundlich. Vor der grauen Steinwand und dem finsteren Gewitterhimmel schimmerte ihr Gesicht wie Elfenbein.

»Entschuldigen Sie«, sagte sie nach einer Weile.

»Schon gut.«

»Sie sind aber auch so was von nass.«

Einladend hielt sie den Schirm ein wenig höher.

Ich zögerte. Lustige haselnussbraune Augen; eine zierliche Nase über einem anziehend vollen Mund; glattes braunes Haar, das ihr bis über die Schulter fiel; ein schlanker, geschmeidiger Körper. Ich starrte sie an und senkte dann den Blick. Sie trug Sandalen, ihre Jeans waren unten ausgefranst, die Zehennägel unlackiert. Versprengte Regenspritzer glitzerten verführerisch auf ihren blassen Füßen.

Mit einem Schritt war ich unter dem Schirm.

»Ist doch besser, oder? Halten Sie Ihre Tasche auch mit drunter, nicht dass ihre bahnbrechenden Gedanken noch nass werden.«

Ihre Ironie war erfrischend und ermunterte mich. Ich schlug die Lasche meiner voll gestopften Büchermappe zurück und zeigte ihr den Inhalt: *Parteiensysteme und Wählergruppen*, *Theorie der Parteien und Wahlsysteme*, *Politische Gruppierungen und der moderne Staat*, eine zerlesene Taschenbuchausgabe von Bellows *Das Geschäft des Lebens*. Außerdem die aktuellen Ausgaben von *Foreign Affairs* und der *Harvard Gazette*, ein Spiralheft, fünf Kugelschreiber, ein Textmarker und eine halbe Rolle *LifeSavers*. Alles natürlich feucht vom Regen.

Sie las die Titel, zog eine Augenbraue hoch, sagte aber nichts.

»Schon in Ordnung«, beschwichtigte ich sie. »Das ist nicht die erste Unterhaltung, der meine Interessen frühzeitig den Garaus machen.«

»Also, bei Bellow bin ich mir ziemlich sicher, dass er noch niemandem den Garaus gemacht hat«, erwiderte sie, »außer vielleicht einer oder zwei seiner Exfrauen.« Sie griff nach dem Buch. Auf dem Umschlag war das Schwarzweißfoto eines Männerkopfes von hinten zu sehen, kein Gesicht, nur ein Hut, ein heller Schlapphut mit dunklem Band, den sein Träger in einer Geste des Erkennens oder Staunens in den Nacken geschoben hatte, vor einem im Hintergrund aufragenden Wolkenkratzer. »*Das Geschäft des Lebens* ist nicht schlecht«, sagte sie und steckte das Buch wieder in die Tasche zurück. »Aber Sie sollten mal *Herzog* lesen. Die anderen Bücher … na ja, die sind bestimmt irre spannend.«

Ich wollte die Tasche schon wieder schließen, überlegte es mir aber doch noch anders. »Möchten Sie einen *LifeSaver*?«

Sie legte skeptisch den Kopf zur Seite. »Kommt auf den Geschmack an.«

»Rum-Karamel«, sagte ich.

Sie nickt begeistert, eine spontane mädchenhafte Kopfbewegung, die mir durch und durch ging. Ich schälte ein Stück der feuchten Folie ab, damit sie ein Bonbon nehmen konnte.

»Ich hatte ganz vergessen, wie gut die schmecken.« Sie schob das Bonbon geräuschvoll mit der Zunge im Mund hin und her.

Ich stand einfach nur da und sah ihr dabei zu. Ihre unbefangene Genüsslichkeit hatte etwas Anziehendes. Ungewöhnlich aufgekratzt erzählte ich ihr eine Geschichte über meinen Großvater, der mich als Kind immer zum Shuffleboard-Spielen in den Central Park mitgenommen hatte. Da er immer wieder mal gerne schummelte, hatte er es sich zur Gewohnheit gemacht, mich mit *LifeSavers* voll zu stopfen, damit ich ihn nicht bei meinen Eltern verpetzte. Was einwandfrei funktionierte. Ich redete so lange, bis ich mir der Monotonie meiner eigenen Stimme schmerzlich bewusst wurde und abrupt aufhörte.

»Ihnen muss ja langsam der Arm lahm werden. Lassen Sie mich mal.«

Sie gab mir den Schirm, und ihre Hand berührte die meine. Ihre Finger waren klamm von der feuchten Luft. Mein Blick huschte über die nicht zugeknöpfte Partie ihrer Bluse (ein über der Hose getragenes Männerhemd, Oxford, dunkelrot) und verfing sich unweigerlich am Rand ihres schwarzen BHs.

Mit trügerisch ruhiger Stimme fragte ich sie nach ihrem Studiengebiet.

»Was?«, sagte sie.

Der Regen tobte. Ich wiederholte die Frage, und diesmal brüllte ich fast.

Kunstgeschichte, schrie sie zurück, Dr. phil., erstes Jahr, mit Schwerpunkt auf Burne-Jones und den präraffaelitischen Malern. Dann fuhr sie ohne Vorwarnung mit drei Fingern über meine Augenbrauen und schüttelte die Hand, dass das Wasser wie Funken von ihren Fingerspitzen stob.

»Danke.«

»Keine Ursache.«

Sie drehte sich um und schaute einem vorbeifahrenden Auto nach, dessen Scheibenwischer wild gegen den Regen ankämpften.

*

Es war viel zu schnell vorbei. Letztendlich war es eben nicht die große Sintflut, bei der die wilden Tiere paarweise an Bord der hastig zusammengezimmerten Arche getrieben worden waren, um sich auf eine lebenslange Reise zu begeben, sondern lediglich ein Frühlingsschauer, der zwei nicht mehr ganz Fremde zusammen unter einem Schirm vereint hatte.

Sie streckte die Hand unter dem goldenen Baldachin hervor, um festzustellen, ob noch vereinzelte Tropfen fielen. Die Manschette rutschte ein Stück herauf und entblößte elegante, unberingte Finger und ein weißes Handgelenk.

»Also«, sagte sie schwungvoll, »das war ja vielleicht ein Abenteuer.«

Sie lächelte. Aber es war ein distanziertes Lächeln, als sei die Bekanntschaft, die wir soeben geschlossen hatten – wie schicksalhaft oder zufällig sie auch gewesen sein mochte –, damit beendet. Sie nahm mir den Regenschirm aus der Hand, klappte ihn zusammen und schickte sich an aufzubrechen.

»Ich wollte gerade zu meinem Professor«, sagte ich einfach so daher, um sie aufzuhalten. »Hoffentlich hat er ein Handtuch.«

»Ich bin sicher, er weiß Ihre Beharrlichkeit zu schätzen. ›Weder Regen noch Hagel …‹ Wie ging das noch?«

»Ich glaube, das war eher auf den Briefträger gemünzt.«

Sie lachte und warf dabei den Kopf in den Nacken. In dem Moment brach die Sonne durch die Wolkendecke, und versilberte Strahlen ließen die Pfützen in den Schlaglöchern der Union Street und die dicken Wasserperlen, die wie unechte Edelsteine auf den Motorhauben der parkenden Autos saßen, aufblitzen.

»Ich muss los«, sagte sie.

»Julian Rose«, stieß ich hervor und streckte ihr die Hand hin.

»Mit Ihnen lässt sich's in der Sturmflut gut aushalten, Julian Rose.«

Sie hielt meine Hand ein paar Sekunden fest, dann ließ sie sie mit einem Lächeln um die Mundwinkel wieder los, drehte sich um und ging die vier Stufen bis zum Bürgersteig hinab. Dort blieb sie stehen und drehte sich noch einmal halb um. Ihr Gesichtsausdruck war sanfter geworden, und einen Moment lang dachte ich, sie würde zurückkommen.

»Ich heiße Claire Marvel«, sagte sie einfach so. »Manchmal bin ich im Café Pamplona. Nachmittags. Zum Lesen.«

Mit diesen Worten drehte sie sich um und ging davon. Ich schaute ihr nach, bis ich sie nicht mehr sehen konnte.

zwei

Ich war auf dem Weg zur Sprechstunde von Carl Davis, Professor für Staatsführung und Rechtsordnung in Sherbourne. Obwohl ich seine Vorlesungen über *Amerikas politische Institutionen* besuchte, hatte ich den Mann, dem sein ausgezeichneter Ruf wie der Bug eines Eisbrechers vorauseilte, noch nie persönlich kennen gelernt. An jenem Nachmittag wollte ich mich bei ihm vorstellen und hoffte, ihn als meinen Doktorvater zu gewinnen. Wegen des Unwetters erreichte ich das Littauer später als beabsichtigt. Die Tür von Professor Davis' Büro war geschlossen, und auf der Bank im Korridor saßen drei Kommilitonen aus meinem Fachbereich.

Mike Lewin, ein Dreißigjähriger aus Brooklyn, der ganz versessen auf Joseph McCarthy war, schaute von einem neu erschienenen Buch über Hollywoods schwarze Liste auf und murmelte: »Hey. Regnet's draußen?« Sein rötliches Haar war struppig, und an seinem Unterkiefer sprossen die ersten feurigen Stoppeln eines frisch angesetzten Bartes. Neben ihm saß Parker Bing und tat so, als würde er überhaupt keine Notiz von uns nehmen. Ein ungleiches Paar, dachte ich. Bing kam aus Greenwich. Seine politischen Vorstellungen stammten noch aus jenen anachronistischen Zeiten des WASP-Klassendünkels und der elitären Herrenclubs, wie sie am besten von seinen Helden Acheson und Harriman vertreten wurden. Er trug Hüte und Fliegen und manchmal sogar Hosenträger, die er hochtrabend »braces« nannte. Durch Beziehungen hatte er bereits ein dreimonatiges Praktikum im Außenministerium absolviert und zog es vor, nur solche Kommilitonen ernst zu nehmen, von denen er annehmen konnte, dass sie es genauso weit bringen würden.

Die Dritte im Bunde war eine schlanke Frau aus Neu-Delhi namens Dal. Ich hatte gehört, sie sei eine meisterhafte Squashspielerin.

Da auf der Bank kein Platz mehr war, hockte ich mich auf den Boden. Die drei lasen eifrig. Ich zog *Politische Gruppierungen und der moderne Staat* aus meiner Umhängetasche und versuchte, es ihnen gleichzutun. Aber ich konnte mich nicht konzentrieren. Die feuchte Khakihose scheuerte an meinen Oberschenkeln, und Claires gelber Regenschirm ging mir nicht aus dem Kopf. Wie ich mit ihr darunter gestanden hatte, während der Regen auf unseren hauchdünnen, sonnigen Schildkrötenpanzer trommelte. Schon jetzt fiel es mir schwer, mich daran zu erinnern, was eigentlich passiert war. Was hatte ich zu ihr gesagt? Waren ihre letzten Worte eine Aufforderung gewesen oder bloß ein Ausweichmanöver?

»Bis dann«, murmelte Lewin, als er an mir vorbeischlurfte. Er war bereits bei Davis gewesen. Als ich aufschaute, sah ich Bing hineingehen und die Tür hinter sich schließen. Dals Blick traf den meinen, und ich zog die Augenbrauen hoch, aber sie schlug die Augen schnell nieder und wendete sich wieder ihrem Buch zu, einem Wälzer mit dem Titel *Grassroots Nation*, überließ mich also meinen Grübeleien über Claire Marvel.

Wahrscheinlich standen meine Chancen nicht besonders, überlegte ich. Unsere Begegnung war nichts als ein verrückter Zufall gewesen, eine meteorologische Laune des Schicksals. Ich würde der bleiben, der ich war: ein Verstandesmensch, mal linkisch, mal unterhaltsam und gelegentlich – in Momenten, die so schillernd und kurzlebig wie Seifenblasen waren – sogar mehr als nur geistreich. Aber vor allem auf Sicherheit bedacht. Sicherheit bedeutete für mich nicht, mit der Meute zu heulen, sondern war für mich die Gewissheit, dass da, wo man bereits gewesen ist, keine unliebsamen Überraschungen mehr lauern können. Man musste an die Zukunft denken. Das war das Credo. Unter knallharten Politologiestudenten galten Liebesgeschichten als fragwürdige Ablenkung. Eine sumpfige Quelle, die mit äußerster Vorsicht zu genießen war, konnte sie doch das reine Wasser unserer ehrgeizigen Ambitionen trüben.

Bing kam mit blasierter Miene aus Davis' Büro heraus. Er nickte Dal kurz zu, als sei es an ihm, den Zutritt zu gewähren oder zu verweigern, dann ging er an mir vorbei, ohne mich eines Blickes zu würdigen. Dal raffte ihre Sachen zusammen. Sie war hübsch und bewegte sich anmutig. Sie verschwand im Büro und zog die Tür hinter sich zu.

Ich nehme an, es gibt Männer, die sich schön fühlen, manchmal vielleicht sogar wie Götter. Zu der Sorte habe ich nie gehört. Nicht dass ich besonders unattraktiv gewesen wäre – das hatte nie jemand behauptet. Aber ich hatte auch noch nie das Gefühl gehabt, eine Frau in höchstes ästhetisches Entzücken zu versetzen, das Objekt ihrer unmissverständlichen und unbedingten Leidenschaft zu sein. Bis dahin hatten sich meine Eroberungen in Grenzen gehalten, und sie waren meiner äußeren Erscheinung gegenüber betont gleichgültig gewesen. Oder sie waren ständig im Geiste mit ihren Lehrplänen und Seminaren und Fechtstunden beschäftigt gewesen. Ein Zustand, den ich mit der mir eigenen Zurückhaltung stets akzeptiert und für den ich sogar Verständnis aufgebracht hatte.

Ich war nicht besonders sportlich oder kräftig, etwas über einsachtzig groß und wog dreiundsiebzig Kilo. Meine Haut hatte einen leichten Olivton. Mein kurzes dunkelbraunes Haar war andeutungsweise nach links gescheitelt. Meine braunen Augen saßen eher weit von der etwas zu groß geratenen Nase entfernt, die – betrachtete man die Fotos gewisser Verwandter mütterlicherseits – wohl immer noch als Gottesgeschenk aufzufassen war. Ich besaß, wie mir meine Großmutter immer versichert hatte, schöne Hände mit langen Pianistenfingern, auch wenn diese Gabe nicht durch das dazugehörige musikalische Talent ergänzt wurde.

Nein, dachte ich, ich würde nicht ins Café Pamplona gehen. Es war keine Aufforderung gewesen. Auch so hielt jeder Tag mehr als genug Enttäuschungen bereit, da musste man nicht extra noch eins draufgeben. Schönheiten wie sie – Frauen mit extravaganten Regenschirmen – waren unvermeidlich, geradezu biologisch bedingt, darauf ausgerichtet, auch bei der Auswahl ihrer Gefährten auf Schönheit zu achten. Auch sie würde das tun. Ich wog meine Chancen ab, und meine Chancen sagten: Finger weg! Das geschah nicht aus Gewohnheit, versuchte ich mich zu beruhigen, sondern beruhte auf grundsoliden Schlussfolgerungen.

»Julian.«

Ich schaute auf. Vor mir stand Dal, gelassen, exotisch.

»Soll ich reingehen?«

»An deiner Stelle würde ich schnell reden«, sagte sie gelangweilt. »Er hat schon dauernd auf die Uhr gesehen.«

drei

Als ich das sonore »Herein« hörte und das geräumige Büro mit dem Kirschholzschreibtisch und dem Schaukelstuhl aus Mahagoni betrat, schossen mir die alten Fotos durch den Kopf, die ich so oft in irgendwelchen Zeitschriften gesehen hatte: Ein junger, kraftstrotzender Ronald Reagan auf seiner Ranch in Santa Barbara – beim Holzfällen, beim Zäuneflicken und beim Ritt über das Gelände. Professor Davis stand am Fenster. Natürlich hatte ich ihn schon oft bei der Vorlesung gesehen, er war dafür bekannt, in Churchill-Manier zwei Stunden lang ohne Notizen zu reden, aber hier in der Enge seines Büros wirkte er noch imposanter. Noch nicht ganz fünfzig, groß wie sein Held und »Freund«, der Schauspieler-Präsident, besaß er breite, kantige Schultern und große kräftige Hände. Er trug lieber Anzüge als die bei den Professoren üblichen Tweedsachen. Sein grau meliertes Haar war von beeindruckender Fülle, seine Augenbrauen zwei dicke Pinselstriche, von einem äußerst selbstbewussten Künstler gezogen. Die Augen hinter der randlosen Brille waren von durchdringendem Blau, dazu die Nase eines Feldherrn, fleischig und gerade, von habichtartiger Kühnheit, die einen Mann von weniger ausgeprägtem Charakter leicht hätte zur Karikatur werden lassen.

Er sah auf seine Armbanduhr. »Sind Sie der Letzte?«

»Ja, Sir.«

»Gut. Ich muss mein Flugzeug noch erwischen. Bis dahin können wir uns unterhalten.« Er zeigte auf einen Schaukelstuhl. »Nehmen Sie Platz. Das ist übrigens ein Kennedy Rocker. Keine Angst, ich drehe Ihnen schon keinen Strick draus.«

Das war wohl ein Scherz, wenn auch ein ziemlich flauer. Aber er lachte nicht, und ich ebenso wenig. Ich setzte mich. Er selbst wählte einen hölzernen Lehnstuhl, den das ausgeblichene Wappen von Harvard zierte.

»Professor Davis –«, hob ich an.

»Sie sind in meiner Vorlesung«, unterbrach er mich und musterte mich mit seinem stechenden Blick.

»Ja. Ich bin –«

»Nicht verraten!« Seine Augenbrauen zogen sich zusammen, die steilen Stirnfalten gruben sich tiefer ein. »Rose. Irgendwas mit Rose. Hab ich Recht?«

Ich starrte ihn an und wusste nicht, ob ich mich geschmeichelt fühlen oder eher beunruhigt sein sollte. »Julian.«

»Was?«

»Julian«, wiederholte ich ein wenig lauter.

»Genau. Charly Dixon hat mir von Ihnen erzählt. Ich suche einen Forschungsassistenten. Sind Sie deshalb gekommen?«

»Eigentlich –«

»Mein letzter war eine Katastrophe. Hielt sich für einen jungen Voltaire.« Er musterte mich abermals, als wäre ich gerade erst hereingekommen. »Sie sitzen immer links. Hab ich Recht?«

»Ja, Sir.«

»Immer auf demselben Platz. Erzählen Sie mir nicht, Sie wären abergläubisch – ich glaube nicht an Hokuspokus. Wussten Sie, dass Dixon Sie mir empfohlen hat? Sie haben, glaube ich, irgendwelche bemerkenswerten Recherchen für ihn durchgeführt.«

Ich nickte. »Für sein Buch über Teddy Roosevelt und die Wahlen von 1912. Aber nur im letzten Teil, in dem es um das Parteiprogramm der *Progressive Party* geht – direkte Senatorenwahlen, Frauenwahlrecht, Zollsenkungen, Sozialreformen. So was alles. Professor Davis, eigentlich –«

»Haben Sie das ganze Buch gelesen? Dixon hat mir nämlich letzten Monat ein Exemplar geschickt, frisch aus der Druckerei. Ich habe es quer gelesen. Ganz unter uns, ich finde es schlapp.«

»Schlapp?«

»Keine Angst, ich meine nicht Sie. Der alte Charlie hat sich von seinen liberalen Wunschvorstellungen kastrieren lassen. Das ist keine seriöse Politikwissenschaft. Halten Sie Dixon ein dickes, fettes Regierungsprogramm vor die Nase – ein Fass ohne Boden für den Steuerzahler –, und er sieht nur den sprichwörtlichen Baum der Fürsorge. Verdammt noch mal, der Mann lässt sich doch bloß einseifen. T. R. hätte ihm ohne viel Federlesens eins mit dem großen Knüppel übergebraten.«

»Immerhin hat Roosevelt auch schon mal ein Herz für Bäume gezeigt«, konnte ich mir nicht verkneifen zu bemerken. »Ob nun im übertragenen Sinne oder nicht.«

»Ich habe ja nicht unbedingt etwas gegen Bäume, nur gegen das Einseifenlassen«, entgegnete Davis. »Ich halte nämlich auf die Verfassung. Sie sind doch kein schlapper Liberaler, oder?« Ein leises, taxierendes Lächeln lag auf seinem Gesicht, doch seine Stimme war hart wie Beton. Er sah mich an, als wollte er für einen Anzug oder einen Sarg Maß nehmen.

»Ich bin Demokrat«, antwortete ich. »Aber ich lasse mich nicht einseifen.«

»Dann sind Ihre Eier also noch dran?«

»Ich glaube schon.«

Davis' Lächeln wurde ein bisschen breiter, und ich merkte, wie ich mich zum ersten Mal in seiner Gegenwart entspannte.

»Wollen Sie den Job?«

»Ist das ein Angebot?«

»Ja. Erst mal auf Probe natürlich.«

»Natürlich. Ja, ich will den Job, auf jeden Fall.«

»Gut.«

Nachdenkliches Schweigen. Ich atmete aus und sah mich um. Die Wand hinter Davis, zwischen den beiden Fenstern mit dem zeitlosen Ausblick auf die juristische Fakultät, zierten Fotos von ihm selbst mit verschiedenen Majestäten des republikanischen Establishments: zwei mit Reagan, drei mit Meese, je eins mit Weinberger und Shultz. Etliche davon waren auf dem Golfplatz aufgenommen. Ich hatte davon gehört, dass seine Freundschaft mit Meese, die bis zu Reagans fehlgeschlagener Wahlkampagne im Jahr '76 zurückreichte, der Schlüssel zu Davis' Karriere gewesen war. Zu Beginn von Reagans erster Amtszeit hatte er seinen guten Draht zum Justizminister benutzt, um Zugang zum harten Kern der inoffiziellen Präsidentenberater zu erlangen – wo er nach allgemeiner Bekundung auch geblieben war. Er hielt sich zwei Tage in der Woche im Weißen Haus oder in dessen Umgebung auf. Seine konservative Politik ging mir zutiefst gegen den Strich, aber sein Talent und sein Erfolg nötigten mir Bewunderung ab.

»Eigentlich hatte ich ja gehofft, mit Ihnen über meine Dissertation reden zu können, Herr Professor.«

»Dafür bleibt noch jede Menge Zeit.« Er schaute wieder auf die Uhr und erhob sich von seinem Stuhl. »Wollen mal sehen. Es ist 16 Uhr 17. Um 19 Uhr 30 muss ich umgezogen und zum Dinner im Jefferson Hotel sein. Der Justizminister kommt. Welche Chance geben Sie mir, dass ich es schaffe?«

»So gut wie gar keine.«

Er lächelte sichtlich befriedigt, und ich merkte, dass ich ihm gerade auf den Leim gegangen war. »Das ist das Dumme bei euch Liberalen«, sagte er. »Keine Phantasie.«

»Besser kurzsichtig als auf dem Holzweg«, gab ich zurück.

Er hielt inne. Die Augen hinter der Brille schienen hart wie

Saphire zu werden. Mit angehaltenem Atem wartete ich ab, was mir mein loses Mundwerk eingebracht hatte.

Schließlich legte er mir die Hand auf die Schulter. »Draußen wartet ein Wagen«, sagte er gönnerhaft. »Fahren Sie mit mir zum Flughafen, dann besprechen wir die Einzelheiten.«

vier

Er meinte, wir sollten uns Ende der Woche wiedertreffen, sobald er aus Washington zurück sei. Er arbeite gerade an einem Buch für Random House mit dem vorläufigen Titel *Der Kongress und die Verfassung*, womöglich verfasste er auch noch eine Abhandlung. Er würde am Freitag im Fakultätsclub zu Mittag essen, aber nachmittags eine Stunde Zeit haben. Treffen wir uns doch zum Kaffee, sagte er. Ich fragte ihn, wann und wo, und mit einem herausfordernden Lächeln meinte er, ich solle etwas vorschlagen. Meine erste Nagelprobe.

Das Café Pamplona war ganz und gar nicht der Ort, wo man sich mit jemandem wie Davis traf. Jedenfalls nicht, wenn man Eindruck schinden wollte und auch nur einen Funken Verstand besaß. Es war ein Treffpunkt für schwarz gekleidete Europäer und Möchtegern-Europäer. Dort war nicht Macht, sondern eine gewisse Quartier-Latin-Lässigkeit angesagt. Er würde es auf den ersten Blick verabscheuen.

*

Ich war schon eine Stunde vorher da. Ein Café im spanischen Stil, die Einrichtung leicht maurisch angehaucht, eng und mit niedriger Decke, in das von der Straße ein paar Stufen hinabführten. Die schmalen Souterrainfenster waren alle fest verschlossen, die Luft stand vor Zigarettenrauch. An den runden Marmortischen saßen dunkel gekleidete Gestalten mit bleichen Gesichtern. Das von Claire war nicht dabei. Drei Tage ging sie mir nun schon pausenlos im Kopf herum. Ich fand doch noch ein Plätzchen in der Ecke, bestellte einen Cappuccino und behielt den Eingang im Blick, während ich mir lebhaft vorstellte, wie sie zur Tür hereinkommen, mich sehen und ein strahlendes Lächeln aufsetzen würde. Lächerlich, natürlich. Zu albern, geradezu idiotisch – und doch saß ich da und schaute zum Eingang.

Ich hatte noch jede Menge Zeit. Zeit, um die komische nierenförmige Pfütze zu begutachten, die mein Vorgänger auf der Tischplatte hinterlassen hatte, Zeit auch, um über meine Dissertation nachzudenken und darüber, wie ich mich Davis gegenüber darstellen sollte.

Er kam pünktlich auf die Minute. Sein Erscheinen machte das Café kleiner. Er hatte eine Art an sich, die andere einengte und ihnen gleichzeitig suggerierte, erst seine Gegenwart würde sie von ihrer Bedeutungslosigkeit befreien. Mit seinem marineblauen Anzug und der gelben Krawatte hätte er ein Oberregierungsrat oder der Präsident höchstpersönlich sein können. Als er auf meinen Tisch zukam, verzichtete er darauf, sich den architektonischen Gegebenheiten anzupassen. Er ging kerzengerade auf mich zu, und sein Kopf bewegte sich nur wenige Zentimeter unter der nikotinfleckigen Decke entlang. Mit den Worten »Mein Manuskript« übergab er mir einen Aktenordner von beeindruckendem Umfang und ließ sich gemächlich auf einem Stuhl nieder.

»Fünfzig Prozent fertig. Ich dachte, Sie lesen erst mal das, was schon vorliegt, bevor wir weitermachen.« Der Kellner schlängelte sich zu uns durch. Davis bestellte einen doppelten Espresso und forderte ihn auf, den Tisch abzuwischen. Sofort verschwand die Pfütze unter einem Lappen.

Er sah sich um. »Toller Schuppen hier«, sagte er gutmütig. Ich grinste erleichtert.

Dann erzählte er mir mehr über das Buch, an dem er gerade

schrieb. Selbst nach historischen Maßstäben, meinte er, gehe der von den Demokraten kontrollierte Kongress zu weit mit seinen Versuchen, den Präsidenten zu behindern. Dieser ganze blödsinnige Mummenschanz mit der Iran-Contra-Affäre sei doch nichts weiter als ein Vorwand, verkündete er. Ein gewisses Maß an Vetternwirtschaft sei ja schön und gut und gehöre zur menschlichen Natur, aber es gäbe immerhin noch diesen Wisch namens Verfassung. Da hätten wir nun endlich einen Mann im Weißen Haus, der sie respektierte und auch kapiert hatte, wie man nach ihrem Zuschnitt die Macht Amerikas aufrechterhielt. Aber der gegenwärtige Kongress sei nicht einfach nur *gegen* Ronald Reagan, er habe es darauf abgesehen, den Wortlaut der Verfassung und die durch sie festgelegten verfassungsmäßigen Rechte zu verdrehen und zu beugen, um ihn in die Knie zu zwingen. Sein Buch, behauptete Davis, enthalte eine aktuelle historische Analyse dieser verantwortungslosen Machenschaften sowie schlagkräftige Argumente dagegen.

Als er sich zurücklehnte, strahlte sein Gesicht vor Selbstgefälligkeit. Ich trank meinen Cappuccino aus und tupfte mir den Mund mit einer Papierserviette ab. Weitaus deutlicher als bei unserem ersten Treffen sah ich jetzt den riesigen Graben, der unsere politischen Überzeugungen und Ansichten trennte.

Offenbar wartete er auf einen Kommentar von mir, also sagte ich etwas.

»Man könnte es auch so sehen, dass der Präsident mit seiner selbstherrlichen Vorstellung von der Macht der Exekutive es darauf abgesehen hat, den Kongress in die Knie zu zwingen.«

Davis starrte mich an, bis es mir langsam ungemütlich wurde.

»Jetzt hören Sie mal zu«, fuhr er mich an. »Wir müssen nicht in allen Einzelheiten einer Meinung sein. Aber über die Grundsätze sollten wir uns schon einig sein. Genauer gesagt, über meine Grundsätze. Ansonsten, verstehen Sie, ist die Sache gelaufen.«

»Verstehe.«

»Sind wir uns grundsätzlich einig, Julian?«

Ich zögerte. Sah ihn an und wog die Möglichkeiten ab. Stellte mir die Enttäuschung meines Vaters vor, hätte er diesen Moment miterlebt. Nicht darüber, dass ich eine berufliche Chance verschenkte, sondern eher darüber, dass ich ernsthaft in Erwägung zog, meine Überzeugungen zu verraten. Obwohl er mir mit der für ihn typischen Zurückhaltung sicher keinen offenen Vorwurf gemacht hätte.

Dann antwortete ich meinem neuen Mentor das, was er hören wollte.

»Gut.« Davis stürzte den Rest seines Espresso hinunter und sah auf die Uhr. »Und jetzt erzählen Sie mir ein bisschen von sich.«

Ich wandte den Blick ab. Durch die geschlossenen Fenster sah ich die körperlosen Beine der Leute draußen in beide Richtungen vorbeilaufen. Mir fiel ein, wie sehr ich mir gewünscht hatte, dass Claire meine Unterhaltung mit Professor Carl Davis, bekannt aus Harvard und Washington, miterlebt hätte, und ein Nebel aus Scham verdüsterte die Aussicht auf meine glänzende Zukunft.

»Ich bin aus New York«, sagte ich. »Nach der Columbia habe ich zwei Jahre beim Komitee für Auswärtige Beziehungen gearbeitet. Dann bin ich hierher gekommen.«

»Ganz recht. Dixon hat es mir erzählt.« Davis' Tonfall war lebhafter geworden. Er schien erleichtert, dass er die Präliminarien hinter sich gebracht hatte, und war jetzt darauf bedacht, etwaige Hürden zwischen uns zu überwinden. »Sie müssen auf der Columbia bei Gordon Klein studiert haben«, sagte er.

»Er hat meine Abschlussarbeit betreut. Außerdem habe ich seinen Kurs ›Freiheit und Gesetzgebung‹ besucht.«

»Gordon und ich kennen uns schon seit dreißig Jahren. Er ist der Patenonkel meines Sohnes Peter.« Auf einmal war Davis' Gesichtsausdruck vertraulich geworden. Diese unwesentliche persönliche Verbindung zwischen uns beiden war für ihn von Bedeutung. Lockerer, fast aufgeschlossen fragte er: »Wie alt sind Sie?«

»Sechsundzwanzig.«

»Peter ist ein bisschen jünger.« Er hielt inne und musterte mich mit einem beinahe väterlichen Blick. »Neulich in meinem Büro haben Sie Ihre Doktorarbeit erwähnt.«

Ich nickte.

»Erzählen Sie mir davon.«

Ich räusperte mich. »Ich habe vor, eine Abhandlung über verschiedene Ausprägungen der Progressive Party, ihre Konsequenzen und ihre Bedeutung zu schreiben«, fing ich an. »Die Wahlen von 1912, '24 und '48. Besonders die von '48 mit Wallace als Präsidentschaftskandidaten – der einmal nicht die Republikaner, sondern die Demokraten herausfordert. Er erhält die Unterstützung der Kommunisten und der American Labor Party, greift Truman an, weil der nicht mit den Sowjets an der Beendung des Kalten Krieges arbeitet, setzt sich für die Aufhebung des Taft-Hartley-Gesetzes und die Wiedereinführung der während des Krieges geltenden Preiskontrolle ein. Politischer Selbstmord, oder? Und doch machen die allgemeinen Wahlen mit einer Million Wählerstimmen klar, dass es Truman ohne die Progressiven gegen Dewey nie geschafft hätte. Dann ging die ganze Sache den Bach runter. Die gesamte Progressive Party hat sich mehr oder weniger in Luft aufgelöst. Wo sind die Wähler geblieben? Das möchte ich gern herausfinden. Eine Million Leute sind kein Pappenstiel. Professor Davis, ich möchte etwas über das Fortbestehen einer politischen Bewegung, einer legitimen dritten Partei in Amerika schreiben, einer unsichtbaren Wechselwählerschaft, die seit vierzig Jahren in den Startlöchern steht und auf eine überzeugende Alternative wartet. Die verborgene Quelle. Ich möchte diese politische Kraft und ihre langfristigen politischen Auswirkungen näher beleuchten.«

Ich lehnte mich zurück, ganz außer Atem.

»Interessant«, meinte Davis. »Ich glaube, Sie sind da an etwas dran ...«

Es hörte sich wirklich ermutigend an. Mehr konnte ein zukünftiger Protegé nicht erwarten. Aber seine Aufmerksamkeit hatte ich längst verloren, wer weiß, wie lange schon. Sein Blick ging an mir vorbei zum Eingang und schien von etwas, was er dort sah, voll und ganz gefesselt zu sein. Ich drehte mich um, folgte dem Blick und musste feststellen, dass während meiner Ausführungen Claire Marvel das Café betreten hatte und vorne am Eingang stand.

fünf

»Also, wenn das nicht Julian vom Wolkenbruch ist.«

Sie war genauso gekleidet wie vor drei Tagen – Sandalen, verwaschene Jeans und ein luftiges Baumwollhemd, war aber noch hübscher, als ich sie in Erinnerung gehabt hatte. Ich sprang auf, als hätte mich jemand am Kragen gepackt.

Zu Davis sagte sie: »Ihr Freund und ich hatten das Vergnügen, uns in einem Gewitter zu begegnen. Er war ein richtiger Held.«

»Sie meint, dass sie mir unter ihrem Regenschirm Platz gemacht hat.«

»Ich kann mir Schlimmeres vorstellen«, murmelte Davis.

Er sah sie aufmerksam an und ein leises Lächeln umspielte seine Mundwinkel. Mit seltsamem Widerwillen stellte ich sie vor. »Professor Davis, das ist Claire Marvel.«

Er erhob sich und gab ihr die Hand. »Sehr erfreut.«

»Sind Sie Julians Dozent?«

»Ja. Und wie es aussieht, mittlerweile auch sein Arbeitgeber.«

»Tatsächlich?«, erwiderte Claire mit hochgezogener Augenbraue. Erschrocken merkte ich, dass sie ihn aufzog. »Sind Sie eine Berühmtheit?«, fuhr sie in scherzhaftem Ton fort. »Sollte ich Sie kennen?«

»Nur wenn Politik Ihre Welt ist.« Davis' Stimme triefte vor falscher Bescheidenheit.

»Halten Sie Kunst für politisch?« Sie lächelte herausfordernd.

»Nicht im herkömmlichen Sinne, nein«, erwiderte Davis.

»Dann kommen wir aus verschiedenen Welten.«

»In diesem Fall habe ich wohl einfach Glück gehabt, dass ich Ihnen trotzdem begegnet bin«, meinte Davis mit eigentümlichem Lächeln. Er schaute auf die Uhr und legte einen Fünf-Dollar-Schein auf den Tisch. »Entschuldigen Sie mich bitte, ich habe leider noch eine Verabredung. Julian, wenn Ihr Geschmack bei der Wahl Ihrer Bekanntschaften irgendetwas zu bedeuten hat, dann liegt eine glänzende Zukunft vor Ihnen. Lesen Sie in der Zwischenzeit mein Manuskript und melden Sie sich wieder bei mir. Ich möchte die Sache mit Hochdruck vorantreiben. Und was die Doktorarbeit angeht, lautet meine Antwort: Ja.«

»Vielen Dank, Professor Davis.«

»Carl. Bedanken Sie sich nicht. Strengen Sie sich einfach an, damit wir beide als Sieger dastehen. Entschuldigen Sie bitte, Miss Marvel.«

»Ich entschuldige alles, Professor Davis.«

Ein verblüfftes Lächeln huschte über sein Gesicht. Dann riss er sich zusammen, sah ein letztes Mal auf die Uhr und verabschiedete sich.

*

Wir schauten ihm erstaunt nach. Er war einer jener Männer, die eine Kielwelle zu hinterlassen schienen. Als er fort war, setzten wir uns wieder hin.

»Der hat ja ein Ego so groß wie Wyoming«, war Claires scherzhafter Kommentar. »Trotzdem unheimlich charmant. Seiner Äußerung über Kunst entnehme ich, dass er nicht gerade ein Linker ist.«

»Sagen wir mal, er zählt Ed Meese zu seinen engsten Freunden.«

»Und du hast ihm die Meinung gesagt?«

»Normalerweise redet meistens er.«

»Sah aber nicht so aus. Ich hab gesehen, wie du dich ins Zeug gelegt hast. Allein die Gestikulation, sehr eindrucksvoll.«

»Ich habe ihm nur von meiner Doktorarbeit erzählt. Bei dir hört es sich an wie ein großer Auftritt.«

»Das nicht. Ich unterscheide nur zwischen Kopf und Körper.« Sie griff nach meinen Händen, die auf dem Tisch ruhten. Bei ihrer Berührung bekam ich eine Gänsehaut. »Ich würde diesen Händen trauen«, sagte sie.

Sie sah mich so direkt an, dass ich ihr nicht hätte ausweichen können, selbst wenn ich gewollt hätte.

»Du wirst ja rot«, sagte sie. »Lässt du dich immer so leicht in Verlegenheit bringen?«

Ich antwortete nicht, und sie ließ meine Hände mit einem entschuldigenden Lächeln wieder los. Nach einer für meine Begriffe angemessenen Frist brachte ich sie auf meinem Schoß in Sicherheit.

Der Kellner kam mit einem Becher Pfefferminztee und einem großen Keks mit Schokosplittern. »Mittagessen«, erläuterte Claire. Es war drei Uhr nachmittags. Sie legte ein Stück Keks vor mich auf den Tisch, dann biss sie ebenfalls ab und kaute genüsslich.

»In welchem Alter hast du angefangen, dich für Politik zu interessieren?«, fragte sie.

»Politologie«, erwiderte ich. »Das ist ein Unterschied – ich habe nicht vor, Präsident zu werden.« Ich aß das Stück Keks. »Mit zwölf«, sagte ich.

»Zwölf? Hättest du da nicht lieber draußen herumtoben und Streetball spielen sollen?«

»Ich war nie gut im Sport, Streetball inbegriffen.«

»Dann eben Schach. Oder du hättest dich um deinen Kuschelstein kümmern können.«

»Ich war nicht cool genug, um einen Kuschelstein zu haben.«

»Mal im Ernst«, sagte sie.

»Das ist mein voller Ernst. Als ich zwölf war, ist etwas passiert. Etwas, das mein Interesse dafür geweckt hat, welche Bedeutung Politik und politische Systeme auf das Leben der Leute haben.«

»Irgendetwas mit einem Mädchen?«

»Mit zwölf? Nicht im Traum.«

Sie beugte sich vor und hörte mir aufmerksam zu. Also fuhr ich, entgegen meinem Instinkt, fort und erzählte ihr die seltsame, ungeschminkte Wahrheit. Dass mein Einstieg – sozusagen die Initialzündung – Raketenmodelle gewesen waren. Ich hatte schon in jungen Jahren Blut geleckt, mit allem Drum und Dran: dieser ganze Krempel, Sputnik, NASA, Juri Gagarin, Glenn und Armstrong. Dann ein kleines Missgeschick Marke Eigenbau, eine unliebsame Begegnung mit der Polizei, eine bemerkenswerte alte Frau aus Budapest, und bums, schon war mein Lebensweg ein anderer.

Ich blickte flüchtig auf. Sie lauschte noch immer. Also erzählte ich weiter. Ich erzählte ihr, wie ich mir mit zwölfeinhalb Jahren vom Taschengeld eines ganzen Jahres und den Ersparnissen aus etlichen Gelegenheitsarbeiten eine fünfzig Zentimeter lange Rakete aus Balsaholz kaufte, die ich zuvor in einem Katalog bestellt hatte. Dieses interplanetarische Geschoss baute ich klammheimlich zusammen und malte es an – alles war auf den großen Start im Frühjahr aus meinem Schlafzimmerfenster ausgerichtet. Das Haus auf der anderen Straßenseite war ein paar Stockwerke niedriger als unseres. Mein

Plan – einfach und doch kühn – bestand darin, die Rakete so auszurichten, dass sie nach dem Abheben im hohen Bogen über das gegenüberliegende Dach und sämtliche anderen Hindernisse hinwegsauste und schließlich an dem eingebauten kleinen Fallschirm sanft auf dem Hudson niederging.

Ich erzählte ihr, wie nach wochenlangen Vorbereitungen endlich der große Tag gekommen war. Ein klarer, windstiller Tag, perfekte Voraussetzungen, wie sie schon ganze Nationen aufgewühlt hatten, die zu Hause vor ihren Fernsehern saßen und zuschauten, wie auf ihren Bildschirmen Geschichte geschrieben wurde. Vorsichtig, damit ich nicht hinausfiel, öffnete ich das Schlafzimmerfenster so weit es ging und justierte die Abschussrampe. Dann steckte ich die beiden Zündschnüre an und ging hinter einem Stuhl in Deckung. Die Flammen fraßen sich knisternd wie Wunderkerzen zur Rakete hinauf – dann ein doppelter Knall, und die Rakete zischte aus dem Fenster! Mich erfasste ein unbeschreibliches Hochgefühl – bis ich sah, was da gerade vor sich ging. Die Zündungen waren nicht simultan erfolgt. Die erste hatte der Raketennase einen Linksruck versetzt. Durch den Gegendruck war die Flughöhe der zweiten reduziert worden. Und nun raste die Rakete mit WARP-Geschwindigkeit geradewegs auf das gegenüberliegende Haus zu. Der Lärm hatte inzwischen schon etliche Leute an die Fenster gelockt, zumeist alte Leute und Hausfrauen. Es war Nachmittag. Besonders eine alte Frau, die an ihrem Fenster im sechsten Stock stand und das beobachtete, was sie für einen glühenden Marschflugkörper mit Wärmepeilung hielt, der geradewegs auf ihr Herz zielte. Sie schrie laut auf. Wer hätte es ihr verdenken können? Sie schrie so laut, dass einer ihrer Nachbarn die Polizei rief. Sie schrie immer noch, als die Rakete direkt über ihrem Fenster gegen die Hauswand krachte, in den Blumenkasten voller Stiefmütterchen, der, wie sich später herausstellte, ihr ganzer Stolz war und der nun qualmend eine Bruchlandung machte. Außerdem stellte sich heraus – meine

Eltern erfuhren das alles von dem Polizisten, der sie verhörte –, dass diese Frau eine Jüdin aus Budapest war, die es irgendwie geschafft hatte, den Krieg und den Holocaust und zahllose andere Tragödien und Erniedrigungen zu überstehen. Sie war vor einigen Jahrzehnten als Ehefrau eines Überlebenden aus dem Konzentrationslager bis nach Amerika und in die Upper West Side gekommen, war Mutter von zwei Kindern, Großmutter dreier Enkel und, seit kurzem, Witwe. Sie mochte ihr Wohnviertel, den Lachs bei *Zabar's* und liebte ihren Blumenkasten mit den Stiefmütterchen mit einer Inbrunst und Dankbarkeit, wie sie nur einem Leben voller Leiden entspringen können.

»Ach du Schreck«, sagte Claire.

Das war noch nicht alles, fuhr ich fort. Ungefähr einen Monat später sah ich die Frau auf dem Broadway vor einem Supermarkt. Sie war klein und ging gebückt und ihr Gesicht war so runzelig, dass von ihm eine Art Strahlung auszugehen schien: Aus diesem Dickicht eines leidgeprüften Lebens erspähten ihre braunen Augen jede Bewegung. Sie schob ihre Einkaufstaschen langsam in einem Drahtwägelchen den Bürgersteig entlang. Ich folgte ihr einige Häuserblocks und versuchte, meinen Mut zusammenzunehmen und sie anzusprechen. Nicht weit von ihrer Wohnung entfernt holte ich sie ein und sagte ihr, wer ich war und was ich angestellt hatte. Eine Zeit lang musterte sie mich nur mit diesen Augen, die viel von den schrecklichsten Dingen gesehen hatten, zu denen Menschen fähig sind. Schließlich nickte sie und sagte: »Wenn du willst, kannst du ein bisschen schieben.« Also schob ich ihr den Einkaufskarren nach Hause. Wir gingen hinein und fuhren mit dem Aufzug nach oben; sie sagte kein Wort, bis wir vor ihrer Wohnungstür standen. Im Hausflur roch es nach gekochtem Kohl und Essig. »Wenn du willst, kannst du mit reinkommen.« Also ging ich hinein. Ein langer schmaler Schlauch, in dem die Schatten wie Harzflecken klebten, ein Raum hinter dem anderen, deprimierend und doch behaglich, voll gestopft mit allen möglichen Sachen – Bücher, alte Schwarzweißfotos, Sofakissen, Kerzen, die in Pfützen aus getrocknetem Wachs steckten, und vieles, das ich nicht einmal hätte benennen können. Ganz hinten die Küche. Sie machte Tee mit ein paar Löffeln Marmelade darin und gab mir drei kleine Schokoladen-Rugelach dazu.

»Danach habe ich sie ziemlich oft besucht«, erzählte ich Claire. »Manchmal taten ihr die Gelenke so weh, dass sie fünf Minuten brauchte, um sich zu setzen. Vor dem Krieg hatte sie in Budapest Klavier studiert und einen Dackel namens Gustav besessen. Sie hatte sich nie mit Geschichte oder Politik beschäftigt. Aber in New York wurde sie zu einer mustergültigen Staatsbürgerin. Sie las eine Zeitung nach der anderen, kannte die Namen sämtlicher Lokalpolitiker und versäumte keine Wahl. Im darauf folgenden November bat sie mich, sie zum Wahllokal zu begleiten. Inzwischen brauchte sie schon Hilfe, um sich draußen zu bewegen. Sie blieb lange in der Wahlkabine. Als sie wieder herauskam, sah ich, dass sie geweint hatte. Als ich sie fragte, ob alles in Ordnung sei, sagte sie: »Eines Tages wirst du auch wissen, wie wichtig das ist.«

Ich hielt inne, denn ich hatte einen Kloß im Hals. Überrascht nahm ich auf einmal die anderen Leute im Lokal wahr, die Unterhaltungen, den Qualm, einen Mann mit einem Terrier auf dem Schoß, eine Frau, die ein Tarotspiel aufdeckte.

»Was ist aus ihr geworden?«, fragte Claire.

»Eines Tages, als ich aus der Schule kam, stand ein Krankenwagen vor ihrem Haus.«

*

Dann standen wir draußen in der Kurve der Bow Street dicht beieinander, atmeten dieselbe frische Luft und spürten dasselbe warme Sonnenlicht auf unseren Gesichtern. Frühling. Mir schwirrte der Kopf. War das wirklich derselbe Mensch, den ich erst ein paar Tage zuvor kennen gelernt hatte?

Claire pflückte einen dicken braunen Fussel von meinem Baumwollpulli. Er schwebte zu Boden wie ein winziges Toupet.

»Da wären wir also«, sagte sie. »Was für ein schöner Nachmittag.«

Ein zartes Lächeln ließ ihr Gesicht wie in einem Traum von innen erglühen. Dann sah sie mich an und küsste mich auf den Mund. Ein Lavastrom schoss durch meinen Körper – ich zuckte zusammen, als hätte ich mich verbrannt, und wandte mich halb ab, um mich wieder in den Griff zu bekommen.

»Julian Rose«, flüsterte sie mir ins Ohr, »was denkst du gerade?«

Ich drehte mich wieder zu ihr um. Jetzt war ich bereit. Ein solcher Schreck, stellte ich überrascht fest, verlieh dem Mut Flügel.

*

Diesmal hatte das Fogg geöffnet. Wir gingen an der Eingangskontrolle vorbei (der bullige Wachmann begrüßte Claire mit Namen) in den überdachten Mittelhof des Museums: ein italienischer Palazzo mit Klosteranklängen, prachtvoll und doch nüchtern, dunkle Mahagonibänke und Bogenkolonnaden, durch die man in die Galerien gelangte.

Ich folgte ihr quer über den Hof, unter ein steinernes Gewölbe und in einen kleinen quadratischen Ausstellungsraum, in dem Bilder aus dem Großbritannien des 19. Jahrhunderts hingen.

»Er ist in Birmingham aufgewachsen«, sagte sie. »Hat in seiner Kindheit nie ein bedeutendes Gemälde gesehen. In Oxford lernte er William Morris kennen. Dann, mit 26, unternahm er auf Ruskins Kosten die erste Reise nach Italien. Soviel Schönheit hatte er sich nicht einmal vorstellen können. Als er sie schließlich mit eigenen Augen sah, hatte er keine Angst mehr zu versagen.«

Vor einem großen Aquarell in Gold- und Sepiatönen blieb sie stehen. Auf einer Plakette an der unteren Rahmenleiste stand *Sir Edward Coley Burne-Jones, 1863 – Die Liebe bringt Alkeste aus dem Grabe zurück.*

Das Bild stellte zwei dicht beieinander stehende Frauen in goldenen Gewändern dar – rechts Alkeste mit leicht geneigtem Haupt und funkelnden Augen, die aussahen, als seien sie mit Juwelen besetzt, den Blick auf die ätherische, geflügelte Göttin gerichtet, die sie aus der Unterwelt heraufführt. Die Schwingen der Liebe waren hauchzart und mit einer feinen blauen Umrandung gemalt. Auf ihrer linken Brust ruhte eine Muschel wie eine blutrote Langette. Und obwohl sie nach vorn schaute, war ihr Blick offensichtlich nicht auf Alkeste, sondern auf etwas gerichtet, das sich ein wenig abseits in einiger Entfernung befinden musste.

»Vielleicht sieht die Liebe den Ehemann an«, spekulierte Claire leise. »Vielleicht wartet er dort irgendwo im Hintergrund auf seine Frau, die ihr Leben für ihn geopfert hat. Sie fehlt ihm so sehr, dass er es kaum erwarten kann. Wir werden es nie erfahren. Aber ich glaube, es ist so.«

Sie hielt inne. Während ihrer Rede hatte ihr Gesicht, ihr ganzer Körper einen melancholischen Ausdruck angenommen, den ich bisher noch nicht an ihr wahrgenommen hatte. Sie ließ Kopf und Schultern hängen, es folgte ein längeres Schweigen. Dann riss sie der Widerhall von Schritten und Stimmen im Hof aus ihrer Träumerei, und sie fuhr mit plötzlicher Inbrunst fort.

»Ruskin kaufte es und hielt 1867 darüber an der Royal Institution Vorlesungen. Er meinte, es besitze eine ›klassische Ruhe und Gelassenheit‹, und damit hatte er Recht. Aber deshalb habe ich mich nicht in dieses Bild verliebt. Ich mag es, weil es schön ist und der Mann nicht darauf zu sehen ist. Er ist überall und nirgends. Man spürt, wie seine Traurigkeit und Hoffnung und Erwartung das ganze Bild durchdringen – so wie die Liebe auch im wirklichen Leben alle Dinge durchdringt. Es ist schön und traurig zugleich. Die Frauen sind wie zwei Geschichten, die sich auf einer Reise begegnet sind, um eine gemeinsame Geschichte zu erzählen, und obwohl wir zu wissen glauben, wie es ausgeht, liegt ein Geheimnis in ihrer Verschiedenheit, das uns neugierig macht. Daran glaube ich einfach.«

Sie war wieder still. Kein Laut drang durch die unsichtbare Wand, die ihre Worte um uns herum errichtet hatten. Trotzdem hörte ich ihre Stimme immer noch. Es war unbeschreiblich. Als hätte ich beim Zuhören ein wunderschönes Gemälde im Museum meines Herzens umgedreht und auf seiner Rückseite, vor den kalten Augen der Welt durch nichts weiter als eine hauchdünne Täuschung verborgen, ein anderes entdeckt, echter als das erste, geheimnisvoller und weitaus schöner, zumindest für mich.

sechs

Ich öffnete die Augen. Ich hatte einen Geschmack wie einen ausgelaugten Traum im Mund, über die Decke erstreckte sich ein Netz aus Schatten. Das Licht einer Straßenlaterne stahl sich vorwitzig an den Rändern der Jalousie vorbei.

Fragen. Wo war ich? Was war das für ein Zimmer? Ich lag da wie tot. Bis nach längerem Herumtasten im Nebel schließlich eine knarrende Tür in meinem Kopf aufsprang und mir die vergangenen Stunden mit ihr entgegenpurzelten –

*

Die gewölbte Fußgängerbrücke zwischen Dunster House und der Wirtschaftsfakultät. Später Nachmittag. Wir stehen in der Mitte, ein Boston Whaler fährt darunter hinweg und umpflügt die braunen Fluten des Charles zu glitzernden Wellen. Die kä-

seweißen Arme des Besitzers winken uns zu, in den Fäusten
hält er zwei Bierbüchsen, aus dem Ghettoblaster dröhnt Stee-
ly Dans *My Old School*, heiseres Grölen und dumpfe Parolen
von Verbindungsstudenten – ich halte Claires Hand fest, als
wollte ich sie vor irgendetwas beschützen, obwohl ich keine
Ahnung habe, wovor. Das Schiff gleitet davon. Jogger und Rad-
fahrer auf dem Uferweg, Rushhour auf dem Memorial Drive.
Die Sonne steht inzwischen riesig und tief am Horizont, ist
schon fast untergegangen. Ich halte noch immer ihre Hand,
während wir im Lichtkegel der Straßenlaternen die ganze
Kirkland Street hinauf bis zu ihrer Wohnung schlendern. Ich
kann das alles selbst kaum glauben, und doch geht es weiter,
wir sind noch nicht am Ende. Sie taucht mit einer Flasche und
Gläsern aus einer winzigen Küche auf. »Das Gute an dem
Champagner ist, dass es französischer ist«, verkündet sie. »Das
Dumme daran ist, er hat nur sechs Dollar gekostet.« Als die
Gläser gefüllt sind, sitzen wir zusammen auf dem rotbraunen
Flohmarktsofa mit dem balinesischen Sarong über der Lehne.
Sie erzählt mir, dass eine Großtante mütterlicherseits Dänin
war und dass die Dänen bekanntlich ein besonderes Talent für
die hohe Kunst des Trinkspruchausbringens entwickelt hätten,
ein Talent, das sich auf sie weitervererbt habe (das Einzige von
Wert, wie Claire beiläufig und doch ein wenig verbittert meint,
was sie aus der mütterlichen Linie mitbekommen hätte), wie
ich gleich sehen würde. Woraufhin wir, ihren gemurmelten Anweisungen folgend, unsere Gläser erheben und uns, ohne zwi-
schendurch den Blickkontakt zu verlieren, über den Rand der
Gläser anschauen und sagen: »Skål, lieber Julian!«, und »Skål,
liebe Claire!« Und das ist es dann auch schon gewesen.

Ich weiß nicht, warum, aber diese gestelzten, feierlichen
Worte klingen für mich wie eine alte Beschwörungsformel; wie
ein Eid, der um jeden Preis eingelöst werden muss. Und all die
grandiosen Ideen, die ich bisher gehabt habe, lösen sich, eine
nach der anderen, in Luft auf, bis ich völlig ziel- und planlos

und sämtlicher Sinne beraubt bin. So fühlt sich Freiheit an. Ich beuge mich über sie und küsse sie. Ihre Lippen sind wie ein warmer Sommerregen. Die Berührung geht auf sie über wie elektrischer Strom. Sie sinkt nach hinten, legt den Kopf zurück, das Gesicht nah an meinem, die Finger in meinem Haar vergraben. Ihr Blick verschwimmt. Wir küssen uns noch einmal – und als sie sich jetzt wieder von mir löst, sehe ich im Dämmerlicht, dass ihre Augen undurchsichtige Perlen aus Braun und Grün und Gold sind. Und dieser Klang, der flüstert und drängt, der mir fremd und doch vertraut vorkommt, ist ihr Name, und meine Stimme, die ihn wieder und wieder flüstert.

*

Sie sah mich an, den Kopf in die Hand gestützt, das Haar wie eine dunkel schimmernde Aura um die leuchtenden Abgründe ihrer Augen.

»Er wacht auf.«

Ihre Stimme war nur ein Hauch. Es musste drei oder vier Uhr morgens sein. Das Laken, mit dem ich teilweise zugedeckt war, wand sich um ihre Beine bis zu den Hüften hinauf. Ein versprengter Lichtschimmer von der Farbe antiken Messings malte die Umrisse ihrer entblößten Haut nach.

»Hallo«, murmelte sie. »Du siehst ziemlich zerknautscht aus.«

»Liegt vielleicht daran, dass ich es nicht gewöhnt bin, während des Schlafs beobachtet zu werden.«

»Von niemand?«

»Von dir.«

Sie reckte den Kopf nach vorn und küsste mich. »Danke, dass du das gesagt hast. Geht's dir gut?«

Ich hob die Hand und strich ihr das Haar aus dem Gesicht. »Gut wäre untertrieben.«

Sie lächelte, ein Streichholz flammte auf und verscheuchte die Schatten. Ich setzte mich auf, lehnte mich mit dem Rücken gegen die Wand, und das Laken rutschte mir über die Hüften. Ich wollte es wieder hochziehen, aber sie hielt meine Hand fest.

»Halt mal. Bekomme ich nichts zu sehen?«

Ich ließ mich wieder zurückfallen und versuchte, nicht allzu viel zu denken – ein Tagtraum, verdichtet zu einem einzigen Augenblick, der gleichzeitig eine Ewigkeit war, ihre Hand auf meinem linken Oberschenkel. Sekunden und Minuten. Stunden. Schon zu viel gedacht. Wie war es möglich, dass es noch immer derselbe Tag war? Wie war es vorstellbar, dass ich tatsächlich hier war? Wem gehörte diese Hand? Es war zu viel des Guten. Diese plötzliche und ohne jeden logischen Grund erfolgte Umkehrung der allgemein gültigen Gesetze des Universums war jedenfalls genug, um einen für gewöhnlich eher vorsichtigen und skeptischen Mann das Fürchten zu lehren.

»Okay«, sagte sie unbekümmert. »War mir ein Vergnügen.«

Ich erwiderte nichts, deckte mich aber auch nicht wieder zu.

Dann war ich an der Reihe. Sie setzte sich auf, und das Laken glitt an ihr herab. Ihr nackter Körper, zierlich und dabei doch wohlgeformt, zog das Dämmerlicht an, bis er bronzen schimmerte. Die Zeit verging viel zu schnell.

Sie griff nach der Champagnerflasche, die auf dem Boden stand.

»Ein Schluck ist noch drin.«

»Ich brauche nichts«, sagte ich.

»Der eine braucht, der andere mag.« Sie goss sich den Rest ein und stellte die Flasche wieder ab.

»Tut mir Leid«, fuhr sie fort. »Aber mein Vater hat mir beigebracht, dass man nichts verkommen lassen darf.«

Als sie ihren Vater erwähnte, schien ihre Stimme sich dunkel zu färben.

»Also meiner hat mir beigebracht, bei einer Aufführung nie als Erster zu klatschen«, sagte ich. Dann unterbrach ich mich und starrte, vom Sog einer altbekannten, namenlosen Traurig-

keit ergriffen, die Schatten an der Decke an. »Er fällt nicht
gern auf.«

Claire legte die Hand an meine Wange, hielt die Lippen
dicht an mein Ohr und flüsterte: »Für dich ist es schon zu spät.
Das weißt du doch, oder? Du bist bereits aufgefallen.«

sieben

Am Morgen war sie weg.

Mir dröhnte der Kopf vom Champagner. In der Wohnung
war es still. Zum ersten Mal nahm ich das Zimmer richtig wahr.
Von den Rändern der ausgefransten Jalousien zwängte sich
schmutzig-gelbliches Tageslicht herein. An der Wand hing ein
französisches Originalplakat von *Sie küssten und sie schlugen ihn*.
Das Laken lag als Knäuel am Fußende des Bettes. Ich befand
mich in einem Zustand dumpfer Grübelei. Von plötzlicher Un-
ruhe ergriffen, stützte ich mich auf – aber das Hämmern in
meinem Kopf dämpfte schmerzhaft meine Besorgtheit. Vorsichtig sank ich auf das Kopfkissen zurück. Ich glaubte mich
zu erinnern, dass Samstag war. Kurz darauf war ich wieder eingeschlafen.

Als ich erneut aufwachte, waren die Kopfschmerzen nicht
mehr ganz so schlimm. Das Licht war jetzt eher weiß als gelb.
Es war heiß im Zimmer.

Ich erinnerte mich, dass sie in der Nacht mit dem Kopf auf
meiner Brust eingeschlafen war; ihr Haar umschmeichelte wie
ein sanfter Wachtraum meine Wange. Ihr Atem wurde langsamer und gleichmäßiger, während sie in die Tiefen ihres Selbst
hinabtauchte und mich dabei mitnahm. Eine Art von Geschenk, das begriff ich irgendwie, und doch spürte ich, wie ich
mich dagegen wehrte. Jahrelange Gewohnheit. Schon als Junge hatte ich mich mit Geschenken schwer getan, konnte eine

Geste der Zuneigung nie so unbekümmert wie meine Schwester annehmen, ohne sie zuvor irgendeiner absonderlichen Form von Überprüfung zu unterziehen. Schuldgefühle und ein verschrobener Pragmatismus waren meine Devise gewesen. Einmal, mit achtzehn, hatte ich ein Geburtstagsgeschenk von meiner Mutter ausgepackt – eine ledergebundene mehrbändige Ausgabe von *Aufstieg und Fall des Römischen Reiches*, die John F. Kennedy während seiner Harvardzeit gehört hatte – und gedankenlos gesagt, sie hätte das nicht tun sollen, es wäre viel zu teuer gewesen. Woraufhin meine Mutter tief gekränkt erwidert hatte, wenn ich es so sähe, könne sie die Bücher ja wieder zurückbringen. Was sie dann auch tat. Ich habe diese Ausgabe von Gibbon nie wieder zu Gesicht bekommen. Vermutlich ist sie sofort wieder verkauft worden, zur stillen Freude irgendeines großherzigeren Menschen, der nun mit den Fingern über dieselben Goldschnittseiten streichen konnte, die einst der zukünftige Präsident umgeblättert hatte. In meiner Vergangenheit gab es noch mehr solcher Geschichten, in denen ich aus Unverständnis für die emotionale Wahrheit des Augenblicks die liebevolle Absicht eines anderen Menschen völlig außer Acht gelassen hatte. Hätte ich mich für mein eigenes Naturell ebenso interessiert wie für die historischen Gestalten in den Büchern, hätte ich vielleicht eher begriffen, was mit mir los war. Aber so lag ich in Claires Bett, ihren Kopf auf meiner Brust, und war überzeugt davon, dass ich diesen Argwohn mein Leben lang mit mir herumschleppen würde. Sie kannte mich doch kaum. Warum zerbrach ich mir den Kopf über ihre Beweggründe? Sie bewies mir ihr Vertrauen – das mir bodenlos erschien –, indem sie einfach in meinen Armen einschlief. Mein Treuepfand äußerte sich darin, dass ich wach blieb, sie nicht aus den Augen ließ und sie nie wieder aus den Augen lassen wollte.

Ich setzte mich langsam im Bett auf. Ein neuer Tag. Ich war wieder ich selbst – und allein. Die Nacht mit Claire hatte in mir inzwischen einen Haufen alberner Zweifel hinsichtlich der nur relativen Berechenbarkeit des Herzens heraufbeschworen – des ihren wie des meinen –, die mich jetzt wieder mit aller Macht befielen.

Ich zog mich an, öffnete die Schlafzimmertür – und das grelle Tageslicht traf mich wie ein Fausthieb. Ich hielt die Hände vors Gesicht.

»Du musst Julian sein«, sagte eine heisere Stimme. »Ich bin Kate Daniels. Claires Mitbewohnerin.«

Ich blinzelte angestrengt ins Wohnzimmer. Auf dem Sofa saß eine große, muskulöse Frau mit slawischen Wangenknochen und hellblauen Augen inmitten der zerlegten Samstagsausgabe des *Boston Globe*. Ihr kurzes blondes Haar hatte einen Grünstich. Sie war barfuß und trug abgeschnittene Jeans und ein T-Shirt mit V-Ausschnitt.

»Es ist schon fast Mittag. Ich hab mich schon gefragt, ob du vielleicht tot bist. Kaffee gefällig? In der Küche steht eine ganze Kanne.«

»Nein, danke.«

»Claire musste weg. Sie hat einen Zettel dagelassen. Es tut ihr Leid.«

»Was ist passiert?«, fragte ich.

»Alan hat angerufen. Ihr Vater hat schlechte Nachrichten bekommen. Sie musste sofort nach Stamford.«

Ich schwieg. Vielleicht lag es an meinem Gesichtsausdruck, aber Kate wurde jetzt spürbar freundlicher. Sie stieß einen kleinen mitleidigen Seufzer aus. Als wäre ihr gerade eben klar geworden, dass ich nicht der übliche Übernachtungsgast war, kein Don Juan, nur ein Tourist, der ohne Reiseführer und Orientierungssinn blindlings ins falsche Land gestolpert war und nun mit diplomatischem Geschick behandelt werden musste.

»Alan ist ihr Bruder«, erklärte sie geduldig. »Achtundzwanzig, fünf Jahre älter als Claire, lebt in San Francisco. Stamford ist ihre Heimatstadt. Ihr Vater hat da ein Autogeschäft.«

»Stand irgendetwas auf dem Zettel, wann sie zurück-kommt?«

Kate schüttelte den Kopf.

»Hast du eine Telefonnummer, unter der ich sie dort errei-chen kann, Kate? Das wäre wirklich toll.«

»Tut mir Leid.« Damit sagte sie nicht, sie hätte keine Num-mer, und genau so sollte ich es auch verstehen.

Ich schaute weg. Mein Blick fiel durch die halb offene Tür in das zweite Schlafzimmer. Eine schwarz-rosa Sporttasche thronte auf einem ordentlich gemachten Doppelbett. Kates Zimmer. Ich wusste nichts über diese Wohnung oder die Leu-te, die hier wohnten.

»Ich hole meine Sachen«, sagte ich.

Dann zog ich mich in Claires Zimmer zurück und machte die Tür hinter mir zu. Abermals herrschte Stille. In meinem Kopf fing es wieder an zu hämmern und eine leichte Übelkeit, die vielleicht nichts weiter als ein plötzliches Bedauern war, ru-morte in meinen Eingeweiden. Ich setzte mich aufs Bett. Auf dem Boden zu meinen Füßen lagen die Hinterlassenschaften unserer gemeinsamen Nacht: das zusammengeknüllte schwar-ze Höschen, ihr lila Haarband, die leere Champagnerflasche.

Ich fand meine Schuhe und zog sie mit übervorsichtigen Be-wegungen an.

Als ich wieder herauskam, stand Kate direkt hinter der Schlafzimmertür.

»Du scheinst ein netter Kerl zu sein, also sage ich dir, wie es ist. Bei ihrem Vater ist gerade Lungenkrebs festgestellt wor-den. Sie stehen sich wirklich sehr nahe, Claire ist wahrschein-lich am Boden zerstört. Du solltest das wissen, bevor du dich hier in etwas hineinstürzt.«

Ich schob mich an ihr vorbei. »Danke für alles.«

»Ich bin noch nicht fertig«, sagte Kate. »Sie ist meine beste Freundin. Ich bete sie an. Aber ich habe nie die leiseste Ah-nung, was sie im nächsten Augenblick vorhat. So ist sie nun mal. Ich möchte einfach nicht, dass du dir irgendwelche Illusionen machst. Dir zuliebe.«

Ich drehte mich um und sah sie an. »Danke für das Mitgefühl. Aber an deiner Stelle würde ich mir wegen meiner Illusionen keine großen Sorgen machen.«

acht

So fing es an. Das Leben ohne sie. Aus einer Woche ohne ein Wort von ihr wurden zwei. Dann drei. In der Examenszeit lag eine allgemeine Stille über dem College, gefolgt von den Abschluss- und Semesterfeiern. Die Stadt brummte vom Lärm und der Hitze der Menschenmassen. Und dann wieder die Ruhe auf dem Campus und dem Square, nachdem sich die Aufregung gelegt und allgemeiner Erschöpfung und leisem Heimweh Platz gemacht hatte. Die Studenten fuhren nach Hause.

Als ich versucht hatte, Claire über eine Telefonvermittlung in Connecticut zu erreichen, hatte mir die Telefonistin gesagt, der Name Marvel sei in Stamford nicht aufgeführt, weshalb sie mir die Nummer von Rechts wegen nicht herausgeben dürfe, es täte ihr Leid. Weniger Leid als mir, meinte ich.

*

Stellen Sie sich vor, man setzt Ihnen eine seltene Delikatesse vor, so selten, dass Sie davon ausgehen müssen, keine zweite Gelegenheit zu bekommen, davon zu kosten. Würde so etwas nicht Ihre Sinne überfordern, Ihre Geschmacksnerven überreizen? Sie dazu verleiten, sich mit übertriebenen Erwartungen diesem Genuss hinzugeben? Und würde nicht hinterher die Erinnerung daran ein völlig übersteigertes Verlangen in Ihnen erzeugen?

Das Verlangen, diesen Geschmack zu bewahren. Ihn nie wieder zu vergessen. Ihn so deutlich zu spüren, dass man Ihnen dieses Erlebnis nie wieder nehmen kann?

In diesem Falle würden Sie sich an meiner Stelle wahrscheinlich als Erstes dafür verfluchen, sich auf so närrische und gierige Weise nach diesem Genuss verzehrt zu haben. Sie würden womöglich in den Tagen und Wochen nach Ihrer ersten und einzigen Nacht mit einer Frau namens Claire Marvel – Tagen und Wochen, in denen das Telefon nicht klingelt und die Post nichts weiter bringt als den üblichen Müll, und der Schmerz in Ihrem Herzen, der ursprünglich nur eine schwache Vorahnung war, langsam, aber sicher zu einem Stahlpanzer heranwächst – zu dem Schluss gelangen, dass Sie einen schrecklichen Fehler begangen haben. Und furchtbar wütend werden. Sie würden versuchen, alles zu vergessen und wieder zum Anfang zurückzukehren, am unerreichbaren Punkt null (natürlich ohne Zenons Paradox zu berücksichtigen), wo Sie seit mehr als fünfundzwanzig Jahren in Frieden, wenn auch nicht immer ganz glücklich, in gezielter Entsagung jedweder Kostproben vor sich hin gelebt hatten.

Vor ihr.

*

Ich stürzte mich in die Arbeit.

Nachdem ich in diesem Jahr keine Unterrichtsverpflichtungen mehr hatte, konnte ich mich voll und ganz Professor Davis' noch unvollendetem Werk widmen: dreihundertfünfundsiebzig Seiten unbestreitbar brillante konservative Ideologie, geschmiedet in einer Ausdrucksweise, die ebenso durch den häufigen Gebrauch der ersten Person Singular wie durch ihr unerschütterliches Vertrauen in die eigene historische Bedeutsamkeit auffiel.

Ich las das Ganze zweimal durch. Beim ersten Durchgang hielt ich meine Anmerkungen mit den dazugehörigen Seitenzahlen und bibliographischen Verweisen auf einem Notizblock fest. Beim zweiten Mal strich ich meine heiklen Fragen auf zehn zusammen und übertrug sie auf gelbe Haftzettel, die ich in das Manuskript klebte. Mir war inzwischen klar, dass mein Job darin bestand, Davis das politisch aufgeweckte und wissenschaftlich unbestechliche Bürschchen vorzuspielen und zu verhindern, dass er irgendwelche Zweifel an meiner Loyalität hegen oder an meiner vermeintlichen Impertinenz Anstoß nehmen konnte. Ich sagte mir, dass er ein paar kritische Anmerkungen eher schlucken würde als mehrere Dutzend. Also verpackte ich meine knapp gehaltenen Beanstandungen wie vereinbart dergestalt, dass meine eigenen Ansichten zum Thema gar nicht erst zum Augenschein kamen.

Meine Arbeit wurde wohlwollend aufgenommen.

*

Sommer. Klare, heiße Tage, alle Welt ist unten am Fluss – Ruderer und Liebespaare, Gelehrte, Greise und Mütter mit ihren Kleinkindern. Tiere am Wasserloch, das ganze menschliche Panoptikum.

An den langen, nur langsam abkühlenden Abenden saß ich mit meiner Vermieterin Mary Watson im Vorgarten ihres weitläufigen Hauses in der Brattle Street. Meine Wohnung lag im zweiten Stock, mit eigenem Eingang. Ab und zu verbrachten Mary und ich am Ende des Tages ein Stündchen miteinander und lasen in schweigender Eintracht, während ihr fetter Perserkater uns maunzend an einer Leine um die Beine strich.

»Misha ist wie ein Hündchen«, stellte sie eines schönen Abends Ende Juni fest. Sie sprach im alten New-England-Singsang, der die Vokale besonders betont. Es war nicht das erste Mal, dass sie diese Ansicht zum Besten gab.

»Hunde kann man erziehen«, meinte ich.

»Sei nicht so vernagelt, Julian. Misha *will* uns nicht beachten. Das zeugt von seiner Unabhängigkeit und Eigenwilligkeit.«

»Einige der größten Despoten der Welt sind für ihre Unabhängigkeit und Eigenwilligkeit bekannt, Mary.«

»Jetzt wirst du aber albern. Komm her, Misha, Schätzchen. Komm zu Mutti!«

Misha stürzte sich mit einem Satz auf Mary und begann inbrünstig, seinen Kopf an ihren lila Strümpfen zu reiben. Das Schnurren, das durch seinen gewaltigen Bauch noch verstärkt wurde, war ein tiefes, rhythmisches An- und Abschwellen.

»Die Paarungsrituale von Katzen haben mich schon immer fasziniert«, sagte ich.

»Sei nicht so gemein.« Mary rümpfte die Nase. »Misha ist schon vor einer Ewigkeit kastriert worden. Ein Trauma, das er mit Sicherheit nicht noch einmal durchmachen möchte.«

»Dann leiste ich natürlich Abbitte«, sagte ich mit einer leichten Verbeugung in Richtung Misha.

»Ich werd's ausrichten.« Sie streichelte über den unanständig gekrümmten Rücken des Katers. »Siehst du, was er für ein kleiner Schatz ist? Da bist du ja endlich, Gus. Ich habe mir langsam Sorgen gemacht.«

Gus Tolland, ein rüstiger Siebziger in einem mintgrünen, hochgeschlossenen Anzug aus einer längst vergangenen Epoche, kam mit einem Tablett, auf dem ein Martini-Shaker und zwei Gläser standen, aus dem Haus. Er war selbst Witwer und früher der beste Freund von Marys Mann gewesen. Inzwischen waren sie seit mehr als zehn Jahren zusammen, tranken Martini, schauten gemeinsam *Polizeirevier Hillstreet* und *Denver-Clan* und unternahmen alle halbe Jahre eine Europareise.

»Willst du wirklich nichts trinken, Julian?«

»Nein, danke, Gus.«

Er stellte das Tablett auf dem niedrigen Metalltischchen ab und verteilte die diamantene, wasserklare Flüssigkeit gleichmäßig in die beiden Gläser. Er lispelte leicht beim Sprechen und hinkte ein wenig. Sein eigentliches Leben, so pflegte Gus zu sagen, hatte nicht in Beacon Hill begonnen, wo er in eine wohlhabende Bostoner Familie hineingeboren wurde, sondern in Frankreich, wo er in den letzten Kriegsmonaten als Klarinettist in einer Armyband gelandet war, die ein begabter junger Pianist namens Dave Brubeck geleitet hatte. Sie hatten an der gesamten europäischen Front für die Truppen gespielt, einmal sogar im Vorprogramm der Andrews Sisters. In seiner Jugend ein schlaksiger introvertierter Knabe, hatte der Krieg Freuden und Sehnsüchte in Gus ausgelöst, die er zwar immer verspürt, sich aber nie so recht eingestanden hatte. Und jetzt, Jahrzehnte später, nachdem soviel hinter ihm lag, konnte er gemächlich seinen Martini trinken und die Gedanken in der Vergangenheit spazieren führen: Wie sich die Band auf dem Weg zu einem Auftritt in den Ardennen hinter die feindlichen Linien verirrt hatte. Wie er mit Brubeck auf der Ladefläche eines Hühnertransporters gejammt hatte. Und erst die Mädchen! Schuld an seinem Hinken war ein Klavier, an dem das formidable Hinterteil einer Frau aus Nantes gelehnt hatte und das daraufhin über seinen Fuß gerollt war. Es lag nicht in seiner Absicht, den Krieg zu bagatellisieren – zu viele seiner Freunde waren gefallen –, aber, Herrgottnochmal, seit er wieder nach Hause gekommen und (diesmal lebenslang) in der familieneigenen Anwaltskanzlei dienstverpflichtet worden war, hatte er nie wieder etwas so vermisst wie den wahr gewordenen Traum jener Tage, an denen schon beim Aufwachen die Rhythmen und der Schwung des Jazz in seinem Kopf vibriert und das Dröhnen der Turbinen und das tapfere Pfeifen heimwehkranker Männer übertönt hatte.

Mary sagte: »Gus, Julian hat sich über den armen Misha und seine abhanden gekommenen Hoden lustig gemacht.«

»Im Ernst?« Mit liebenswürdig hochgezogener Augenbraue reichte Gus ihr den Martini. Seine altersfleckige Hand zitterte, und er verschüttete etwas davon auf den Rasen. »Na, dann möchte ich ja nicht wissen, was er über mich erzählt hat, als ich eben im Haus war.«

»Ach, so allerhand, möcht' ich meinen.«

Die beiden lächelten sich verschwörerisch an.

Dann nahm Mary wieder ihr Buch zur Hand – P. N. Furbank über E. M. Forster –, und Gus zog seinen Hosenbund ein Stück höher und setzte sich mit seinem Drink und seinen Erinnerungen zu uns. Über uns in den Bäumen sangen ausgelassen die Vögel. In den alten, mit dichtem Laub zugewachsenen Bäumen in einer alten Straße. Hier begann die Goldene Meile der Herrenhäuser, die sich fast bis zum Fresh Pond Parkway erstreckte. Longfellow hatte ganz in der Nähe gewohnt, ebenso Hawthorne. H. H. Richardson hatte hier Häuser für die Reichen entworfen. In diesem Viertel hielt sich noch unbeirrt das Flair ursprünglicher Vornehmheit, der aufgeklärten Zurückgezogenheit von der gedankenlosen, getriebenen Hektik der gemeinen Masse als Verkörperung einer exaltierten New-England-Noblesse, wenn nicht der Gründerideale von Harvard selbst. Unverrückbarer Ideale, wie ich vermutete. Eine, wie es mir des Öfteren vorkam, tyrannische Vornehmheit, die sich allzu sehr auf ihre Privilegien berief.

Marys Garten war umgeben von einer niedrigen Steinmauer mit einem eisernen Tor. Auf der anderen Straßenseite stand ein noch älteres Gebäude aus schlichtem rotem Backstein – ein Studentenheim. Die meisten seiner Bewohner kamen aus dem Ausland und hatten keine andere Bleibe. Der Speisesaal lag im Erdgeschoss. Während der langen Wintermonate, wenn das Tageslicht spärlich gesät war und die Stadt schon um fünf Uhr in Finsternis versank, hatte ich häufig in meinem Zimmer am Fenster gestanden und hinabgeschaut in den großen Saal, der wie eine versenkte Bühne erleuchtet war. Die schlichten Holztische, an denen einzelne Männer und Frauen saßen – ältere Studenten wie ich – und mechanisch ihre Mahlzeiten einnahmen, während sie lasen.

»Gus und ich wollen einen kleinen Abstecher zur Via Veneto machen«, sagte Mary.

Ich sah sie an. Ihr Glas war leer, ihre Augen leuchteten und ein zarter Hauch von verwelkten Rosenblüten unter Reispapier zierte ihre Wangen.

»Wann denn?«

»Wir fahren am Vierzehnten, glaub ich. Stimmt das, Gus?«

»Am Fünfzehnten«, erwiderte Gus und trank sein Glas aus. »Am Vierzehnten ist der Tag der Bastille.«

»So ist es! Aber der ist natürlich in Frankreich und hat nichts mit den Italienern zu tun. Also dann am Fünfzehnten. Am Fünften kommen wir zurück.«

»Am Sechsten«, sagte Gus.

»Am sechsten August. Wir machen eine Palazzo-Tour. Ich wollte diese Villen schon immer mal sehen. Und jetzt machen wir's einfach. Nicht wahr, Gus? Du machst dir ja nicht besonders viel aus Palästen. Aber wir werden schließlich nicht jünger.«

»Sprich nicht immer im Plural«, meinte Gus.

»Na schön, ich werde nicht jünger. Gus kommt bald in die Pubertät. Eines Tages findet er noch Mishas abhanden gekommene Hoden und zieht um die Häuser, bis der Hahn kräht. Entschuldige, Misha! Aber wie auch immer, Julian, du kümmerst dich doch um ihn, während wir fort sind?«

»Um Gus?«

Gus kicherte in sich hinein.

»Um Misha«, sagte Mary streng.

»Ist mir auch recht, Mary«, erwiderte ich grinsend.

»Danke. Ich weiß, ich bin voreingenommen, aber er ist wirklich der beste Gesellschafter, den man sich vorstellen kann. Es ist einfach unmöglich, sich einsam zu fühlen, wenn man Misha um sich hat. Ich hoffe, seine Anwesenheit ist für dich genauso tröstlich wie für mich.«

»Julian ist nicht einsam«, entgegnete Gus.

Mary sagte nichts, tätschelte nur meinen Arm und bat Gus, noch eine Runde Martinis zu mixen.

Wie geplant, reisten sie am Fünfzehnten ab. Mary hatte mir detaillierte schriftliche Erläuterungen hinsichtlich Mishas Tagesablauf hinterlassen. Angefangen von Nachmittagsspaziergängen an der Leine durch die nähere Umgebung über fünfzehnminütige »Spielsitzungen« mit einer mit Katzenminze gefüllten Maus bis hin zu einer ganz bestimmten Bratensoße, die ich seinem Futter beimischen sollte.

So geschah es, dass ich an einem Spätnachmittag im Juli wieder einmal im Garten saß, diesmal mit einem Exemplar von Karl M. Schmidts *Henry A. Wallace: Quixotic Crusade* von 1984 auf dem Schoß. Auf diese Weise hatte ich bereits den größten Teil meines Sommers verbracht, denn es kam mir immer noch erträglicher vor, allein im Garten einer alten Frau zu sitzen als zwischen lauter sonnenbadenden Pärchen am grünen Ufer des Charles.

Mit Misha war es an diesem Tage nicht sehr gut gelaufen. Zuerst war seine Spielmaus plötzlich spurlos verschwunden – ich hatte ihn im Verdacht, sie aufgefressen zu haben –, und das hieß, dass ich eine neue auftreiben musste, bevor Mary zurückkam. Dann hatte er sich auch noch hartnäckig geweigert, sich auf seinen Nachmittagsspaziergang führen oder tragen zu lassen, so dass ich ihn den ganzen Weg an der Leine hinter mir herzerren musste.

Nun thronte er in der drückenden Hitze und dem vergehenden Licht des Spätnachmittags auf dem Gartenstuhl und putzte sich. Jedes Mal, wenn er mit der Pfote über sein pummeliges Gesicht mit der eingedrückten Nase strich, blickte er verächtlich in meine Richtung.

»Misha«, erklärte ich ihm in völlig ruhigem Ton, »du bist ein verwöhntes kleines Aas.«

Als ich in diesem Moment den Blick hob, gefror mir förmlich der Atem in der Kehle. Auf der anderen Seite der niedrigen Mauer stand Claire in einem blau geblümten Kleid, braun gebrannt und mit einzelnen, von der Sonne kastanienbraun gebleichten Strähnen im dunklen Haar.

»Was für ein Prachtstück«, sagte sie. »Die Katze.«

»Eher ein Himmler im Pelz. Wie geht es deinem Vater?«

Sie antwortete nicht. Ohne sich um das Tor zu scheren, stieg sie über die Mauer. Das Kleid rutschte bis über die Oberschenkel hinauf, ehe es wieder bis zu den daumengroßen Vertiefungen zwischen den Muskeln genau über ihren Knien herabglitt. Das Haar fiel ihr ins Gesicht. Ihre Haut war nicht mehr so blass, wie ich sie in Erinnerung hatte, mit Ausnahme zweier schmaler Streifen, die, einander überkreuzend, über die Schultern und die zarten Schlüsselbeinknochen verliefen. Dann war sie drüben. Bei Mishas Stuhl angelangt, kraulte sie den Kater zwischen den Ohren, der im Nu wohlig schnurrte wie ein Opiumsüchtiger.

»Was hast du die ganze Zeit so getrieben?«, fragte sie.

Es hörte sich so unbeschwert an, dass ich es kaum fassen konnte. *Du warst sieben Wochen und vier Tage lang fort, ohne dich zu melden*, wollte ich schon sagen. *Kannst du dir vielleicht vorstellen, wie man sich da fühlt?* Stattdessen hielt ich nur das Buch über Wallace hoch.

»Das Übliche?«, fragte sie.

»Was denn sonst? Und jetzt erzähl mir, wie es deinem Vater geht.«

»Nicht sehr gut.« Ihr Blick glitt an mir vorbei und heftete sich an die Hauswand. »Obwohl er langsam wieder zunimmt. Er sagt, er fängt Ende nächster Woche wieder an zu arbeiten, und wehe dem, der ihn daran hindert. Damit meint er mich.« Sie hielt inne. Der Kopf bewegte sich nicht. Unvermittelt schwammen ihre Augen in Tränen von purem Licht. »Angeblich wächst das Haar nach einer Chemotherapie anders wieder nach«, sagte sie. »Stimmt das? Er hatte vorher schönes dunkles Haar. Er glaubt, dass es weiß nachwächst. Stimmt das?«

»Ich weiß es nicht, Claire.«

Sie nickte. Unwillkürlich griff ich nach ihrer Hand. Eine Zeit lang erwiderte sie meinen Druck. Dann ließ sie wieder los. Als sie den Mund aufmachte, war ihr Tonfall um einige Nuancen härter, der Glanz in ihren Augen verschwunden.

»Ich habe das Gefühl, als müsste ich so ein Schild mit einem Schädel und gekreuzten Knochen um den Hals hängen haben. Zur Zeit bin ich für mich selbst und für andere die reinste Lebensgefahr.«

»Ist das eine Warnung?«

»Es ist eine Beichte.«

»Und warum hast du gerade mich zum Beichtvater erkoren, Claire?«, fragte ich, unfähig, meinen Missmut zu verbergen.

»Weil ich dir vertraue. Ich weiß nicht, warum. Ich vertraue dir halt.«

Ich sagte nichts. In meinem Herzen erlosch ein Teil meines eigenen Lichts, wie ein Leuchtfeuer, das im dunklen Wasser versinkt. Und ich sah ihm einfach dabei zu.

Sie sagte: »Du verstehst mich falsch.«

»Ich glaube, ich verstehe dich sehr gut.«

»Hör zu, Julian. Ich habe die Nacht mit dir sehr genossen. Du hast mich glücklich gemacht. Glücklicher als ich seit langem gewesen bin. Aber mein Vater ist sehr krank. Er stirbt vielleicht. Und wenn du und ich jetzt ernsthaft etwas miteinander anfangen, würde ich es, so wie die Dinge liegen, irgendwie kaputtmachen. Das weiß ich genau. Und letztendlich würdest du mich hassen.«

»Ich würde dich niemals hassen.«

»Doch, bestimmt. Und dann hätte ich dich ein für alle Mal verloren. Verstehst du das nicht?« Der Schatten des drohenden Kummers war in ihre Augen zurückgekehrt. Ohne so recht zu merken, was sie tat, ergriff sie meine Hand. »Und ich habe jetzt weder die Kraft noch den Mut, das zu riskieren. Ich kann es dir nicht erklären. Sei einfach mein Freund, Julian. Bitte. Sei mein Freund.«

neun

Du sitzt mit ihr im Café, in der hintersten Ecke, Ringe unter den Augen vom Qualm, ihr Haar ist mit so einem Samtding zurückgebunden, ihre Finger blättern in den *Memoiren* von Georgiana Burne-Jones. Während du dich mit einem roten und einem schwarzen Kugelschreiber in der Hand systematisch durch Professor Davis' neueste hundert Seiten kämpfst (wie kann ein Mensch bloß so schnell arbeiten?), liest sie dir einzelne Stellen vor, und dabei lehnt ihr Fuß die ganze Zeit achtlos unterm Tisch an deinem Knöchel; und ab und zu ihre Stimme, die dir in höchst glaubwürdiger britischer Aussprache die Worte der hinterbliebenen Frau an ihren toten Künstlergemahl vorliest, Worte der Wehmut und der Freude, die verkünden, wie jede Minute mit ihm zu einer Lebensstunde wurde. Und du denkst daran, dass du sie seit vier Monaten, zehn Tagen und sechzehn Stunden nicht mehr richtig angefasst hast, und du weißt nicht, ob du es jemals wieder tun wirst.

zehn

Ein Samstagmorgen im November. Ich stand über Marys Gartentor gebeugt und schrubbte mit einem Stück Stahlwolle an der dicken Rostschicht herum. Als ich eine Autohupe hörte, blickte ich auf und sah Claires roten VW-Käfer vorfahren. Ich unterbrach meine Arbeit und ging zu ihr.

»Lust auf eine kleine Spazierfahrt?«

»Geht nicht«, antwortete ich und hielt die Stahlwolle hoch. »Ich hab's Mary versprochen.«

»Komm schon.« Sie beugte sich herüber und öffnete die Beifahrertür.

»Wohin denn?«

»Das ist eine Überraschung.«

*

Wir fuhren nach Süden, auf den Zubringer zur Autobahn. Der Käfer dröhnte so ohrenbetäubend, dass wir uns anbrüllen mussten. In Providence bogen wir nach Osten ab, fuhren bei Fall River über die Brücke und hielten uns dann südöstlich auf einer Landstraße, die durch Tiverton führte. In einer Ortschaft namens Four Corners hielten wir an und kauften uns Truthahnsandwiches und ein paar Flaschen Limonade. In einem mit grauen Schindeln gedeckten Laden gab es selbst gemachtes Eis. Eine Eisenschmiede bot handgefertigte Zäune und Kamingitter an. Ein kleines Reiselädchen warb für Ferien in Tahiti, Aruba, Cancún. Wir fuhren weiter. In Little Compton wurden die Häuser allmählich größer, die Felder waren mit grauen Steinmauern unterteilt. Es hatte gerade erst geregnet, das Gras war so grün und die Luft so frisch wie auf einem neuen Kontinent. Wolkenfetzen filterten die kühle Herbstsonne. Als die Straße eine Anhöhe erreicht hatte, sahen wir Kühe auf endlosen Weiden stehen, die sich in sanft wogenden Hügeln bis hinab zum Fluss in der Ferne erstreckten. Durch die offenen Fenster atmeten wir einen Hauch von längst vergangenen Sommerlagern mit Busfahrten und Proviantpaketen und nasser Baumrinde und moosbewachsenen Steinen. Nach mehreren engen Straßenkehren tauchte das Wasser neben uns auf wie von Zauberhand heraufbeschworen. An einer Bude, kaum größer als ein Puppenhaus, flatterte eine Flagge mit der Aufschrift *Sakonnet Yacht Club*, obwohl kein einziges Boot zu sehen war.

Die Landzunge verschmälerte sich zu einer lang gezogenen Sichel. Ein baufälliger Lagerschuppen kam in Sicht, und dahinter die Masten und die zerfetzte Takelage eines Trawlers. Claire hielt an. Es roch nach Fisch. Wir waren jetzt auf drei

Seiten von Wasser umgeben, auf der vierten lag ein Haufen kaputter Hummerreusen, auf dem eine Möwe wie eine Sphinx thronte.

»Da wären wir«, verkündete Claire. Der Vogel flatterte kurz auf, schwebte einen Moment lang in der Luft und nahm dann mit argwöhnischem Blick seinen Platz wieder ein. Inzwischen kreisten noch andere Möwen über uns und zerrissen die Luft mit ihren gellenden Schreien. Claire suchte meine Hand.

*

Wir blieben nicht lange. Ich spürte, dass die Landzunge nicht unser eigentliches Ziel war, sondern lediglich ein unbestimmter Zugang – Sonne und Salz, vom Wind gepeitschte Schaumkronen, ein Sog der Gezeiten in eine Vergangenheit, von der ich nur wenig wusste. Claire saß neben mir im Auto und blickte melancholisch durch die Windschutzscheibe, als wäre das Meer eine Erinnerung aus Celluloid, die vor ihr auf eine Leinwand projiziert wurde. Irgendetwas kam über sie – so wie ich es schon zuvor an ihr gesehen hatte, im Museum oder auch als wir in ihrem Bett lagen. Ihre Hand lag schlaff in meiner, bis sie sich plötzlich, wie aus einem Schlaf erwachend, aufrichtete und den Wagen anließ. Wir fuhren zurück auf die Hauptstraße und hielten erneut an, diesmal vor einer langen Kieseinfahrt.

Sie stieg aus, und ich folgte ihr. Sie schritt jetzt rasch aus, wie von einem neu erweckten Forschergeist getrieben. Die Einfahrt endete an einem weiß verschalten Haus mit graublauen Fensterläden. Vor dem Anwesen erhoben sich zwei große Eichen, darunter leuchtend bunte Blätter, ausgebreitet wie Vorhangstoff. Zur Linken stand eine Garage, deren Flügeltüren verschlossen waren, zur Rechten erstreckte sich, gesäumt von japanischen Ahornbäumen, ein grünes Rasenquadrat so groß wie ein Krocketfeld. Ein herrliches Anwesen, wenn auch völlig verwaist. Kein Auto in der Einfahrt, sämtliche Fenster waren fest verschlossen. Ein Vogelhäuschen ohne einen Krümel Futter schaukelte an einem Ast neben der Haustür; ein blutroter Kardinal kam angeflattert, setzte sich auf die Aluminiumstange, pickte vergeblich an der Futteröffnung herum und flog wieder davon.

»Wessen Haus ist das, Claire?«

»Es hat früher meinen Großeltern gehört.« Ihre Stimme klang kindlich aufgeregt. Sie stand jetzt direkt am Haus und versuchte, durch eins der vorderen Fenster hineinzuspähen. »Das war das Wohnzimmer. Am Heiligen Abend saßen wir immer um den Kamin herum und meine Großmutter erzählte uns die Geschichte vom Jesuskind in der Krippe. Ich saß dann auf dem Schoß meines Vaters, den Kopf unter sein Kinn geklemmt. Am liebsten hörte ich die Geschichte von den vielen verschiedenen Tieren, die alle gute Freunde waren.«

Unvermittelt trat sie von dem Fenster zurück, und ihr Blick verfinsterte sich. »Das ist schon lange her. Jetzt sieht hier alles ganz anders aus.« Sie drehte sich um und ging um das Haus herum.

Als ich sie eingeholt hatte, stand sie bereits auf der hinteren Veranda. Wieder spähte sie ins Haus hinein, diesmal durch eine verglaste Tür in eine sonnendurchflutete Küche. Aus dem oberen Teil der Tür schaute sie ihr ausgehöhltes Spiegelbild an, so dass sie ständig den Kopf hin und her bewegen musste, um hindurch sehen zu können.

»Was suchst du denn, Claire?«

Ohne den Blick von der Tür abzuwenden, sagte sie: »Zu meinem dreizehnten Geburtstag hat mir mein Vater einen Hund aus dem Tierheim geholt. Ich nannte ihn Buzz, weil er goldgelb und schwarz war und so klein wie eine Hummel.«

Ihre Stimme hörte sich wieder sehr erregt an; Claire ließ den Kopf hängen und wollte mich nicht ansehen. Dann hielt sie die gewölbte Hand über ihr Spiegelbild, bis es verschwand.

»Ungefähr einen Monat später wachte ich morgens auf und konnte ihn nirgends finden«, sagte sie. »Es war ganz still im

Haus. Zu still. Ich ging hinunter, und meine Mutter stand hier am Spültisch. Die Terrassentür stand offen. Eigentlich sollte sie geschlossen bleiben, damit er nicht auf die Straße hinauslief. Das wusste sie auch. Ich fragte sie, ob sie ihn irgendwo gesehen hätte, und sie drehte sich um und sah mich an. Diesen Blick werde ich nie vergessen. Sie sagte, sie wüsste schon Bescheid. Dann schrie sie los, sie wäre krank und hätte es satt, die Tür die ganze Zeit geschlossen zu halten. Sie dächte nicht daran, sich einem Hund zuliebe wie ein Tier einsperren zu lassen, noch dazu an so einem schönen Sommertag, und wenn mein Köter zu blöd wäre, um zu kapieren, dass er nicht auf die Straße rennen soll, dann wäre es schließlich nicht ihre Schuld.«

Claire drehte sich zu mir herum.

»Ich fand ihn ein paar Hundert Meter weiter am Straßenrand. Er lag zusammengekrümmt an der Friedhofsmauer«, sagte sie. »Ein Auto hatte ihn angefahren. Irgendwie hatte er sich noch ein Stück weitergeschleppt. Als er mich sah, fing er an zu winseln. Er hatte die Hüfte gebrochen und blutete aus dem Magen. Er starb in meinen Armen.«

*

Es war schon Nachmittag. Wir standen auf dem makellosen Rasen, das Sonnenlicht wurde fahl und die herbstliche Kühle floss wie vergossene Tinte aus dem Wald hinter dem Haus. Ein Drosselpärchen pickte im Gras nach Würmern. Claire neben mir schien noch immer tief in die Szene von damals versunken, als ihre Mutter ihr Vertrauen so nachhaltig und unwiederbringlich erschüttert hatte. Sie hielt die Arme vor der Brust verschränkt, ihr Blick ging ins Leere.

Wir berührten uns fast. Ich hätte ihr so gern eine Rettungsleine zugeworfen, um sie in Sicherheit zu bringen. Ihr die Hand an die Wange gelegt. Doch ich brachte es nicht fertig, und so konnte ich wieder einmal nur auf Worte zurückgreifen und ihr anhand meiner eigenen dürftigen Erfahrung zu verstehen geben, dass die Finsternis, in der sie sich augenblicklich gefangen sah, nicht der Weltuntergang war.

»Meine Mutter und ich reden kaum noch miteinander«, meinte ich.

Claire schaute mich an.

Also erzählte ich ihr von dem Tag vor vier Jahren, an dem mein Vater von der Arbeit nach Hause kam und eine leere Wohnung und drei weiße Briefumschläge auf dem Küchentisch vorfand. Die Briefe, für jedes Familienmitglied einer, waren dünn. Ich besaß meinen immer noch. Der Inhalt war mit Schreibmaschine geschrieben, einen Absatz lang, für jeden von uns derselbe Wortlaut. Sie sei schon lange in einen anderen Mann verliebt. Sie könne so nicht mehr weitermachen. Es täte ihr Leid. Sie hätte uns lieb, und daran würde sich auch nichts ändern. Sie hoffe, dass wir sie irgendwann verstehen würden. Sie würde uns ihre neue Adresse mitteilen, sobald sie wieder einen einigermaßen klaren Kopf hätte.

»Sie lebt jetzt in einem Vorort von Houston. Er ist Orthopäde.«

»Fehlt sie dir sehr?«

»Was mir fehlt, ist der Glaube an sie«, sagte ich.

Es folgte ein langes Schweigen. Claires Gesichtsausdruck war gespannt, verschwörerisch. Sie lächelte zärtlich. »Komm, ich zeig dir was.«

Sie drehte sich um und ging auf den Wald zu. Ich hinterher. Dort, wo der Rasen aufhörte, wurde ein schmaler, mit verwelkten Blättern übersäter Trampelpfad sichtbar, der sich zwischen den Bäumen hindurchwand. Die Luft, von der Sonne abgeschirmt und feucht vom Humus, wurde kühler. Der Boden dämpfte unsere Schritte, und der Geruch des Laubes stieg uns in die Nase.

Ich ging hinter ihr her und dachte nicht an meine Mutter, sondern an meinen Vater. Ein stiller, sanftmütiger Mann. Meine Schwester Judith hatte ihn einmal, als er außer Hörweite war, mit der Bezeichnung »Clark Kent minus Superman« unsterblich gemacht. Hatte er jemals seine Stimme gegen uns erhoben? Ich konnte mich nicht daran erinnern. Obwohl er es wohl getan haben musste. Kinder stellten nun mal dumme und gefährliche Sachen an. Sie rannten über die Straße, ohne nach links oder rechts zu schauen, fielen von Bäumen, traten in Glasscherben und verknallten sich in Mädchen, die ihnen nicht mal sagen würden, wie spät es ist. Er musste auch mir gegenüber gelegentlich laut geworden sein, und sei es nur, um mich zu warnen. Aber ich konnte mich nicht daran erinnern. Denn der Mann, den ich kannte, hielt nichts vom Herumbrüllen. Wenn ein Problem auftauchte, versuchte er es instinktiv immer zuerst mit vernünftigen Argumenten. Er arbeitete seit fast vierzig Jahren bei demselben Verlagshaus. Angefangen hatte er, der eingefleischte Literaturliebhaber, als Lektoratsassistent im Belletristikbereich. Aber als er nach fünf Jahren in die Schulbuchabteilung versetzt wurde, fand er sich ohne Murren damit ab. Als er sich zur Ruhe setzte, bekam er einen gläsernen Briefbeschwerer und eine Rente, die eigentlich doppelt so hoch hätte ausfallen müssen. Eine Chronologie der Missachtung, die durch seine Physiognomie vermutlich noch herausgefordert worden war: sein breites freundliches Gesicht war die personifizierte Bescheidenheit. Sein dünnes, kraftloses Haar hatte keine bestimmte Farbe. Seine blassgrauen Augen verrieten nicht die typische Verbitterung und krankhafte Unzufriedenheit in die Jahre gekommener Männer. Aber sie strahlten auch nicht die Durchsetzungskraft und Entschiedenheit aus, mit der sich ein Mann nachhaltig in Erinnerung bringt. Vielleicht habe ich mich in meiner Jugend immer ein bisschen dafür geschämt, dass er den Status quo so gutwillig akzeptierte, dass er keine tieferen Spuren in der Welt hinterließ.

Und doch hatte mein Vater im Leben fast alles richtig gemacht, wenn man die eher bescheidenen Ziele in Betracht zieht, die er sich gesetzt hatte: Ehe, Kinder, Beruf. Das heißt, bis vor ein paar Jahren – bis die Frau, die er liebte, der er vertraute und auf die er angewiesen war, ihn sang- und klanglos verließ, als es zu spät für ihn war, sich noch zu wehren. Ein Vierteljahrhundert lang war er glücklich gewesen, und dann hatten ein paar kurze Sätze ihn wie ein Kartenhaus zusammenklappen lassen. Danach war er buchstäblich am Boden zerstört. Selbst seine eigene Vergangenheit – die ganz besonders – erschien ihm von diesem Augenblick an wie ein Berg voller Gefahren. Und er war kein Kletterer. Er gab auf. Ich weiß es so genau, weil ich es aus nächster Nähe miterlebt habe. Nach dem College hatte ich fast zwei Jahre lang mit ihm zusammen in dieser verstaubten Vorkriegsbude gewohnt, deren Mobiliar, Bücher, Porzellan und Bilder er noch mit meiner Mutter zusammen ausgesucht hatte.

Ja, ich war wieder zu ihm gezogen, weil er mir Leid tat. Aber als er gar nicht wieder auf die Beine kam und ich sah, wie er sich Tag für Tag in seinen Erinnerungen am Boden wälzte wie ein Boxer, der das Handtuch geworfen hat, floh ich nach Cambridge, als hinge mein Leben davon ab. Ich schaute nicht mehr zurück, als wäre er in seiner kummervollen Erstarrung zu einer steinernen Medusa geworden, deren Anblick mich ebenfalls in Stein verwandeln würde.

*

Vor uns blitzte Tageslicht auf. Der Pfad mündete in einen kleinen hölzernen Bootssteg am Ufer eines Salzwassersumpfes. Hier war das Sonnenlicht noch intensiver, das Wasser tiefblau. Zwischen zwei kleinen Felseninseln zogen mehr als hundert Schwäne wie edles Zuckerwerk in einer lautlosen Parade hin und her. Am anderen Ufer war ein Streifen Gestrüpp zu erkennen, dahinter etwas Weißes, wahrscheinlich ein Strand. In der Ferne, wie eine dunstige Fata Morgana, das Meer.

Ich stand mit ihr auf dem Bootssteg. Hinter uns lag ein umgedrehtes Kanu, unter dem die Griffe zweier noch lackglänzender Paddel hervorragten. Der Steg war stellenweise mit grünen Algenflecken überzogen, das Holz vom Wasser angegriffen und faulig. Wir standen ein wenig unsicher, wie auf einem langsam sinkenden Boot, darauf und lauschten dem leisen Plätschern des Wassers. Ungefähr fünfzig Meter rechts von uns ragten Büschel von vertrockneten Rohrkolben empor, in deren Mitte ich auf einem viereckigen Holzplateau, das sich ein Stück über dem Wasser erhob, eine teilweise mit Schilf und hohen Gräsern verdeckte Entenattrappe ausmachen konnte.

»Jäger?«, fragte ich.

Claire nickte. »Eine wahre Geschichte: Mein Bruder hatte ein Luftgewehr, damit rannte er immer durch die Gegend und schoss auf Eichhörnchen und Vögel, so ziemlich auf alles, was sich bewegte. Mein Vater versuchte, es ihm auszureden. Aber Alan war dreizehn und entweder von Natur aus sadistisch veranlagt, oder er hatte einfach zu viele *Dirty-Harry*-Filme gesehen. Schließlich nahm ihm Daddy das Gewehr weg und schloss es im Wäscheschrank ein. Irgendwann kriegte ich heraus, wo er den Schlüssel versteckt hatte und sann auf Rache. Ich wollte es dem kleinen Angeber mal richtig zeigen. Eines Tages, als meine Eltern gerade in der Stadt waren, schaute ich aus dem Fenster und sah ihn unten auf dem Rasen mit einem Tennisball spielen. Ich holte mir das Gewehr. Es war noch geladen, Daddy hatte vergessen, die Munition herauszunehmen. Ich stellte mich ans Fenster und zielte sorgfältig. Und dann schoss ich ihm zweimal auf den Hintern, ehe er wusste, wie ihm geschah.« Claire lachte schallend. »Herrgottnochmal, das hat vielleicht gut getan!«

Ich warf ihr einen skeptischen Blick zu.

Mit lausbubenhaftem Grinsen fragte sie: »Und du? Hast du schon mal auf jemanden geschossen?«

»Nein, aber als ich zehn war, hab ich Judiths Barbiepuppe

die Haare abgebrannt. Schon mal eine Barbiepuppe mit Glatze gesehen?«

Sie lachte. Dann lösten sich unsere Blicke wieder voneinander und wir schwiegen eine ganze Weile. Unsichtbare Fäden verbanden uns – als wären wir siamesische Zwillinge, mit dem gleichen Ursprung, dem gleichen Schicksal, den gleichen Wünschen und Bedürfnissen. Denn so lautet das Gesetz zweier verbundener Herzen: Trenne uns, und höchstens einer von uns wird es überleben.

Jetzt vernahm man wieder das leise Plätschern des Sumpfwassers gegen den Steg, und das Rascheln des Windes in den Rohrkolben hörte sich an wie Finger, die ein Weizenfeld durchkämmen. Ein Schwan peitschte das blaue Wasser mit seinen Flügeln. Gewaltige, unglaublich große Schwingen. Er nahm unbeholfen Anlauf, rannte über das Wasser. Wir sahen ihm dabei zu. Claire streckte den Arm aus und legte mir die Hand an die Wange. Ihre Berührung elektrisierte mich. Ich hielt ganz still. Der Schwan erhob sich in die Lüfte, peitschte sie mit den Flügeln, als würde er sie neu erschaffen, legte sich in die Kurve und flog auf das andere Ufer zu, dorthin, wo das Meer war. Sie nahm die Hand wieder weg. Danach blieb nur mein eigener, wilder Herzschlag in meinen Ohren zurück – als hätten sich die Elemente der Erde wieder zu einem untrennbaren Ganzen zusammengefügt, und das war sie. Dann verebbte auch dieses Geräusch. Mir wurde bewusst, dass soeben eine entscheidende Gelegenheit an mir vorbeigegangen war, ohne dass ich sie ergriffen hatte, und dass Claire noch immer neben mir auf dem Bootssteg stand, immer noch ganz nah, aber schon von mir abgewandt.

Dann drehte sie sich zu mir um.

»Noch eine wahre Geschichte. Mein Onkel hat meiner Tante auf diesem Bootssteg einen Heiratsantrag gemacht«, sagte sie. »Er war übers Wochenende aus Brown herübergekommen, um ihr seine Aufwartung zu machen. Ihre Eltern ließen die beiden keine Minute allein. Schließlich war es Sonntagabend und er musste wieder zurück. Da machte er in seiner Verzweiflung einen Spaziergang mit ihr hierher. Sie war naiv und rechnete überhaupt nicht damit. Sie hatte ihren Fotoapparat mitgenommen. Schaute in aller Seelenruhe durch den Sucher wie eine Touristin. So erschien er ihr dann auch, hier auf dem Steg, so nah, dass sie ihn gar nicht richtig erkennen konnte. Er war unscharf und an den Rändern total verschwommen. Das brachte sie irgendwie in Verlegenheit. Als wäre es ihre Schuld, dass sie ihn nicht scharf sah, weil sie irgendetwas falsch gemacht hatte. Es verwirrte sie. Dann platzte es auf einmal aus ihm heraus: ›Leg doch um Himmels willen endlich den verdammten Fotoapparat weg, Ellen!‹, sagte er. Und weil es 1959 war und sie es als Frau nicht besser wusste, nahm sie die Kamera herunter. Und da sah sie ihn zum ersten Mal ganz deutlich. Sah, wie er wirklich war, sah seine großen blauen Augen, deren Blick ganz in sich gekehrt und nur auf die Frage konzentriert war, die er ihr gleich stellen würde. Er sah sie eigentlich gar nicht. War völlig blind für sie, das spürte sie genau. Und doch nahm sie zwei Minuten später seinen Antrag an. Drei Jahre später hatten sie zwei Kinder.«

»Und die Ehe?«

Ohne zu lächeln fuhr sich Claire mit dem Finger über die Kehle.

Ich dachte an meine Eltern und sagte: »Manchmal sind die Entscheidungen der Leute nur schwer nachvollziehbar.«

»Nicht schwer, Julian!«, erwiderte Claire mit unerwarteter Heftigkeit. »Es ist verflucht noch mal unmöglich! Die Entscheidungen, die die meisten von uns treffen, und zwar ständig, sind absolut unlogisch!«

Sie schien wütend zu sein, wie sie da so in Richtung Meer starrte. Vielleicht sah sie – sie musste es ja gesehen haben –, dass sich der Tag langsam seinem Ende zuneigte. Das Sonnenlicht glänzte nicht mehr so klar, das Wasser war nicht mehr so blau wie zuvor. Die vielen Schwäne machten sich einer nach dem anderen daran, es dem unerschrockenen ersten gleichzutun und davonzufliegen.

Die Gedanken an meine Eltern hatten mich trübsinnig gestimmt. »Manchmal möchte ich daran glauben, dass Leute wie wir nicht dieselben falschen Entscheidungen treffen wie unsere Eltern«, sagte ich.

»Und ich möchte manchmal am liebsten daran glauben, dass es Leute wie uns überhaupt nicht gibt«, entgegnete Claire. »Vielleicht nur, um nicht durchzudrehen. Dass wir im Grunde unbeschriebene Blätter sind. Und dass die Entscheidungen, die wir bereits getroffen haben und noch treffen werden – was wir mit unserem Leben anfangen, was ich in dieser Sekunde zu dir sage –, dass das alles die Geschichte ist, unsere eigentliche Botschaft an uns selbst und die Welt, eine Geschichte, die permanent geschrieben wird, wieder und wieder, bis sie uns eines Tages zudeckt wie eine Grabinschrift …«

Sie beugte sich zu mir herüber und küsste mich auf den Mund, nur kurz, aber sehr gefühlvoll.

»Dann sind wir wahrscheinlich schlauer. Oder irgend jemand anders, Julian, wenn wir, du und ich, nicht mehr da sind. Irgendjemand wird es wissen, wenn schon nicht wir. Wissen, wie alles ausgegangen ist, meine ich. Wie unsere Chancen gestanden haben. Und wie es uns letztendlich dabei ergangen ist.«

elf

Sie stellte ihre Schecks in smaragdgrüner Tinte mit einem schwarzen Waterman-Füller, einem Geschenk ihres Vaters, aus. Ihre Unterschrift war unbestreitbar das Ausschweifendste an ihr. Schulden mussten mit dem Namen Claire Marvel abgezahlt werden. Wahrscheinlich war ihr schon deshalb der Besitz von Aktienfonds zuwider. Sie konnten einen innerhalb von Tagen arm oder reich machen. Das Geld kam wie der Füller von ihrem Vater, der es ihr hinter dem Rücken seiner Frau zukommen ließ. Und der zu jener Zeit den Kampf wieder aufnahm, denn der Krebs war erneut ausgebrochen.

Sie verbrachte jetzt jedes Wochenende bei ihm in Stamford. Ich begleitete sie nie; sie bat mich nie darum. Und sie machte mir deutlich, dass sie nicht wollte, dass ich sie dort anrief. Statt einer Einladung erhielt ich Briefe von ihr, in der vertrauten grünen Schrift, manchmal sogar zwei an einem Tag. Damit führte Claire meinen Briefkasten endlich wieder seiner eigentlichen, lange vernachlässigten Bestimmung zu. Lange Briefe, kurze Briefe, alle möglichen Briefe, auf zusammengefaltete, aus einem Spiralblock gerissene Blätter gekritzelt und zu verschiedenen Tageszeiten aufgesetzt und fortgeführt – obwohl ich vermutete, dass sie sie meist dann schrieb, wenn ihr Vater ruhte, denn zwischen den Zeilen schwang eine ehrfürchtige, bekümmerte Stille mit.

Meist war sie längst wieder in Cambridge, wenn die Briefe bei mir ankamen. Montags, dienstags und mittwochs las ich dann, was sie ein paar Tage vorher im Haus ihres Vaters geschrieben hatte. Und so erreichte mich ihr Befinden stets mit einiger Verspätung, Berge, deren Höhen und Tiefen ich langsam kennen lernte, wie ein Kletterer im Dunkeln, mehr tastend als sehend. Ich erklomm sie mit gewissenhaftem Eifer und grübelte über jeder neuen Formulierung, als könnte sie der Schlüssel zu ihrer Seele sein. Natürlich war es nie so, aber ich war trotzdem nicht enttäuscht. Ich stellte fest, dass wahres Wissen viele Gesichter hatte, dass es nicht eins zu eins zu nehmen war. Ich fand in allem, was sie tat oder dachte, Hinweise auf ihr Wesen, erst recht in den Widersprüchen, die wie Funken in ihren Gedanken blitzten. Mit der Zeit ergab es für mich in diesem Herbst und Winter einen seltsamen Sinn, dass die

Claire aus dem Brief, den ich am Dienstagmorgen las, soviel wärmer oder kühler oder wütender oder zärtlicher oder hoffnungsvoller oder niedergeschlagener war als die Claire, die ich dann am selben Abend vor mir hatte.

zwölf

UND SO VERBRACHTEN WIR UNSERE TAGE.

*

Nachmittags im Café. Die Tage werden immer kürzer. Vor den Souterrainfenstern stapfen Stiefel lautlos durch den Pulverschnee. Drinnen verqualmte Wärme und die Illusion, dieser Ort wäre extra für uns eingerichtet worden.

Heute hatte ich mich in Davis' Manuskript vergraben, das mir so rapide anzuwachsen schien wie das Haushaltsdefizit unserer glorreichen Nation. Der Mann war ein wandelnder Schreibautomat. Er ließ mir kaum Zeit für meine Doktorarbeit. Es war schon Dezember und ich schlug mich immer noch mit der Einleitung herum und versuchte verzweifelt, die Sache thematisch einzugrenzen. Davis in seiner Schaffenswut hatte lediglich Zeit für einen guten Rat: »Such dir deinen Brennpunkt, Julian, und dann bleib dran.«

Meinen Brennpunkt? In meinem Wörterbuch war dieser Begriff interessanterweise definiert als »Zentrum höchster Konzentration«.

Ich sah von den Seiten auf. Claire betrachtete aufmerksam ein Gemälde von Dante Gabriel Rossetti in einer illustrierten Monographie über die Präraffaeliten. Unser Tisch stand voll leerer Tassen und knirschte vor Kekskrümeln. Sie war in einen dicken Pullover eingepackt, rot wie ein Feuerwehrauto, und hatte sich einen beigefarbenen Schal um den Hals gewickelt.

Die Ellbogen hatte sie auf beiden Seiten des Buches aufgestützt, mit dem Zeigefinger tippte sie sich an den Mundwinkel. So war mein Brennpunkt festgelegt, und ich hatte gar keine andere Wahl, als dranzubleiben.

∗

Eines Nachmittags tauchte Davis im Café auf. Es war einer
von diesen Zufällen, die selbst eingefleischte Skeptiker be-
kehren. Ich hatte gerade mit Claire von ihm geredet. Sie hatte
mich gefragt, wie sich Davis als Mentor anstelle, und ich hatte
erwidert, er sei äußerst produktiv, ehrgeizig, gelegentlich auch
abweisend; aber auch gerecht und ehrlich um mein Vorwärtskommen bemüht. Er sei in Wirklichkeit netter, als er sich nach
außen hin gebe, meinte ich. Und da stand er plötzlich in der
Tür und blinzelte durch den Qualm. Sein Kopf berührte fast
die Decke. Er trug einen dunkelblauen Kaschmirmantel und
schwarze Lederhandschuhe und hatte eine schwarze lederne
Aktentasche unter dem Arm.

Dann steuerte er durch das volle Lokal unseren Tisch an.

»Habe Sie den ganzen Tag nicht erreicht, Julian. Jetzt weiß
ich auch, warum. Guten Tag, Miss Marvel. Sehr erfreut, Sie
wiederzusehen.«

»Wir haben gerade von Ihnen gesprochen, Professor Davis.«

»Tatsächlich?«

»Julian sagt, Sie haben ein großes Herz, Ihre ganze Raubei-
nigkeit ist nur Show.«

»Soso? Dann nehme ich ihn offenbar nicht hart genug ran.«

»Von wegen!«, rief ich.

Wir grinsten alle drei.

Davis öffnete seine Aktentasche und förderte einen Packen
beschriebener Seiten zutage.

»Ich hab heute Morgen mit den Leuten von Random House
gesprochen, Julian. Sie sind ganz begeistert von dem, was sie
bisher gesehen haben.« Er übergab mir den Papierstapel und

legte mir dann die Hand auf die Schulter. »Ich habe meinem Lektor auch von Ihnen erzählt. Ein Mann namens Fox. Habe ihm gesagt, Sie sind Spitze. Er will sich Ihre Arbeit mal ansehen.«

»Da muss er aber scharf hinschauen«, meinte ich. »Bis jetzt ist noch nicht viel davon zu sehen.«

»Das wird sich bald ändern.« Er streifte Claire mit einem flüchtigen Lächeln. »Sie sind also diejenige, die ihn von der Arbeit abhält?«

»So etwas wie Schreibhemmung kennen Sie vermutlich nicht«, sagte sie und erwiderte das Lächeln.

Davis lachte. »Ich doch nicht.«

Dann drehte er sich um und ging wieder.

*

Abends im Brattle-Kino: Retrospektiven zu Cassavetes, Kurosawa, Hitchcock und Buñuel. Ich war kein Filmkenner. Meine Aufgabe bestand darin, Popcorn zu kaufen, während Claire die Plätze aussuchte. Am liebsten saß sie am Rand: der schräge Blick auf das Leben. Hatte sie sich erst einmal niedergelassen, thronte sie allerdings gern auf ihrem zusammengefalteten Mantel wie eine Königin. Und zwar schweigend. Leute, die während der Vorstellung redeten, bedachte sie mit den wildesten Flüchen.

Hinterher gingen wir noch auf einen Schluck ins Casablanca, saßen nebeneinander in den riesigen Korbstühlen. Über den soeben gesehenen Film waren wir fast immer unterschiedlicher Meinung. Sie schaute sich einen Film ungefähr so an wie ein Gemälde im Fogg, völlig auf Farben und Formen konzentriert. Dialoge, Geräusche, Musik – nichts davon konnte mit den Bildern mithalten, wenn sie nur originell und schön genug waren. Ihr Gesichtsausdruck war dann nicht der einer Kunsthistorikerin, sondern der einer Künstlerin, einer Reisenden, die nach ausgedehnten Wanderungen auf einen völlig unerklärlichen Ort gestoßen ist, der auf keiner Karte verzeichnet war.

Das war natürlich nicht meine Sichtweise. Ich glaubte an die Existenz empirischer Wahrheiten. Es fiel mir schwer, auf irgendetwas zu stoßen, ohne sofort nach einer Erklärung zu suchen.

Eines Abends, nachdem wir uns *Die Vögel* angesehen hatten, erzählte ich ihr, wie sehr mich Hitchcocks raffinierte Dramaturgie beeindruckt hätte. Aber Claire, die die Handlung durchaus mitbekommen hatte, interessierte sich kein bisschen für ihre Drehungen und Wendungen. Was sie faszinierte, war der optische Eindruck der Vogelschwärme, schwarz vor dem grauen Himmel, – ein Geniestreich, der umso bemerkenswerter sei, meinte sie eigensinnig, als er weit über das ursprüngliche Konzept oder die Einflussnahme des Künstlers hinausgehe. An einem anderen Abend, nach *Ran*, war sie von den endlosen traumhaften Bildern, den Schlachtenszenen, die wie lange farbige Bänder ineinander übergingen, so ergriffen, dass sie ganz verändert wirkte. Ihre Augen waren matt, als hätte sie die geballte Ladung der Eindrücke überanstrengt, und ihre Lippen waren leicht geschwollen.

∗

Marys Wohnzimmer mit dem knisternden Kaminfeuer war der wärmste Bereich des zugigen alten Hauses. Auf ihre Einladung hin machten wir es zu unserer Bibliothek. Den Lesesaal in der Uni benutzten wir bald nur noch im Notfall, denn dort gab es kein Kaminfeuer und keinen Gus, der uns ein Glas Glühwein kredenzte, wenn die Nachmittage dunkel wurden. Im Übrigen schienen die beiden unsere Anwesenheit zu genießen. In Claire fand Mary eine junge Frau, die sich in allen großen Museen auskannte und, im Gegensatz zu mir, wusste, was *chiaroscuro* bedeutete. (»Die Verteilung von Licht und Schatten in der Malerei«, verriet mir mein Lexikon. »Auch *clair-obs-*

cur genannt.«) Und Gus fand in ihr eine neue, aufmerksame Zuhörerin, die er mit einigen seiner Lieblingsgeschichten – gelegentlich mit ganz neuen Einfällen ausgeschmückt – beglücken konnte. Zwischen Januar und März spielte er ihr zuliebe jede Dave-Brubeck-LP aus seiner riesigen Plattensammlung. Und Claire saß da in diesem warmen, von goldenem Licht erfüllten Zimmer und lauschte. Ich merkte, dass sie älteren Leuten gegenüber entwaffnend liebenswürdig und zuvorkommend sein konnte und ihnen die Aufmerksamkeit zuteil werden ließ, die ihre Lebensgeister noch einmal weckte.

*

»Julian«, sagte Mary eines Tages, während wir darauf warteten, dass das Wasser kochte. »Sie ist eine reizende, außergewöhnliche junge Frau.«

»Ja, Mary, allerdings.«

»Hast du ernste Absichten?«

»Ernste Absichten?« Ich musste lächeln. Der Kessel fing an zu singen, und Mary stellte die Gasflamme ab. »Ja«, sagte ich. »Die hab ich.«

»Dann würde ich nicht zu lange warten. Ein guter Rat, auch wenn er vielleicht nichts wert ist.«

»Er ist mir viel wert, Mary. Leider ist das alles nicht so einfach.«

»Wie immer«, meinte Mary.

*

Im März fuhr Claire zu einem ihrer üblichen Wochenendbesuche nach Stamford, aber diesmal kam sie nicht zurück, und ich hörte auch bis zum darauffolgenden Donnerstag nichts von ihr, bis endlich ein Brief im Briefkasten lag.

*

Sonntag:
Sie sagen, es sitzt jetzt auch in seiner Leber. Und an anderen
Stellen. Wir haben ein Krankenhausbett ins Wohnzimmer ge-
stellt. Sechs Mal die Woche kommt eine Krankenpflegerin. Jo-
sette aus Martinique. Daddy liegt da, er wiegt nur noch halb so
viel wie früher. Sein Blick verrät, dass er es weiß: Diesmal bin
ich der Dumme. Manchmal hat er solche Schmerzen, dass ich
ihn gar nicht wiedererkenne. Ich habe ihn so lieb, ich würde
ihn umbringen, wenn er mich darum bäte.

*

Dienstag
Meine Mutter hat sich heute ins Bett gelegt und klagt über
»Beschwerden«. Sie ist eine herzlose Diva, auf die man sich
nicht verlassen kann. Sie kann es nicht ertragen, wenn sie nicht
im Mittelpunkt steht – nicht einmal, während ihr Mann stirbt.
Das werde ich ihr nie verzeihen.

Es gibt einen Burne-Jones, den du noch nie gesehen hast. Ein
Porträt seiner Frau. Er hat es, solange er lebte, nie ausgestellt,
wahrscheinlich war er nicht zufrieden damit. Ich finde allerdings, dass er Unrecht hatte. Es zeigt ihre moralische Uner-
schrockenheit und ihre innige Liebe. Ihre Augen sind von aller-
feinstem Grau. Im Hintergrund sind die Kinder abgebildet. Der
Sohn sitzt vor einer Staffelei und malt, wie sein Vater. Im Vordergrund hat Georgia ein Pflanzenbuch auf dem Schoß, die Seite
mit den Stiefmütterchen ist aufgeschlagen, mit einem echten
Stiefmütterchen als Lesezeichen. Das Stiefmütterchen wurde
auch Herzenstrost genannt, es symbolisierte unsterbliche Liebe. Diese Blumen hat sie ihm später auf sein Grab gepflanzt.
Herzenstrost. Meine Mutter hat kein Recht, sich so zu beneh-
men. Sie hat sein Herz nie getröstet. Die ganze Zeit über hat sie
ihm nur Kummer bereitet und ihn gekränkt, und er hat es immer wieder ertragen. Nun wird er es nicht mehr lange ertragen
müssen. An wem wird sie dann herumnörgeln?

Zwei Wochen später hinterließ sie mir eine Nachricht auf dem Anrufbeantworter, ich solle mich im Café mit ihr treffen.

Als ich dort ankam, war sie schon da. Wir umarmten uns länger als sonst. Sie schien mich gar nicht wieder loslassen zu wollen. Ihr Gesicht war schmaler geworden, ihre Augen waren groß und glänzten. Nachdem wir uns gesetzt hatten, spielten ihre Finger unaufhörlich mit einem Papierumschlag.

»Wie geht es ihm?«, fragte ich.

Sie schüttelte nur den Kopf.

Gedankenverloren saßen wir da und sahen zu, wie ihre Finger auf den Umschlag trommelten.

Schließlich sagte ich: »Du hättest mir erlauben sollen, dich zu besuchen.«

»Ich will nicht, dass du ihn so siehst.« Auf einmal hob sie den Blick und schaute mich an. »Ich habe ihm von dir erzählt.«

Ich freute mich, wusste aber nicht, was ich dazu sagen sollte.

»Julian, würdest du mir einen Gefallen tun?«

Ich sagte ja, natürlich.

Sie öffnete den Umschlag und schüttete den Inhalt auf den Tisch.

Ich starrte auf zwei Flugtickets, von Boston nach Paris und zurück.

Claire sagte: »Vor langer Zeit, noch vor seiner Ehe, hat mein Vater einige Zeit in einem Haus in Frankreich verbracht, das Freunden seiner Familie gehörte. Er hat mir davon erzählt. Jetzt treiben ihn seine Erinnerungen um. Er sagt, die Zeit in Frankreich sei die glücklichste in seinem ganzen Leben gewesen, und er möchte, dass ich dorthin fahre, solange er noch am Leben ist und ich ihm davon erzählen kann.«

Sie griff quer über den Tisch nach meiner Hand und hielt sie mit beiden Händen fest.

»Julian, bitte komm mit.«

dreizehn

Um acht Uhr morgens landeten wir auf dem Flughafen Charles de Gaulle, mit roten Augen und schwerem Kopf vom Wein, der auf dem Flug serviert worden war. Es war Mitte April. Bei unserem Abflug in Boston hatte es geregnet, aber der Himmel über Paris war frisch und klar wie eine unterirdische Quelle.

Ihr Vater hatte unsere Reise mit der Konsequenz eines Menschen vorbereitet, der weiß, dass es seine letzte Handlung ist. Bei der Autovermietung warteten schon eine Straßenkarte und ein zweitüriger Peugeot auf uns. Claire hatte die Schlüssel und eine handgeschriebene Wegbeschreibung zu dem Haus im Süden des Landes in der Tasche, wo sich Lou Marvel einst mit Anfang zwanzig einen Monat lang aufgehalten hatte, und den Namen seines alten Freundes Leland Conner, auf den das Grundstück inzwischen übergegangen war. Man hatte uns mitgeteilt, Conner und seine französische Frau seien zwar außer Landes, aber sie stellten uns während ihrer Abwesenheit ihr Haus trotzdem zur Verfügung. Wir hatten vor, zwei Wochen zu bleiben.

Ich war zum ersten Mal in Frankreich, Claire war bereits zwei Mal hier gewesen – Paris, Nizza, Aix-en-Provence. Die Gegend, in die wir fuhren, war das Quercy, das Département nannte sich *Lot*, mit hartem T.

Auf ihren Wunsch hin fuhr Claire zuerst, also war ich mit der Karte auf dem Schoß auf den Beifahrersitz verbannt. Mit einigen Schwierigkeiten schaffte ich es, uns um den Périphérique de Paris (verkehrstechnisch gesehen die reinste Galgenschlinge) und auf die Autobahn nach Süden Richtung Orléans zu lotsen.

Dann ging es volle Fahrt voraus. Claire war eine unerschrockene Autofahrerin, bearbeitete energisch die Kupplung und zwängte sich zwischen qualmenden LKWs und den Potenzschleudern von Möchtegern-Rennfahrern hindurch. Unser Auto summte wie eine Biene.

Bald hatten wir die Metropole hinter uns gelassen, auf beiden Seiten der Autobahn beherrschten die weiten Felder des Nordens die Aussicht. Ausgedehnte grüne Flächen und riesige Senffelder, wie Vierecke aus Sonnenlicht. Claire, die den Blick über die leuchtend gelben Weiten schweifen ließ, meinte, es erinnere sie daran, dass Matisse, wie schon van Gogh vor ihm, im französischen Flandern, nahe der belgischen Grenze, geboren wurde – Rübenfelder und Fabrikschlote, die alten Wälder durch Fabriken ersetzt, die Preußen, die über die Ebenen marschieren, die Kälte und die feuchte Witterung. Ein hartes, nördliches Licht aus stumpfen Farbpigmenten und noch stumpferen Seelen. Und wie beide Maler dann auf unterschiedliche Weise den Rest ihres Lebens damit zugebracht hatten, immer weiter nach Süden zu reisen, hin zur Sonne und damit zu einer ausgelasseneren Farbpalette, ohne die Fesseln der bürgerlichen Konventionen. Matisses Vater war Saatguthändler. Weder in seiner Familie noch in dem Städtchen Bohain-en-Vermandois gab es irgendwelche Künstler als Vorbild für die Fantasie des Sohnes. Als Matisse nach dreißig Jahren nach Hause zurückkehrte, redeten seine alten Nachbarn noch immer von ihm als dem Jungen, der es als Gerichtsschreiber nicht weit gebracht hatte.

Claire verstummte.

Sie trug noch die Sachen vom Tag zuvor, Vaters alten Pullover, Jeans und Wanderschuhe. Vielleicht war es das Licht, das ihre Augen so glänzen ließ – als regte sich eine morbide Vision in ihrem Inneren, die sich verselbstständigte. Von der Seite sah es aus, als wollte sie jeden Moment in Tränen ausbrechen, in ihren Augenwinkeln bildeten sich feine Linien wie Hieroglyphen des Kummers oder der Verbitterung.

*

Am Nachmittag erreichten wir Orléans, den Geburtsort von Jeanne d'Arc. In der Altstadt, wo alles aus Stein gebaut war, fanden wir das Café des Pierres, das immer noch so aussah, wie Claires Vater es in Erinnerung behalten hatte: ein dunkler, zeitloser Raum in einer kleinen Kopfsteinpflasterstraße, voller gebündelter Holzscheite, mit knisterndem Kaminfeuer und dem Geruch von gegrilltem Fisch. Unsere Mahlzeit bestand aus Forelle, Weißwein, *tarte tatin* und Kaffee. Als wir fertig waren, blieb das alte Ehepaar, dem das Lokal gehörte, an unserem Tisch stehen. Claire sprach Französisch mit ihnen. Obwohl ich nur die Hälfte verstand, spürte ich mit meinem Highschool-Vokabular ihre Begabung für diese Sprache, die sie mit einem verstohlenen Vergnügen spazieren führte. Es gelang ihr, sowohl Zuversicht als auch höfliche Ehrerbietung in ihre Worte hineinzulegen, wobei sie jedem einen völlig eigenen, neuen Glanz verlieh.

Dann war ich mit Fahren dran. Unser Auto flitzte zurück auf die Autobahn. Zu beiden Seiten erstreckten sich endlose Felder, braun und grün und gelb. Hin und wieder erhob sich in der Ferne ein Schloss wie ein verwunschenes, privates Königreich über die Landschaft. Das unaufhörliche Brummkonzert der Motoren, Reklametafeln von karikaturhafter Hässlichkeit. An einigen Stellen verlief die Autobahn parallel zur Trasse des Hochgeschwindigkeitszuges. Immer wenn ein Zug mit einem saugenden Wuusch! vorbeischoss, schienen sämtliche Autos auf der Straße stillzustehen.

Irgendwann faltete Claire ihren Mantel zu einem Kopfkissen zusammen, klemmte ihn zwischen Kopf und Autotür und zog die Beine an. Aus dem Augenwinkel sah ich, wie sie langsam wegnickte. Dann bewegte sie sich nicht mehr, ihre Hüfte ruhte nur wenige Zentimeter neben meiner Hand.

Zwei Stunden vergingen. Ich war müde und zugleich hellwach, wie ich so im Rhythmus ihres Atems dahinfuhr und mir Frankreich aus jedem Fenster mit ihren Augen ansah. Das offene Ackerland der Loire ging langsam in die Hügellandschaft des Limousin und des Périgord über. Während vorher nur die von Menschen geschaffene Aufteilung zwischen Landwirtschaft und Industrie zu sehen war, bestimmten hier geologische Formationen die Landschaft. Rote Ziegeldächer tauchten in Senken auf, zwischen denen sich das Land widerspenstig aufgeworfen hatte.

*

Als wir in Brive-la-Gaillarde von der Autobahn abfuhren und uns weiter nach Südosten wandten, fuhr sie erschrocken hoch.

»Wo sind wir?«

»Keine Ahnung, ehrlich.«

Sie lächelte schlaftrunken, schnappte sich die Karte, warf einen flüchtigen Blick darauf und ließ sie achselzuckend wieder fallen. Grundsätzlich schenkte sie Landkarten und Gebrauchsanweisungen keinerlei Beachtung – sie betrachtete sie lediglich als dreiste Propaganda für ohnehin Verwirrte. Dann streckte sie sich, indem sie den Rücken gegen die Lehne des Sitzes krümmte, kurbelte ein Stück ihr Fenster herunter und hielt die Nase in die Luft.

»Wir sind bald da. Ich rieche es.«

Ich drehte mein Fenster ebenfalls herunter. Ein klarer, frischer Nachmittag. Aus der Landstraße war ein schmales, kurvenreiches Sträßchen geworden, das sich durch spärlich bewaldete Hügel schlängelte, auf deren sanft ansteigenden und abfallenden Rücken sich ordentliche Felder aneinander reihten. Von Kalksteinmauern eingefasste Weiden. In diesem Landstrich gab es kaum Schatten, und die wenigen, die vorhanden waren, wirkten uralt und unverrückbar, wie Muttermale der Schöpfung. In den schattigen Mulden drängten sich Herden von Schafen mit Römernasen, und an den steilsten Hängen hingen Weinreben an ihren Spalieren wie gekreuzigte Kinder. Es gab Pflaumengärten und einzelne Walnussbäume, die auf kargen, geharkten Feldern standen, zerzauste Krähen auf den knorrigen Ästen aufgereiht, darunter Kuhherden, die stoisch im Dreck standen und auf die Erlösung warteten. Die Luft roch nach allem gleichzeitig.

Claire sagte: »Jetzt weiß ich auch, warum die Franzosen diese Gegend ›la France profonde‹ nennen.«

Wir fuhren in ein Tal hinab. Auf der linken Seite tauchte ein blaugraues Flüsschen auf. Die Straße folgte seinem Lauf, und bald sahen wir ab und zu weiße Schilder mit unaussprechlichen Namen darauf – keinesfalls Städte, wie wir feststellten, nicht einmal Dörfer, sondern lediglich Weiler, die aus nicht mehr als ein paar Häusern und Steinmauern, einem gelben Briefkasten und ein oder zwei Eseln bestanden; und dem Glockengebimmel der Tiere.

Nach einer Weile führte der Fluss uns mitten durch einen Marktflecken. Claire schlug vor, hier Lebensmittel einzukaufen. Ich parkte auf einem größeren, von mittelalterlichen Fachwerkhäusern umstandenen Platz. Wir stiegen aus und streckten uns. Es war später Nachmittag. Der Markt war längst abgebaut. Ein paar rotwangige alte Männer in Blaumännern standen schwatzend unter einer Platane. Sie starrten kurz zu uns herüber und nahmen dann ihre Unterhaltung wieder auf. Ansonsten war der Platz leer.

Aber die Geschäfte waren geöffnet. In einem Lebensmittelladen, der auch irgendjemandes gute Stube hätte sein können, kauften wir frische Eier, Tomaten, Zwiebeln, Salat, Cornichons, Pâté, Erdbeermarmelade und Milch. Dann gingen wir zum Bäcker, zum Weinhändler und in den Käseladen – wo Claire die alte Frau nach *Cabécou* fragte, weißen Scheiben einheimischen Ziegenkäses. Schon das Wort hörte sich an wie frisch auf ihrer Zunge zubereitet.

Wir packten den Proviant in unseren Wagen und machten uns an den letzten Abschnitt unserer Reise. Der Fluss führte auf der anderen Seite wieder aus der Stadt heraus. Die Frühlingssonne lag fahl und schräg auf seiner Oberfläche, und die spindeldürren Pappeln, die an seinen Ufern standen, spiegelten sich im Wasser, mit ihren runden Blättern, die sich wie Münzen drehten. Nach der Wegbeschreibung ihres Vaters fuhren wir über eine primitive Brücke, bogen danach erst nach links ab, dann nach rechts auf eine Straße, die sich den Berg hinaufschlängelte. Der Aufstieg ging langsam, in Serpentinen vonstatten und war wunderschön. Hinter uns breitete sich das weite Tal aus, erst die eine Seite, dann die andere. Die Steigung endete auf einem Hochplateau, auf dem wir wieder nach rechts abbogen und nur langsam zwischen mit Flechten überwachsenen Mauern und dicht aneinander gedrängten Feldern auf einer einspurigen, mit den Hinterlassenschaften von Schafen gesprenkelten Straße vorankamen.

Ein einfaches weißes Schild. Eine Ortschaft mit sechs alten Häusern. Und am anderen Ende, ein wenig abseits, hinter einer niedrigen Mauer, zwei steinerne Gebäude: eine Scheune nach dem Muster alter Getreidespeicher in den Hang gebaut, mit einem Ziegeldach wie ein überdimensionaler Hut; daneben ein schlichtes zweistöckiges Haus mit Steildach und blauen Fensterläden. Hinter den Gebäuden ein geharktes Feld mit Walnussbäumen. Dahinter schlossen sich noch mehr Felder und Mauern an, stetig bis hinunter ins Tal abfallende Schrägen, und in der Ferne der traumhafte blaugraue Schimmer des Flusses.

vierzehn

Unvergesslicher Augenblick der Ankunft. Wir betraten das alte Haus, als wäre es unser eigenes. Das alte Haus. Staub in der Luft, Kälte in den Steinen, zitternde Spinnweben in den Fensterecken, überall Schrammen und Schleifspuren von Möbeln, ein verschlissener Strohteppich, unter dem sich die Dielen warfen.

Claire stand mit leuchtenden Augen in der Mitte des offenen Zimmers und ließ den Blick entzückt von einem Gegenstand zum anderen wandern.

Der Herd war hoch und breit. In einem großen gusseisernen Kübel lagen moosbewachsene Holzscheite von Pflaumen- und Walnussbäumen. Der Kaminsims war mannshoch, wulstig und nicht ganz waagerecht. Claire fuhr prüfend und geistesabwesend zugleich mit der Hand darüber, als suche sie nach etwas, an dessen Form sie sich nicht erinnern konnte. Dann drehte sie sich um und blickte durch die Glasscheiben einer Hintertür auf eine kleine Terrasse hinaus – vielleicht stellte sie sich schon vor, wie wir dort draußen, falls es wärmer würde, gemütlich aßen. Obwohl das Wetter eigentlich keine Rolle spielte. Wir waren hier, hatten diesen langen Weg gemeinsam zurückgelegt und alles andere hinter uns zurückgelassen.

Sie schien die dicke Staubschicht vom Kaminsims an ihren Fingern überhaupt nicht zu bemerken, auch nicht, wie schmutzig es im ganzen Haus war. Sie stand einfach da in dem Licht, das vom Tal hereinfiel, und als sie sich umdrehte und mich fragte, wie es mir ginge, konnte ich ihr lächelnd und aufrichtigen Herzens verkünden, dass ich ebenfalls glücklich sei.

*

Später die knarrende, leiterartige Treppe hinauf in das obere Stockwerk, wo wir mit Sack und Pack zwischen zwei Schlafzimmern und dem Badezimmer standen. Ein unausweichlicher Augenblick – das größere der beiden Zimmer mit dem Doppelbett, das kleinere mit der schmalen Liege. Da wir mit dieser Möglichkeit nicht gerechnet und schon gar nicht darüber geredet hatten, standen wir nun da und wagten nicht, einander anzusehen.

Ich überlegte hin und her. Erschöpfung, die lange Reise, die nur allzu bekannte, schwammige Unsicherheit in Liebesdingen – all das ließ mich wie betäubt dastehen. Sollte ich die Initiative ergreifen oder lieber nicht? Jetzt einen Korb zu riskieren konnte alles verderben. Andererseits – wenn ich davor zurückschreckte, eine Entscheidung zu fällen, würde sie mir notgedrungen zuvorkommen.

»Ich nehme das kleine«, sagte ich.

»Bist du sicher?«

Die Frage kam zu schnell. Ich hatte es ihr zu leicht gemacht. Die Enttäuschung darüber ließ mich meine bleierne Müdigkeit wieder deutlich spüren. Ich nahm meinen Koffer, drehte mich um und verschwand in dem Zimmer mit dem Einzelbett.

Da stand ich nun mit eingezogenem Kopf unter der Dachschräge und hörte, wie sie ihre Taschen in dem anderen Zimmer auf den Boden fallen ließ. Hörte, wie sie die hohen Fenster aufmachte, die auf das Tal hinausgingen. Hörte noch durch die dünne Wand, die uns jetzt trennte, die vielschichtige Stille ihres Lauschens.

*

Wir hatten uns schon vorher darüber verständigt, dass keiner von uns kochen konnte. Trotzdem machte ich uns zu unserem ersten Abendessen ein Omelett, ohne alles und leer wie eine Faust. Seine verunglückte Form sah aus wie etwas, das jemandem heruntergefallen war. Wir verspeisten es an dem windschiefen Küchentisch mit einheimischem Krustenbrot und einer halben Flasche kratzigem Cahors.

Die Küche war groß und zugig. Nichts darin war auch nur im Entferntesten modern. Die Fußbodenfliesen waren abgenutzt und pockennarbig. In einer Ecke hing ein gekringelter Streifen Fliegenpapier von der Decke, der noch immer mit den vertrockneten Fliegenleichen längst vergangener Sommer gesprenkelt war. Das Geschirr war angeschlagen und mit einem Krakeleemuster feiner Haarrisse überzogen. Der halbhohe Kühlschrank hatte noch abgerundete Ecken. Der wuchtige Gasherd wirkte so robust wie ein alter Abschleppwagen.

Als wir mit dem Essen fertig waren, erhob Claire ihr Glas, verlieh mir für meine Leistung zwei »Marvel«-Sterne und stellte mir einen dritten in Aussicht. Ich verbeugte mich, blickte sie durch die Flamme eines Kerzenstummels hindurch an und legte mit albernem französischem Akzent meinen Hippokratischen Kücheneid vor ihr ab: *Vor allem werde ich niemandem ernsthaften Schaden zufügen.* Sie lachte. Ihr Gesicht glänzte und leuchtete, ihre Wangen waren ganz rot. Wegen der Kälte hatten wir unsere dicken Pullover anbehalten.

Nach dem Essen ging sie als Erste nach oben. Ich blieb am Feuer und stocherte mit einem Stecken in den knorrigen, schlecht brennenden Holzscheiten herum. Kurz darauf hörte ich, wie sie ein Bad einlaufen ließ, die alten Rohre erfüllten das ganze Haus mit ihrem schrulligen Knarren. Ich dachte an das Abendessen, das wir gerade zu uns genommen hatten, und wie wir hinterher schweigsam, müde, aber zufrieden an dem fleckigen weißen Spülstein gestanden und das Geschirr abgewaschen hatten. All diese prosaischen Aspekte ihres Lebens, die ich, wie mir erst jetzt klar wurde, so gut wie überhaupt nicht kannte – wie sie Lippenstift auftrug, Fahrrad fuhr, ein Bad nahm, ein Geschenk auspackte oder ein Hemd zusammenlegte – und die jetzt auf einmal, wo wir beide hier allein waren, aufblitzten: eine ganze Reihe von kleinen Premieren, die mir vorkamen wie Liebesbriefe und die ich für mich katalogisieren wollte, als gehörten sie mir.

Die Rohrleitungen verstummten wieder. Ich öffnete die Hintertür und trat hinaus auf die Terrasse. Die Nacht war kalt und klar, und jeder einzelne Stern war so groß und hell, dass er einem wie ein naher Planet erschien.

Jetzt würde sie in die Wanne steigen.

Es war kein Laut zu hören, keine Stimme. Die von der Milchstraße umspülten Walnussbäume waren nur noch tiefschwarze Schatten.

Ich ging hinauf und blieb am Ende der Treppe stehen. Die Badezimmertür stand ein paar Zentimeter offen, und durch den Spalt wirbelte vom Licht durchfluteter Dampf auf den Flur. Ich konnte es mir nicht verkneifen, näher heranzugehen und einen Blick durch die Öffnung zu werfen und erspähte durch die perlende Luft eine Ecke der Badewanne, auf der ihr nackter Fuß ruhte.

»Julian?«

Erschrocken fuhr ich zurück, noch ehe mir ihr Tonfall bewusst wurde – ein schläfriges, von der Wärme benommenes Murmeln, das von der Wanne, in der sie lag, leicht verstärkt wurde. Ich spürte ihre wohlige Ruhe und entspannte mich wieder. Auch das Geräusch des Wassers, ein schwappendes, hallendes Plätschern, wirkte beruhigend.

»Sieht ja aus wie eine Opiumhöhle da drin.«

»Mmm. Ist wahrscheinlich auch das beste Bad, das ich jemals in meinem Leben genommen habe.«

Ich blieb an der Treppe stehen und behielt den Ausschnitt ihres nackten Fußes im Auge. Dann verschwand der Fuß, und ich hörte, wie sie sich vorbeugte. Sie drehte den Wasserhahn auf, es plätscherte eine Weile. Kurz darauf vernahm ich einen langen wohligen Seufzer, und das Plätschern verebbte. Vom Flur aus sagte ich ihr Gute Nacht.

»Gehst du etwa schon schlafen?«

»Ich bin müde.«

»Lass uns noch ein bisschen reden.«

Unschlüssig blieb ich stehen.

»Bitte!«, sagte sie.

Ich setzte mich neben der Treppe auf den Fußboden, mit dem Rücken gegen die Außenwand meines Zimmers gelehnt. Jetzt konnte ich nichts mehr von ihr sehen. Der Fußboden war kalt. Im Haus war alles ruhig. Man hörte nur noch das gelegentliche Plätschern ihrer Bewegungen durch den Türspalt wie eine Geheimsprache.

Ich versuchte einfach nur zu sein. Ihren Geräuschen zu lauschen. Innere Ruhe zu finden. Stattdessen musste ich unweigerlich an das Einzelbett in dem dunklen Zimmer hinter mir denken und an den hellblauen Baumwollschlafanzug, den ich zuvor ordentlich zusammengelegt auf dem Kopfkissen deponiert hatte.

Ungebeten tauchte das Bild meines Vaters in Schlafanzug und Morgenmantel vor meinem geistigen Auge auf.

Er bückt sich vor der Wohnungstür. Als er sich wieder aufrichtet, hat er die *Times* in der Hand. Das ist alles. Er ist vielleicht vierzig. Seine Pantoffeln geben ein schlurfendes Geräusch von sich, während er durch den Flur zurück in die Küche geht. Dabei murmelt er bereits die neuesten Nachrichten vor sich hin – Vietnam, die Black Panthers, der Sechstagekrieg.

Alles wiederholt sich; nur die Nachrichten ändern sich.

Und ich wäre jetzt am liebsten aufgestanden und hätte meinen säuberlich zusammengelegten Schlafanzug in Fetzen gerissen. Aber es zog auf dem Treppenabsatz und im ganzen Haus, außer dort, wo sie war. Also blieb ich auf der falschen Seite der angelehnten Badezimmertür hocken, zog die Knie an, schlang die Arme darum und sah zu, wie sich der Dampf durch den Türspalt kringelte und über meinem Kopf verschwand.

»Julian?«

»Was ist?«

»Woran denkst du gerade?«

Das Geräusch ihrer Bewegungen im Wasser, dann wieder der Wasserhahn. Ich rieb mir das Gesicht. Die Erschöpfung lastete auf mir wie ein schweres Gewicht. Durch die offene Tür am anderen Ende des Flures konnte ich in ihr Zimmer sehen: ein Koffer auf dem Boden, schon jetzt lagen überall Kleider herum, eine selbst gebastelte Lampe auf dem Tisch, die ihr Licht über das Doppelbett warf.

»An Schlafanzüge«, sagte ich.

»Was ist damit?«

Sie klang ernsthaft interessiert. Ich ließ den Kopf an die Wand hinter mir sinken.

»Sie erinnern mich an meinen Vater.«

Sie sagte nichts. Das Wasser lief immer noch, ein leises Tröpfeln, mein Gesicht glühte vor Verlegenheit.

»Es gibt da ein Gedicht von Rilke«, sagte sie. »›Archaischer Torso des Apollo‹. Kennst du es?«

»Nein.«

»Ich glaube, es wäre etwas für dich.«

»Wovon handelt es?«

»Handeln?« Sie plätscherte ungeduldig mit der Hand im Wasser herum. »Na ja, oberflächlich gesehen könnte man sagen, es ist ein Gedicht über eine griechische Statue. Aber das besagt natürlich nichts.«

Sie beugte sich vor. Ich konnte sie immer noch nicht sehen. Das Wasser lief immer noch, und ich stellte mir vor, wie es sich um sie herum in schimmernden Ringen kräuselte. Nichts auf der Welt wünschte ich mir mehr, als sie sehen zu können.

»Es fängt damit an, dass der Dichter die Statue beschreibt, den Gott, der in dem Kunstwerk, im weißen Marmor fortlebt«, fuhr sie fort, und ihre Stimme wurde zunehmend lebhafter. »Er beschreibt die Ausstrahlung, die noch immer von dem verstümmelten Kunstwerk ausgeht. Und wir sind ganz sicher, dass wir wissen, worüber er da redet. Wir lesen weiter und denken ›Wie schön, wie wahr‹ und kommen uns dabei so klug und poetisch vor. Und dann bringt er in der letzten Zeile alles zum Platzen, indem er sagt: *Du musst dein Leben ändern*. Erst jetzt merken wir auf, dass es ihm gar nicht vorrangig um den Gott in Marmor oder die Kunst geht, sondern dass er uns direkt anspricht, mitten in unsere Seelen hinein. Ich war achtzehn damals, und ich hatte noch nie in meinem Leben etwas so Aufwühlendes gelesen. Es war, als ob einen jemand an der Kehle packt und schüttelt.«

Ihre Geschichte war zu Ende, sie drehte den Wasserhahn zu und ließ sich mit einem Seufzer zurückfallen, als hätte sie soeben erst bemerkt, wie müde sie ist. Jetzt war es im ganzen Haus so ruhig, als wäre es völlig unbewohnt.

Und in dieser Stille, da draußen neben der Treppe, stieg Unzufriedenheit in mir auf.

»Und – hast du es getan, Claire?«

»Was getan?«

»Dein Leben geändert.«

Sie stöhnte ungehalten. »Das Leben hat keinen Schalter, den man einfach ein und aus knipsen kann, Julian. Die Liebe auch nicht.«

»Wer redet denn hier von Liebe?«

Schweigen.

»Ich hab gesagt, wer redet denn hier von Liebe, Claire?«

»Ich.« Ihre Stimme klang auf einmal verzagt, kaum wiederzuerkennen.

»Na ja, ich auch.«

Ein neuerliches Schweigen kam durch die Tür, beredter als jedes Wort.

Ich saß da und dachte darüber nach, dass sie es war, die zuerst von der Liebe geredet hatte. Dass sie dort drinnen nur darauf zu warten schien, dass ich die Initiative ergriff. Ich stellte mir vor, wie ich hineinginge und sie immer noch im Wasser läge und auf mich wartete, wie meine Finger über ihre nasse Haut glitten, bis jeder Zentimeter von ihr, jede Rundung und jede Vertiefung mir gehörten. Ich würde mit meinem Leben für sie einstehen.

Aber die Stille hielt nicht lange genug an. Während ich noch dasaß und träumte, zog Claire den Stöpsel.

Ich hörte, wie sie aufstand und das Wasser an ihr herablief. Ihr nackter Arm war kurz im Türspalt zu sehen, zog sich, gefolgt von einem Frottébademantel, wieder zurück. Als die Tür ganz aufging, hatte sie den lose vom Gürtel zusammengehaltenen Bademantel an und hielt ihr langes, vom Wasser dunkles Haar fest.

Ich sprang auf. Mein Körper war vom langen Sitzen auf dem kalten Fußboden steif geworden. Ich räusperte mich beklommen – wie jemand, der nach vielen Jahren des Schweigens wieder anfangen möchte zu singen.

Doch alles, was ich am Ende herausbrachte, war ein: Gute Nacht.

fünfzehn

Am nächsten Morgen wachte ich spät auf, lag allein in dem schmalen Bett unter dem schrägen Dach und schaute aus dem quadratischen Fenster auf den Nebel, der den Talboden bedeckte.

Als ich hinunterkam, roch es in dem offenen Raum nach Kaminrauch. Das Morgenlicht fiel in langen, schrägen Strahlen durch die nach Osten weisenden Fenster herein. Hauchzarte Spinnweben zitterten wie die Geister alter Damen in den oberen Ecken der hohen Fenster, und an den zerschlissenen Rändern des Strohteppichs auf dem Boden lugte das vergilbte Zeitungspapier hervor, das man im Winter zur Wärmedämmung benutzt hatte.

Durch die offene Tür sah ich Claire in ein Taschenbuch vertieft am Küchentisch sitzen. Vor ihr dampfte eine Schale Kaffee. Ihr Haar war lose zusammengebunden, auf ihrem Gesicht lag ein zarter Lichtschimmer vom Fenster. Als ich hereinkam, lächelte sie. »Guten Morgen.«

Ich erkundigte mich nach ihrer Lektüre.

Sie hielt das Buch hoch – *La Cousine Bette.* »Über eine alte Jungfer, die ihrer Nichte die einzige wahre Liebe vermasselt«, erwiderte sie mit einem Hauch von Ironie. »Balzac, wenn er mal richtig romantisch ist. Ein prima Start in den Tag. Setz dich hin, ich mach dir Frühstück.«

Sie legte das Buch beiseite und ging zum Herd. Unter ihrem roten Pullover hingen die Hemdzipfel heraus, die Wanderschuhe waren frisch mit Matsch gesprenkelt.

»Sieht aus, als wärst du schon draußen gewesen«, sagte ich und setzte mich an den Tisch.

»War ich auch, und es ist herrlich. Hier ist es überall noch wie im sechzehnten Jahrhundert.« Sie riss ein Streichholz an und drehte das Gas auf. Unter einem Milchtopf loderte eine kleine Flamme auf. »Wie hast du geschlafen?«

»Ganz gut.«

Schweigen.

»Ich habe etwas Seltsames geträumt«, fügte ich hinzu.

»Was denn?«

Als ich zögerte, drehte sie sich um und sah mich erwartungsvoll an.

Wir fuhren in dicke Pelze eingemummelt mit einem Hundeschlitten über die verschneite Tundra, erzählte ich. Sie und ich. Dann kamen wir an die Küste. Keine arktische Küste, eher wie Cape Cod. Am Strand lag ein Floß aus Holzplanken und alten Autoreifen. Sie wollte, dass wir es besteigen, aber ich bezweifelte, dass wir weit damit kommen würden. Doch sie überredete mich. Bald darauf hatten wir unsere Pelze abgelegt und zogen das Floß hinunter ins Wasser. Die Wellen verschlangen uns fast. Aber wir schafften es. Einige Zeit verging, dann hockten wir ganz ruhig mitten auf dem Ozean. Nicht die leiseste Welle oder irgendein Boot. Dann rief ich irgendwann ihren Namen, und als sie sich zu mir umdrehte, rutschte sie aus und fiel vom Floß. Sie versank im Wasser und tauchte nicht wieder auf. Nichts. Immer wieder rief ich ihren Namen. Dann, nach einigen Sekunden, die mir wie Jahre vorkamen, übermannte mich der Schmerz. Ein Kummer, der den ganzen Traum erfüllte, er füllte alles aus – bis ich mich irgendwann umdrehte und sie einfach wieder da war, quicklebendig im Wasser schwamm und mir zuwinkte. Stumm und völlig benommen vor Glück lenkte ich das Floß zu ihr hinüber. Als ich die Hand nach ihr ausstreckte, um sie herauszuziehen, wachte ich auf.

»Da hast du meinen Traum«, sagte ich.

Claire wandte sich wieder ab. Sie drehte die Flamme unter dem Topf aus und goss die heiße Milch und den schwarzen Kaffee aus einer sechseckigen Metallkanne in eine kleine Schale. Es dampfte. Sie fügte zwei Löffel Zucker hinzu, rührte um und gab mir die Schale, ohne ein Wort zu sagen. Ich hatte keine Ahnung, was sie jetzt dachte. War sie gekränkt? Was ich ihr erzählt hatte, war die reine Wahrheit. Ich betrachtete ihren Rücken, während sie eine zentimeterdicke Scheibe Brot abschnitt. Das Sägemesser raspelte durch die Kruste wie durch Holz und die Krümel flogen quer durch die Küche. Sie bestrich das Brot mit Butter und Erdbeermarmelade und brachte es mir auf einem Teller.

Erst dann sah sie mich an. Ein langer Blick, hinter dem sich ein heimliches Lächeln verbarg. Jetzt glaubte ich, dass sie meinen Traum verstanden und dass sie mir wirklich zugehört hatte.

Sie lehnte sich gegen den Herd und sah mir beim Essen zu.

Ich biss ein Stück ab. Die dicke Kruste gab dem Brot einen deftigen Geschmack, die Marmelade machte es angenehm süß. Die kräftige, nüchterne Konsistenz des Kaffees wurde vom Zucker und der schaumigen Milch aufgehoben. Ich nahm die Schale in beide Hände und nippte langsam mit geschlossenen Augen, während ich behaglich der Wärme nachspürte, die mich durchströmte, und die schwere Süße genoss.

»Ich mag es, wenn du so genüsslich die Augen schließt«, sagte sie.

Ich machte die Augen auf. Sie stand inzwischen mit dem Rücken am Fenster.

Hinter ihr flutete Tageslicht herein; der Nebel im Tal hatte sich verzogen. Im Gegenlicht konnte ich ihren Gesichtsausdruck nicht mehr genau erkennen. Wie sie so die Schale mit beiden Händen vor sich hielt, Gesicht und Körper im Schattenriss, hätte sie das Bildnis einer Heiligen an der Wand einer Dorfkirche sein können, gemalt, um die Andächtigen zum Gebet zu ermuntern. Die Innigkeit ihres Blickes konnte ich sehr wohl spüren. Und die auffallende Veränderung im Gegensatz zum Tag vorher: Sie sah mich nicht mehr so gehetzt an, sondern zärtlich und fürsorglich.

»Hier schmeckt alles viel besser«, sagte ich.

Sie lächelte. »Unser Geheimnis.«

Ich erhob mich unbeholfen. Mein Herz stand sich selbst im Weg, mein Mund war wie ausgetrocknet. Das Haus schien förmlich darauf zu warten, dass ich ihr mehr erklärte als nur einen Traum.

»Claire …«

Aber ich brachte den Satz nicht zu Ende. Feigling. Ich sah, wie sie die Augen niederschlug – als wäre es ihr peinlich, dass sie genau wusste, was ich sagen wollte.

»Nichts. Danke für das Frühstück.«

Ich lief davon und blieb erst stehen, als ich draußen im Freien war. Ich versuchte einfach nur zu atmen und in jedem Atemzug das Ende des langen Winters und den Anfang des Frühlings zu spüren – in diesem Tag, der eben erst angebrochen war: Die Sonne noch hinter dem Haus; der glänzende Tau auf den Grashalmen im feuchten Schatten; Pilze so weiß und rund wie Murmeln; und die Schlangenlöcher in der Erde.

Links von der Tür stand eine Steinbank – eine in abertausenden von Jahren von der rauen Witterung glatt geschmirgelte und ausgehöhlte Felsplatte. Bei ihrem Anblick hörte ich im Geiste Claires Stimme: *la France profonde*. Das alte Frankreich, das wahre Frankreich, hatte sie gesagt, das erdverbundene Frankreich, weiblich und voller Weisheit, dessen Geist der einer Frau ist, so lebendig, dass sie, unsterblich geworden, nicht mehr den Launen der Zeit unterliegt.

Und nun diese Bank hier – solide, archaisch, geheimnisvoll. Darüber rankten sich frühe Rosen die Hauswand empor. Blassrosa Blüten, noch fest verschlossen, alle Sehnsucht tief in sich vergraben, warteten hoffnungsvoll auf ihre Geburt.

Ich hörte ein Geräusch. Ich ging zum Gartentor, öffnete es und trat hinaus auf die Straße. Von links kam, noch ungefähr einen halben Kilometer entfernt, ein blauer Kleinlaster angefahren. Ich schaute zu, wie er näher kam. In so einer Gegend ist das fast schon ein Ereignis. Er kam nur langsam und stotternd voran. Ich versuchte, das Gefühl noch einmal heraufzubeschwören, das ich noch eine Stunde zuvor beim Aufwachen gehabt hatte – das sichere Gefühl, dass es reichen könnte, einfach bei ihr zu sein; die Selbstbeschränkung, nicht mehr zu erwarten. Denn letztendlich würde mich das unaufhörliche Verlangen nur kaputtmachen, sagte ich mir. Die ständige Sehnsucht nach einer Liebe, die vielleicht niemals erfüllt würde, machte einen nach und nach fertig, bis man sich eines Tages selbst nicht mehr wiedererkannte.

Das Vehikel hatte drei Räder statt vier. Es sah aus wie eine lächerliche Kreuzung aus einem kleinen Lastwagen und einem Dreirad. Der Fahrer war irgendwas zwischen siebzig und hundert. Er trug einen blauen Overall und eine Stoffmütze. Er zuckte nicht einmal mit der Wimper, als er an mir vorbeifuhr.

*

Beim Mittagessen waren wir wieder bester Stimmung und lachten die ganze Zeit. Claire erzählte mir scherzhaft von dem Abenteuer, das sie am Morgen erlebt hatte, als ich noch schlief.

»Ich habe eine tote Ratte gefunden.«

»Eine Ratte?«

»Ja, in der Küche. Genau hier auf dem Fußboden. Mausetot. Da muss irgendwo Gift gewesen sein. Sie war schon ganz steif.

Das arme eklige Vieh. Es hatte immer noch so ein schreckliches Grinsen im Gesicht, dass man seine kleinen spitzen Zähne sehen konnte. Ich hab eine Hand voll Papiertücher genommen, es am Schwanz hochgehoben und auf die Terrasse gebracht.«

»Auf die Terrasse?«

»Warum nicht? Ratten sind biologisch abbaubar, oder?« Jetzt konnte sie ein schelmisches Grinsen kaum noch verbergen. »Na, jedenfalls hab ich sie wie eine Bola geschwungen und dann losgelassen. Sie ist auch ganz schön abgezischt. Aber hast du diesen Baum gesehen? Den großen, ungefähr drei Meter von der Terrasse entfernt? Den hat sie genau getroffen.«

»Was?«

»Nicht den ganzen Baum. Nur einen Ast. Und wegen der Totenstarre war sie ganz krumm, wie ein Haken. Also ist sie einfach an dem Ast hängen geblieben.«

»Hängt sie da etwa immer noch?«

Sie hielt sich den Bauch vor Lachen. »Willst du mal sehen?«

»Vielleicht später.«

Nach dem Essen hatten wir die Ratte aber schon längst wieder vergessen. Es gab noch etwas anderes. Früh am Morgen war sie auf dem Grundstück auf Entdeckungsreise gegangen und hatte festgestellt, dass das Haus seitlich in einen Hügel hineingebaut war und einen natürlichen Keller besaß. Den passenden Schlüssel dazu hatte Claire beim Durchwühlen der Schubladen einer Kommode im Wohnzimmer gefunden.

Wir stiegen die steinernen Stufen, die sich um das Haus herumwanden, hinab, bis wir an eine Holztür kamen.

Drinnen im Keller war es feucht und kühl wie die Erde selbst – sogar noch kühler wegen der dicken Kalksteinwand. Spinnennetze malten schillernde Schlieren in den zitternden Lichtstrahl unserer Taschenlampe. Der Boden war mit Steinbrocken, abgebrochenen Stuhlbeinen, leeren Benzinkanistern, einer Schranktür und einem verrosteten Waschzuber bedeckt.

Claire schauderte. »So viel Geschichte.« Vor uns blitzte es auf. Ein riesiger Glaskrug lag zerbrochen am Boden. Ich nahm ihren Arm und lotste sie um die Glasscherben herum. Schmale Stufen, unsere Körper drängten sich unmerklich aneinander. Ihre Hand war kalt, der Rest von ihr warm. Der Strahl der Taschenlampe leuchtete einen Gegenstand nach dem anderen an – eine visuelle Ausgrabung, auf seltsame Weise erregend. Dieser Keller war ein Buch mit vergessenen Gedichten, die sich mit der Zeit in verzerrte Worte verwandelten, wie in Baumrinde geschnitzte Sprüche.

Wir kamen ans Ende des unterirdischen Gelasses. Claire richtete das Licht schräg nach oben auf die Wand, die in den Berg hineingehauen war. »Das wollte ich dir zeigen.«

Vom Boden bis zur Decke streckte ein metallenes Weinregal seine verrosteten, dürren Streben empor wie die angedeuteten Turmspitzen einer verschütteten Spielzeugstadt. Der Lichtstrahl warf ein gitterartiges Muster auf die raue Steinwand dahinter. Nur etwa ein Dutzend Flaschen waren noch übrig. Während Claire die Taschenlampe hielt, zog ich vorsichtig eine davon heraus und rieb den Staub an meiner Cordhose ab. Dem Etikett nach war es ein 1964er Pomerol. In der Etage darunter lag ein 1962er St. Estèphe, darunter ein 1966er St. Émilion Grand Cru und daneben ein 1965er St. Julien. Drum herum schlummerten noch andere Flaschen ohne Etikett, eigene Abfüllungen, allesamt mit einer Kappe aus rotem Siegellack verschlossen, brüchig und rissig, aber immer noch so grell bunt wie der geschminkte Mund einer alten Hure.

Wir trugen die Flaschen eine nach der anderen aus dem Keller hinauf ins Haus. Einige davon schmeckten garantiert überwältigend, andere waren vermutlich gekippt. Es spielte keine Rolle. Für uns war es ein bedeutender archäologischer Fund. Für den Rest unserer Reise würden wir dinieren wie die alten Fürsten.

Als Nächstes führte sich mich in eine Scheune, wo wir auf

die staubgeschwärzte Windschutzscheibe des Kleinlasters, eines 1940er Ford starrten, den man in einem anderen Leben hier zur letzten Ruhe gebettet und nie wieder herausgeholt hatte. Die Ablagerungen der Zeit hatten für eine Art Mumifizierung gesorgt. Von außen betrachtet wirkte dieses Gefährt in seiner starren Unverwüstlichkeit, als wäre es ebenso über alle Vergänglichkeit erhaben wie manches andere, das wir an diesem Nachmittag zu Gesicht bekamen: der Himmel, der durch die Löcher in dem dreihundert Jahre alten Dach hinwegzog – himmelblaue Augen, die in staubflirrenden Lichtbündeln auf uns herabblickten –, der Geruch längst verschwundener Tiere, der immer noch in den dunklen, mit Heu gefüllten Boxen unter unseren Füßen in der Luft hing; die alten Gerätschaften an den Wänden, mit den von Menschenhänden glatt gearbeiteten Holzgriffen, die immer noch auf neue Hände warteten.

sechzehn

Sie hatte einen Spiralblock mit Lou Marvels Erinnerungsnotizen mitgenommen. Das war unsere Bibel, die wir jeden Tag beim Frühstück konsultierten – die Worte, die er ihr diktiert und die sie aufgeschrieben hatte, umso eindrucksvoller in ihrer Wirkung, als sie von ihr im Stenogrammstil wiedergegeben waren. Während wir so am Küchentisch saßen und uns diese Sammlung von nüchternen Tatsachen und persönlichen Empfindungen laut vorlasen, bekam ich unerwartet ein Gespür für den leisen Pulsschlag seines Wesens, den jungen Mann, der er einst war, und für die Liebe und Verzweiflung seiner Tochter.

Weinhändler heißt Raoul.
 Frische Forellen bei Frau außerhalb v. Martel. Auf Schild achten.
 Einmal ganze Schlangenhaut gefunden.

*Statue der Schwarzen Jungfrau, Rocamadour – Pilgerfahrt –
sieht aus wie ein Giacometti (???: ob Giac. wohl jemals hier gew. ist
& sie gesehen hat?)*

*Umgebung: Burgruine – 11. Jh. – Tempelritter? Von d. richtigen
Stelle aus an klarem Tag Blick auf 20 Châteaus.*

*Alter Plattenspieler. Platten. Ella u. Louis. Verkratzte Melodien
& Pflaumenschnaps. Sommer – bis 10 hell.*

*Corinne – Französin, hübsch. Spaziergang auf der Causse m.
ihr. Verheiratet. Denke immer noch an sie.*

Später erzählte sie mir, wie sie an seinem gemieteten Krankenhausbett im Wohnzimmer des Hauses in Stamford gesessen
und seine Erinnerungen niedergeschrieben hatte. Und dass es
sie überrascht hätte, wie lebhaft ihm alles noch präsent war,
klar und deutlich bis in alle Einzelheiten. Als hätte das Leben
nicht die Vergangenheit abstrahiert und in ihre Einzelteile zer-
legt, sondern die Gegenwart.

*

Die Burgruine fanden wir am achten Tag, eine Wegstunde vom
Haus entfernt. Sie stand hoch oben auf einem Vorsprung in der
aus hartem Kalkstein gebildeten Hochebene namens *la causse*.
Von der einspurigen gepflasterten Straße aus folgten wir einem
staubigen Trampelpfad in Richtung Ruine. Der Boden dort
war ausgetrocknet und unversöhnlich, von Steinen übersät.
Ein Esel sah uns mit klugem, fragendem Blick aus einem mit
einer Mauer eingefassten Viereck kümmerlichen Weidelands
an. Wir blieben stehen und gaben ihm einige Hand voll Gras,
dann gingen wir weiter.

Es war immer noch eine Festung, auch wenn sie jetzt nur
noch die Vergangenheit beschützte. Man konnte immer noch
sehen, wo die Macht gewesen war: Der schwindelerregende
Pfad, der sich den Berg hinunterschlängelte, oben gerade noch
breit genug für einen Angreifer; die zwölf Meter hohen Mauern

und fünf Meter hohen Kamine; die Schießschartenfenster, durch die man wie das Auge Gottes jede Burg und jedes Château weit und breit sehen konnte. Aber jetzt regierte hier die Natur. Der Himmel hatte das Dach in Besitz genommen. Der Kamin war ein Loch. Zwei Stockwerke höher wuchs ein kleiner Baum aus einem eingestürzten Schornstein. Zwischen den noch immer aufrecht stehenden, wenn auch stark mitgenommenen Mauern lagen lose Brocken sonnengebleichten Kalksteins im hohen Gras verstreut. Weiß auf Grün, skelettartig und doch imposant, wie die zertrümmerten Marmorsäulen des Parthenon. Die Überreste hier kamen einem nicht weniger alt vor.

Wir wanderten eine Weile schweigend umher, durch riesige, von der Zeit aufgebrochene Festsäle. Außer uns war niemand da. Das Wetter war schön. Es war erhebend und beklemmend zugleich. All die Feste und Thronreden, das über dem Feuer brutzelnde Wild, die arroganten und dabei ängstlichen Bewohner, die durch längst nicht mehr vorhandene Fenster auf eine Welt voller Feinde hinausstarrten.

»Gespenster«, sagte Claire. Es war das erste Wort, das die ganze Zeit über zwischen uns gefallen war.

Wir setzten uns auf einen Grasvorsprung am Rand des Abhanges. Hinter uns ragte die Ruine empor wie eine Klippe, der wir den Rücken gekehrt hatten und die uns vor fremden Blicken verbarg. Vor uns lag das Tal mit seinen Burgen und dem Château, wie steinerne Inseln in einem Meer aus Chlorophyll, während sich die Dordogne durch das gesamte Blickfeld wand wie eine trügerisch regungslos in der Sonne schimmernde Schlange. Vogelgezwitscher erhob sich aus den Bäumen, die in den unmöglichsten Winkeln aus den steilen Hängen unter uns hervorsprossten. Aus weiter Ferne drang mal lauter, mal leiser das Dröhnen eines Traktors heran.

»Er wird sich freuen, dass wir hier waren«, meinte Claire.

Am selben Morgen hatte sie ihn angerufen und ihm alles erzählt, was wir in der ersten Woche gesehen und erlebt hatten.

Sie hatte ausführlich und geduldig berichtet, und als er ihr, viel eher als erwartet, gesagt hatte, er sei zu erschöpft, um noch weiter mit ihr zu reden, da hatte sie ihn mit fester, liebevoller Stimme getröstet. »In Ordnung, Daddy, ich rufe dich morgen wieder an. Ruh dich jetzt aus.«

Hinterher hatte sie lange das Telefon angestarrt. Es war aus schwarzem Plastik mit einer weißen Wählscheibe und stand auf einem dreibeinigen Tisch unter der Treppe.

Weiter draußen zog ein kleiner Habicht seine Kreise über dem Vorgebirge.

Claire sagte leise: »Er hat mich weggeschickt, damit ich ihn nicht sterben sehe.«

Dann fing sie an zu weinen. Ich streckte die Hand aus und schob sie unter das weiche Bündel ihrer Haare. Ihr Nacken war warm, fast fiebrig. Ich ließ meine Hand dort liegen und massierte sanft ihren Hals, bis sie, wie ein Kämpfer, der sich geschlagen gibt, den Kopf zurücklegte und mit geschlossenen Augen den Druck meiner Hand erwiderte.

*

Am späten Nachmittag fanden wir die Fischverkäuferin. Sie musste mindestens achtzig gewesen sein und lebte in einer steinernen Hütte am Fluss. Sie tauchte einen Kescher in das neben dem Fluss aufgestaute Becken und zog ihn mit zwei glänzenden Forellen wieder heraus, die sie mit einer kurzen, energischen Handbewegung mit dem Kopf gegen einen Stein schlug und dann in Zeitungspapier wickelte.

Als wir wieder fortgingen, legte sie Claire ihre zitternde Hand an die Wange. »Ma belle fille«, flüsterte sie.

Claire schossen die Tränen in die Augen. Sie ergriff die fischige Hand der alten Frau und küsste sie.

siebzehn

An unserem vorletzten Tag packten wir Brot, Käse und Wein
als Marschverpflegung in einen Rucksack und machten uns
auf zu einer Wanderung über die Causse.

Bis heute kursieren in Büchern und in den Cafés Geschichten von Männern, die von einem Ende des Lot bis zum anderen über die Causse marschiert sind. Das war in alten Zeiten,
als die weiter entfernten Felder noch so gut wie nicht einge-
zäunt waren und jeder Schäfer sich draußen in dem rauen, kahlen Hochland wie auf einem fremden Planeten vorgekommen
sein musste – nichts als nur spärlich mit Gras und Erde über-
zogener Stein, Ruinen aus Stein, und die Tiere waren dem
Stein ausgeliefert. Eine vollkommene Einöde. Im Winter hielt
der Stein die Kälte wie ein feierliches Gelübde; im Sommer
speicherte er die Hitze mit der Gnadenlosigkeit einer Vendet-
ta. Den einzigen Schutz vor den Elementen boten vereinzelte
Hütten aus Stein, erbaut von längst dahingegangenen Schä-
fern. Man kann stundenlang zwischen Kalksteingeröll umher-
wandern und hört nichts als den heulenden Wind oder das in
der Hitze knisternde, ausgemergelte Gras. Dann sehnt man
sich wie ein Verbannter nach gelegentlichen Anzeichen anderer Lebewesen – einem Drachen, der auf sorgfältig mit Federn
beklebten Schwingen hoch am Himmel schwebt, einer Fuchs-
fährte, einem Oratorium der Schafsglocken in der Ferne. Die
Schlangen, hier Nattern genannt, waren grau wie Bilgenwasser
und nur fünfzig Zentimeter lang; aber wehe, man trat auf eine,
zwei Stunden Fußweg von der nächsten menschlichen Behau-
sung entfernt – dann kam man bestimmt nicht mehr zum
Abendessen nach Hause. All das konnte man jeden Tag auf der
Causse erleben. Zwar gab es jetzt mehr Zäune und mehr Ma-
schinen, aber das Kunststück, allein von einem Ende des
Hochlands bis zum anderen zu marschieren, war immer noch

zu bewerkstelligen. In dieser Gegend war es noch möglich, bewusst in eine andere Zeit unterzutauchen. Einfach für eine Weile zu verschwinden. Es war ein Paradies der Einsamkeit.

*

Ganz bis zum anderen Ende schafften wir es nicht. Vielleicht gab es ja auch gar kein Ende. Wir wanderten den ganzen Vormittag, setzten uns unter einen Baum und verspeisten unseren Proviant, schliefen ein bisschen mit den Schultern aneinander gelehnt. Wachten wieder auf, lächelten uns an und machten uns auf den Rückweg.

Die meiste Zeit über schwiegen wir. Worte wurden allmählich überflüssig.

Zu Hause angekommen, ging sie in die Küche, um Kaffee zu kochen. Ich ging mit schmerzenden Beinen nach oben und ließ ein Bad einlaufen.

Sie war noch immer in der Küche, als ich mich auszog und es mir im dampfend heißen Badewasser bequem machte. Ich streckte mich aus, bis das Wasser meine Schultern bedeckte, und dachte darüber nach, wie sehr sich unser Verhältnis verändert hatte.

Als ich mit einem Handtuch um die Hüften aus dem Badezimmer kam, stand sie in ihrer Schlafzimmertür.

»Das war heute ein wundervoller Tag. Ich wollte mich bei dir bedanken.«

Ich sah sie an. Worte kamen mir in den Sinn, aber es waren eben nur Worte. Als wir da draußen unter dem Baum gemeinsam eingenickt waren, hatte ich einen stummen Traum gehabt, von einem Unterschlupf aus Stein mit einem runden Dach und ohne Tür. Sie war drinnen, und ich ging meilenweit über vergessene Felder zu ihr zurück. Sie wartete auf mich. Ich wusste nicht, wo ich herkam. Wusste nur, dass ich heimkam zu ihr.

»Du brauchst nichts zu sagen«, meinte sie schließlich. Dann drehte sie sich um und ging in ihr Zimmer. Kurz darauf ging ich in meines. Auf meinem Kopfkissen lag eine der blassrosa Rosen, die über der Steinbank vor dem Haus wuchsen. Die Blüte war aufgegangen. Sie musste sich erst gestern geöffnet haben. Vorsichtig hob ich sie auf und hielt sie mir an die Nase. Der Duft war frisch und köstlich.

Ich drehte mich um. Da stand sie, auf der Schwelle zu meinem Zimmer. Und ich sah sie mit ausgestreckten Armen auf mich zukommen.

achtzehn

An jenem Abend war in dem großen offenen Raum das Feuer bis auf die Glut heruntergebrannt. Wir hatten gegessen, den Abwasch einfach stehen lassen und die Flasche St. Julien bis zur Neige ausgetrunken. Die Nacht stand schwarz hinter den verstaubten Fensterscheiben. Ella Fitzgerald und Louis Armstrong sangen »They Can't Take That Away From Me« auf dem vorsintflutlichen Philips-Plattenspieler, den ich, den Anweisungen in Claires Notizbuch folgend, in eine muffige Decke gewickelt in einem Schrank vor der Küche gefunden hatte.

Zuerst führte mich Claire mit Rücksicht auf meine tänzerische Unbeholfenheit langsam im Kreis herum, als würde sie Wasser treten.

Zu »Gee, Baby, Ain't I Good To You«. Zu »I Won't Dance«. Zu »It Ain't Necessarily So«. Zu »A Fine Romance«.

Ich genoss es trotzdem. Genoss die Schritte, die ich nicht kannte. Genoss die Unbeholfenheit, die mit jedem neuen Schlager mehr zur Umarmung wurde, bis unsere unterschiedlichen Bewegungen im Tanz nach und nach zu einer einzigen verschmolzen. Ich genoss die beiden herrlichen Stimmen – die eine hell und geschmeidig, wie ein Vogel in der Luft zwitschernd; die andere tief und kratzig und verlebt, und doch voller sanfter Kraft, der Erde hingegeben – zwei Stimmen im Wechsel, die nacheinander riefen, sich unterhielten, sangen. Ich genoss das Gefühl, sie im Arm halten zu dürfen. Genoss jede Stelle, an der mein Körper den ihren berührte: unsere Hüften und Oberschenkel, ihr Kopf an meiner Brust, meine linke Hand auf ihrer rechten, die andere auf ihrem warmen Rücken.

Immer weiter. Zu »Stomping At the Savoy«. Zu »A Foggy Day«. Zu »Don't Be That Way«. Zu »Summertime«. Zu »Cheek To Cheek«.

Dann klingelte das Telefon und Claire nahm den Kopf von meiner Brust. Sie wich einen Schritt zurück. Das Lied spielte weiter, aber jetzt hatte sich Stille über die Küche gelegt. Wir standen erstarrt da wie die Figuren auf einer Spieluhr. Die Farbe war aus ihrem Gesicht gewichen, ihr Blick auf den Boden gerichtet. Ihre Nasenflügel waren gebläht und ich konnte sehen, wie sich ihr Brustkorb bei jedem Atemzug hob und senkte. Sie stand da wie jemand, der gerade aus einer Trance erwacht ist, angestrengt nachdenkt und allmählich den Schrecken in sich spürt.

Wieder klingelte das Telefon.

»Mein Vater«, flüsterte sie.

»Ich geh ran.«

Sie packte meinen Arm. »Bitte nicht.« Dann drehte sie sich um und ging quer durch den Raum. Mir wurde bewusst, dass der Plattenspieler immer noch lief, also ging ich hin und stellte ihn ab. Dann schrillte das Telefon erneut, ein Geräusch, das allen Frieden zerriss, und sie nahm ab und erfuhr, dass ihr Vater am Nachmittag gestorben war.

neunzehn

Unser Flugzeug landete am späten Vormittag in Boston. Während des Fluges hatten wir beide nicht geschlafen. Wir gingen durch den Zoll, traten durch die Doppeltüren in die Halle und standen benommen vor der kleinen Menschenansammlung: Eltern, Geliebte und Männer in zerknitterten schwarzen Anzügen, die Namensschilder hochhielten. Noch ehe ich den hoch gewachsenen Mann in meinem Alter erblickt hatte, der auf uns zukam, um uns zu begrüßen – mit ihrem Teint, ihren Wangenknochen und ihren schmalen weißen Handgelenken –, noch ehe ich ihn sah und merkte, wie er sie in Beschlag nahm, spürte ich die Veränderung, fühlte das schmerzhafte Zerren, das mir bewusst machte, dass ich wieder in die Welt zurückgekehrt war. Als hätte ich Frankreich und unser Leben dort, unser trautes, vielversprechendes Leben, lediglich geträumt.

Alan Marvel ging mit raschen Schritten geradewegs auf seine Schwester zu. Sie umarmten sich, hielten sich eng umschlungen in stummem, ohnmächtigem Schmerz, während ich ein wenig abseits stand.

Dann machte Claire die Augen wieder auf, nahm das Kinn von seiner Schulter und löste sich von ihm. Genau dasselbe hat sie in Frankreich getan, dachte ich, als das Telefon klingelte, während wir tanzten. Wie sie sich gegen den Schmerz gewappnet hatte, indem sie die Augen öffnete, das Kinn reckte und einen Schritt zurücktrat – hinaus aus dem einen Leben, das ihr wie ein Traum erschienen sein musste, und hinein in dieses andere, das grausam und viel wirklicher war. Nun war sie hier, bei ihrem Bruder, und stellte sich auf die Düsternis ein, der sie sich bald stellen musste. Und ich stand noch immer dort in der alten Welt und hielt sie im Arm.

Alan Marvel nahm ihren Koffer. »Fertig?«

»Alan, das ist Julian.«

»Entschuldigung.« Unbeholfen schüttelten wir uns die Hand. Ich sagte, mir täte es Leid – das mit seinem Vater. Er nickte flüchtig. Mein Name sagte ihm nichts; er hatte noch nie von mir gehört. Seine Augen, haselnussbraun wie die ihren, schienen mich stattdessen aus einem gewissen Abstand zu betrachten. Er machte einen Schritt zur Seite, wandte sich wieder seiner Schwester zu und wiederholte: »Bist du so weit?«

Claire blieb stumm.

»Sie sind alle zu Hause«, sagte er. »Die Beerdigung ist um drei. Wir müssen los.«

Sie nickte geistesabwesend, drehte sich aber zu mir um.

»Julian?«, sagte sie.

Das war alles. Einfach nur mein Name, beinahe geflüstert, die Stimme am Ende unüberhörbar angehoben. Doch in ihren Augen eine verzweifelte, verletzliche Intensität, wie ich sie noch nie zuvor gesehen hatte, eine Art stumme Bitte.

Und trotzdem stand ich nur da und tat nichts. Weil sie jetzt ihrem Bruder zu gehören schien, der sie ohne reden zu müssen so gut kannte, wie ich es mir selbst leichtsinnigerweise bereits einzubilden begonnen hatte. Ich sah zu, wie er sich in Bewegung setzte, ihr dabei tröstend die Hand auf den Arm legte und sie wieder in ihre familiäre Welt zurückholte, und es war, als hätte mir jemand die Tür vor der Nase zugeschlagen und mich draußen stehen gelassen.

Also schaute ich weg.

Es war nicht viel, und doch alles. Ein leerer Blick von nicht mehr als zwei Sekunden, ein Zögern nicht aus einem Gefühl, sondern aus der Gewohnheit heraus, meine zwanghafte Angst vor Zurückweisung, der Zwang, zuerst sämtliche Möglichkeiten abzuwägen, um ja keinen noch größeren Fehler zu begehen. Ich schaute weg ins Nichts, und erst dann ging mir auf, dass sie vielleicht von mir erwartete, dass ich mitging. Dass ich sie als Freund und Geliebter begleitete und ihr half, mit allem fertig zu werden, was sie befürchtete, allein nicht bewältigen zu können.

Aber als ich sie wieder ansah, war es bereits zu spät. Die unausgesprochene Bitte um Unterstützung war zurückgezogen und damit auch ihr unerschütterliches Vertrauen. Blanke Enttäuschung verdüsterte ihre Augen wie eine Mondfinsternis; ich hatte sie verraten.

»Claire …«, sagte ich.

»Ich ruf dich an.« Sie machte einen Schritt auf mich zu und küsste mich kühl auf die Wange. Dann wandte sie sich zu ihrem Bruder um. »Ich bin fertig.«

Ich sah ihr nach. Sie nahm seinen Arm und ging davon, ohne sich noch einmal umzudrehen. Die Automatiktüren schoben sich zur Seite, und ich sah die Taxi-Reihe und zwei Gepäckträger in orangefarbenen Capes. Ich erinnere mich noch daran, dass es regnete. Dann fuhren die Türen wieder zu und sie war fort.

*

Ich blieb noch eine ganze Weile dort stehen.

Stand da wie in Trance und dachte an einen kleinen Jungen in einem Stadtpark in New York. Es ist Sommer. Ich stehe in diesem Park vor einer Kletterwand, einem Felsen von den Ausmaßen eines kleinen Hügels mit einer glatten, senkrecht aufragenden Granitwand, und Judith zieht mich auf, ich könnte da nie im Leben hinaufklettern, und ich sage zu ihr, sie hätte ja keine Ahnung. Woran ich mich am deutlichsten erinnere, ist allerdings nicht mein Kletterkunststück, sondern wie ich mich irgendwann in schwindelnder Höhe wiederfinde, ungefähr drei Meter vom Boden entfernt und sechs Meter von der oberen Kante. Ich hänge dort einfach so in der Luft, ohne Seil, ohne besondere sportliche Fähigkeiten und ohne zu wissen, wie es weitergehen soll. Die Hände in die Felswand gekrallt, die turnschuhbewehrten Füße wie eine Ente gespreizt, das Becken so fest wie möglich an den Fels gepresst. Vor lauter Angst traue ich mich nicht, mich zu bewegen, weder auf- noch abwärts. Ich traue mich nicht, etwas zu sagen oder zu schreien. Ich liebe diesen Felsen, gleichzeitig hasse ich ihn.

Und Judith ruft mir wütend zu: »Angsthase!« Aber ich bin wie erstarrt. Schließlich verliert sie mit einem vorwurfsvollen, theatralischen Seufzer die Geduld und holt meinen Vater, der mit meiner Mutter ein paar Hundert Meter weiter an einem Flüsschen beim Picknick sitzt.

Sobald ich allein bin, befällt mich eine seltsame Ruhe. Mein Körper bleibt so verkrampft wie bisher, aber mein Herz, das wie ein winziger Presslufthammer durch meinen Brustkorb hindurch gegen den Felsen gehämmert hat, beruhigt sich langsam wieder. So in der Schwebe zwischen zwei Orten, zwei Zuständen, stelle ich mir vor, für immer hier zu bleiben, mich hier einzurichten wie ein neues Lebewesen, das in der Felswand haust.

Ich höre meinen Vater kommen, noch ehe ich ihn sehen kann. Denn zum ersten Mal in meinem Leben befinde ich mich jetzt über ihm. Würde ich die Augen öffnen und hinabschauen, wäre er ganz klein und unbedeutend. Das *weiß* ich. Trotzdem mache ich die Augen nicht auf – das rechte, weil es an den Felsen gepresst ist, das linke wegen dieser eigenartigen Ruhe, die sich meiner bemächtigt hat, seit ich allein bin.

Und dann spricht mein Vater meinen Namen aus. Er ruft oder schreit ihn nicht, sondern sagt ihn in ganz normalem Tonfall – leise, nicht ruhig, ohne Eile, aber nicht beherrscht. Julian, sagt er. Ich mache die Augen nicht auf. Julian, sagt er, rühr dich nicht von der Stelle, was auch passiert, rühr dich nicht von der Stelle. Ich höre die Angst in seiner Stimme. Er weiß nicht, was er tun soll, hat keine Ahnung. Aus irgendeinem Grunde ist er nicht wie andere Väter. Seine Erfahrungen haben ihn nicht stark und widerstandsfähig gemacht, sondern ausgelaugt und verzagt. Ich kann es seiner Stimme anhören.

Da mache ich die Augen auf und lasse los. Ich falle schnell und schonungslos.

zwanzig

Ich versuchte sie zu erreichen. Immer wieder wählte ich in den darauf folgenden Tagen die Nummer in Stamford, doch jedes Mal hörte ich nur die Stimme ihres Vaters auf dem Anrufbeantworter – die mir jedes Mal eine Gänsehaut über den Rücken jagte, ganz gleich, wie oft ich sie schon vernommen hatte.

Aber das Band war voll und wollte meine Nachricht nicht aufnehmen.

*

Nach weiteren fünf Abenden stand ich vor ihrer Wohnungstür in der schwachen Hoffnung, sie könnte inzwischen zurückgekommen sein, ohne mich benachrichtigt zu haben.

Aber nicht Claire begrüßte mich dort, sondern Kate. Als sich mein Blick an ihr vorbei ins Wohnzimmer drängte, sah ich, dass die Tür zu Claires Zimmer geschlossen war.

»Ich komme einfach nicht durch, Kate. Wie geht es ihr?«

»Was meinst du wohl? Sie ist nicht hier, und es geht ihr nicht gut.«

»Wann kommt sie zurück?«

»Keine Ahnung.«

»Was ist mit ihren Vorlesungen? Mit ihren Prüfungen?«

»Für die Katz«, sagte Kate. Dann beugte sie sich vor und musterte mich. »Du siehst schrecklich aus.«

»Ich hab nicht geschlafen«, gestand ich.

Kate schüttelte mitleidig den Kopf. »Herrje, Julian. Na schön, komm rein, ich mach dir einen Tee.«

Nachdem sie mich auf dem Sofa deponiert hatte, verschwand sie in der Küche. Sie trug einen Penn-State-Trainingsanzug und Badelatschen aus Plastik – Relikte aus ihrer Studentenzeit, als sie bei der NCAA-Schwimmweltmeisterschaft den fünften Platz über 500 Meter Schmetterling belegt hatte. Sie bewegte sich noch immer mit der Geschmeidigkeit einer Athletin. Trotzdem war Kate als raue Sportskanone nicht ganz überzeugend. Im Lauf der Monate hatte ich eine schroffe Zärtlichkeit und versteckte Verletzlichkeit an ihr entdeckt. In Cambridge verbrachte sie ihre Zeit unverhohlen mit einer Pädagogikstudentin namens Marcy und einmal hatte ich sie nach einem quälend gestelzten Telefongespräch mit ihren Eltern in Tränen ausbrechen sehen. Sie waren konservative Republikaner aus Bethlehem, Pennsylvania, die, das wusste Kate, mit Sicherheit niemals damit zurechtkommen würden, dass sie lesbisch war.

Nichtsdestotrotz war ihr Hang zur Unverblümtheit manchmal ernüchternd.

Als sie mit zwei dampfenden Bechern aus der Küche kam, erkundigte ich mich nach Marcy.

»Sie ist mit ihren Eltern essen gegangen.«

Wir saßen auf dem Sofa und schlürften unseren Tee. Sie hatte die Beutel zu lange ziehen lassen, so dass das Gebräu leicht metallisch schmeckte.

»Warst du bei der Beerdigung?«, fragte ich sie.

»Natürlich.«

»Und wie war's?«

»Na, wie bei einer Beerdigung. Traurig. Vielleicht ein bisschen zu rührselig. Ihre Mutter hat unmögliche Reden geschwungen. Ansonsten war es in erster Linie einfach nur traurig.« Sie hielt inne. »Du hättest kommen sollen.«

»Hat Claire dich darum gebeten?«

»Das brauchte sie nicht«, sagte Kate pointiert.

Ich schwieg.

Sie stieß einen frustrierten Seufzer aus. »Darf ich mal was sagen? Manchmal könnte ich echt zu viel kriegen, wenn ich sehe, wie ihr beide dauernd aneinander vorbeirennt.«

»Vor einem Jahr hast du noch ganz anders gedacht.«

»Damals war ich misstrauisch. Ich kannte dich noch nicht.

Dein größter Fehler war, mich von dir zu überzeugen. Jetzt bin ich enttäuscht.«

»Weniger enttäuscht als ich.«

»Hör zu, Julian, du musst endlich etwas tun. Und nicht erst morgen – heute noch. Sie braucht dich, und du vermasselst die Sache.«

»Ich geb mir ja Mühe.«

»Quatsch. Du stehst dir selber auf den Füßen. Du willst auf Nummer sicher gehen, es muss alles bestens laufen, bevor du dich drauf einlässt. Kapier doch endlich: Es gibt keine Sicherheit. Man kann niemals sicher sein. In meinen Augen ist Sicherheit nur was für Drückeberger.«

*

In dieser Nacht konnte ich nicht schlafen. Am Morgen sagte ich eine Verabredung mit einem Kommilitonen ab und mietete mir einen Wagen. Als ich den Storrow Drive entlang in Richtung Autobahnkreuz fuhr, war der Himmel grau wie Blei, es wurde windig, und auf dem Charles River tanzten kleine weiße Schaumkronen.

Auf der Höhe von Wallingford, Connecticut, fing es an zu regnen, ein leichter Frühlingsschauer, der sich hinter Bridgeford in einen Wolkenbruch verwandelte. Ich blinzelte durch die Windschutzscheibe, die Scheibenwischer auf höchster Stufe, die Hände so fest um das Lenkrad gekrallt, dass sie wehtaten. Bis Stamford hatte der Regen wieder nachgelassen. An einer Mobil-Tankstelle hinter der Ortseinfahrt fragte ich nach der Willow Road.

Eine grüne Vorortsiedlung, Mittelklasse und darüber, die Häuser groß, aber nicht protzig, hier und dort ein Swimmingpool dazwischen. Ich parkte vor Nr. 14 auf der Straße und blieb mit ausgeschaltetem Motor im Wagen sitzen. Ihr Haus war ein zweistöckiges Gebäude aus dunkelbraunem Holz, Neokolonialstil, regentriefend und trostlos, mit einem Stück Rasen davor, einer Garage am Ende einer kurzen Auffahrt und auf der rechten Seite, etwas zurückgesetzt, ein schlichter Pool, der noch mit einer Plane abgedeckt war. In der Auffahrt stand ein brauner Mercury Cougar.

Ich stieg aus. Inzwischen nieselte es nur noch, kein Vergleich zu vorher. Die Luft war mild. Ich hatte nicht daran gedacht, einen Schirm oder ein Jackett mitzunehmen. Trotzdem stand ich einen Moment einfach nur da, das Gesicht zum Himmel gewandt und so sehnsüchtig, dass ich Angst vor mir selber bekam. Der Regen fiel wie ein leises, geheimnisvolles Flüstern auf mich herab. Dann ging ich die Einfahrt hinauf.

Ich klingelte an der Haustür und wartete. Eine Frau mittleren Alters mit messingfarbenem Haar öffnete und starrte mich an, als wäre ich ein Lieferant, der sich in der Adresse geirrt hat.

»Ja?«, fragte sie herrisch. Ihre Augen waren gleichzeitig verschwommen und hart, ihre Hakennase wie die einer Trinkerin mit kleinen Äderchen überzogen.

»Mrs. Marvel«, sagte ich, »ich bin Julian Rose.«

»*Wer?*«

»Julian Rose.«

»Woher kennen Sie mich?«, fragte sie schroff.

»Ich bin ein Freund Ihrer Tochter, Mrs. –«

»Ich sagte, woher, zum Teufel, wissen Sie, wer ich bin?«, rief sie erbost.

»Nein, ich –«

Sie machte auf dem Absatz kehrt. Durch die offene Tür hörte ich sie die Treppe hinaufstampfen. Dann war Stille, bis auf das schaurige Flüstern des Regens. Das Haar klebte mir an den Schläfen, mein Hemd war feucht und dampfte. Wäre ich aus irgendeinem anderen Grunde hergekommen, hätte ich die Flucht ergriffen.

Dann das vertraute Geräusch ihrer Füße auf der Treppe.

Sie erschien in einem alten Pyjama und Socken in der Diele, das Haar zerzaust und die Augen sichtlich getrübt.

»Julian«, sagte sie mit matter Stimme, die ich kaum wiedererkannte. »Was machst du denn hier?«

Ich zögerte. Während der Fahrt hierher hatte ich mir eine angemessene Entschuldigung zurechtgelegt. Aber jetzt, wo ich vor ihr stand, war alles weg, bis auf mein Gefühl.

»Es tut mir Leid, dass ich bei der Beerdigung nicht bei dir war«, platzte ich heraus. »Ich hätte da sein müssen. Ich wollte es auch.«

Ihr Kopf hob sich ein wenig, und ihre Augen und ihre Stimme erwachten verärgert aus ihrer Betäubung. »Warum warst du dann nicht da?«

»Ich hatte Angst.«

»Wovor?«, wollte sie wissen.

»Dich zu enttäuschen. Und genau das habe ich getan.« Ich schnappte nach Luft und verschränkte meine zitternden Hände vor mir. »Ich bin ein Dummkopf, ich habe alles falsch gemacht, und es tut mir Leid. Ich bitte dich, mir zu verzeihen.«

Sie sagte nichts. Sie stand da und dachte nach. Ihr Blick war merkwürdig verschleiert, als betrachtete sie mich durch den Nebel unseres jeweiligen Kummers. Das Warten war qualvoll. Dann nickte sie einmal kaum merklich. Ungeheure Erleichterung durchströmte mich, linderte die Angst und ließ die Hoffnung wieder erwachen. Ich breitete die Arme aus und ging auf sie zu.

Ein paar Sekunden lang funktionierte es. Wir hielten uns inbrünstig umschlungen, ermutigt durch die ungebrochene Kraft unserer Gefühle, die Arme wie ein schweigendes Gelübde unserer unauflösbaren Verbundenheit.

Dann wurde sie wieder kalt und steif. Kalt in meinen Armen, erstarrt in irgendeinem neuen Gedanken oder Entschluss. Sie schüttelte den Kopf und murmelte: »Nein.«

»Claire –«

»Nein, Julian. Ich kann nicht. Tut mir Leid. Ich kann jetzt nicht einfach so tun, als wäre alles gut. Vielleicht wenn ich wieder bei Kräften bin.« Sie hielt inne, ihre Augen verschwammen – bis sie sie mit aller Willenskraft zu Glas erstarren ließ. »Ich weiß es wirklich zu schätzen, dass du vorbeigekommen bist«, sagte sie höflich, als wäre ich nichts weiter als der Fremde, den ihre Mutter in mir gesehen hatte. Dann stand sie da, starrte auf ihre Füße und wartete darauf, dass ich wieder wegging.

einundzwanzig

Ich fuhr nach Cambridge zurück, und für eine Weile unternahm ich keinen Versuch mehr, sie zu sehen oder mit ihr zu reden. Ich suhlte mich in den Qualen meiner Sehnsucht, während ich die Gedanken an sie wie die Perlen an einem Rosenkranz pausenlos aneinander reihte, denn ich empfand ihren Kummer ebenso unmittelbar wie meine eigene Seelenqual.

Von Kate erfuhr ich, dass Claire sich immer noch in Stamford aufhielt. Und so lag ich bei Nacht stundenlang wach und stellte sie mir in diesem Haus vor, in ihrem Kinderzimmer, dessen Bücherregale und verschwiegene Ecken ich nie gesehen hatte. Ich sah sie im Geiste mit angezogenen Knien auf ihrem Bett sitzen und weinen.

Ich dachte so unablässig an sie, dass sich eine lähmende Benommenheit wie eine dunkle Wolke über meinem Leben ausbreitete, bis ich zu gar keiner wirklichen Handlung mehr fähig war und nur noch über sie nachdenken konnte.

*

Untätigkeit ist nicht dasselbe wie Geduld. Es ist vielmehr ein ewiges Vakuum, ein steriler Aufbewahrungsort für unerfüllte Sehnsüchte, ein negatives Refugium. Man wartet und wartet in diesem Wartezimmer, aber die Dame an der Rezeption bleibt stur und der Terminkalender irgendwie immer voll. Zu allem Überfluss sind in der Nachbarzelle auch noch sämtliche Zurückweisungen, die du je in deinem Leben erfahren hast, wie ein Häuflein verzweifelter Einwanderer eingepfercht und nur durch eine dünne, überaus durchlässige Wand von dir und deiner Angst getrennt. Man sollte meinen, es herrschte ein fürchterlicher Lärm dort drinnen, aber das ist ein Irrtum. Es ist völlig still. Wenn du willst und falls du die Nerven dazu hast, kannst du dir durch ein kleines Plexiglasfenster alles ansehen. Und wenn du ein fleißiger Schüler bist und deine Zeit nicht mit Träumereien verschwendest, wirst du am Ende begreifen, dass es gar nicht die Zurückweisungen selbst sind, die deine Umgebung zu einem Gefängnis machen, nicht die eigentlichen Niederlagen, sondern vielmehr deine eigene zwanghafte Erwartung der Niederlage. Nicht das Leben selbst, sondern sein mit Kreide gemalter Umriss, der sich dort befindet, wo der Körper eigentlich sein sollte, wo er einst gewesen war, dieser tief verwurzelte feige Pessimismus, der unablässige innere Widerstand gegen die Liebe und sämtliche natürlichen Instinkte. Das ist die Ursache dieses unheimlichen Schweigens.

zweiundzwanzig

Das Semester neigte sich dem Ende zu. Die Tage wurden bereits warm und mild, als ich in Marys Garten saß und die Abschlussarbeiten meiner Schützlinge aus Davis' Seminar korrigierte. Meine 2er-Bleistifte waren scharf wie Skalpelle und der Papierstapel säuberlich zurechtgelegt.

Im März hatte ich wenigstens noch das Vergnügen gehabt, meinen Studenten in langen Arbeitssitzungen im Café Pamplona bei der Auswahl ihrer Prüfungsthemen zu helfen. Dabei hatte ich ihnen immerhin etwas beibringen, sie anleiten können, hatte den Funken ihrer Neugier entzündet, um anschließend zu beobachten, was für ein Feuer er entfachte. Lernen als loderndes Feuer.

Aber jetzt, allein und am Boden zerstört, kam es mir plötzlich absurd vor, mich als Quelle der Erleuchtung zu sehen. Bis zum Nachmittag würde ich mich dabei ertappen, dass ich Kommentare, die ich erst am Morgen an den Rand geschrieben hatte, wieder ausradierte, einen Rückzieher machte, sie mit entgegengesetzten Anmerkungen überschrieb – und von jedem Kratzen des Bleistifts an mein schwankendes Selbstvertrauen erinnert wurde.

Kein Wunder, dass meine eigene Arbeit dabei nur schleppend vorankam. Mit jedem neuen Kapitel von *Der Kongress und die Verfassung*, das Davis zu Papier brachte, schien ich, wie ein Schreibstubenmönch im Jutehemd, lediglich eine einzige, kunstvoll erläuternde Fußnote zu meiner Doktorarbeit zuwege zu bringen. Bei spärlichem Licht betrachtet mochte meine Einleitung recht vielversprechend erscheinen: Mein Thema war klar und deutlich in seinem ganzen Umfang dargelegt, mein intellektuelles Arsenal deutlich gemacht, dazu ein oder zwei Überraschungseffekte, die ich mir raffinierterweise für den Schluss aufgehoben hatte; die Progressive Bewegung in der Geschichte der amerikanischen Politik würde fortan aus einem völlig neuen Blickwinkel betrachtet werden. Das war gar nicht einmal ausgeschlossen. Mein Problem bestand nur darin, dass ich bis auf die Einleitung noch nichts vorzuweisen hatte.

Und Davis hatte trotz seiner vollmundigen Zusagen, was eine Veröffentlichung betraf, bisher keinerlei konkrete Hilfe geleistet. Im Gegenteil, ich hatte langsam den Verdacht, dass er heilfroh war, mich in seiner ungeheuren Produktivität so vereinnahmen zu können, dass ich mich abrackern musste wie ein überlasteter Sekretär, während er obendrein völlig sicher sein konnte, dass ich gerade deshalb selber nie etwas Ähnliches produzieren würde.

*

Eines Nachmittags rief er mich an und bat mich, in seinem Büro vorbeizukommen. Ich erwartete die gewohnte Übergabe etlicher neuer Seiten, erblickte aber statt dessen zwei Pappschachteln mit Manuskriptseiten neben einer Flasche Single-Malt-Whisky auf seinem Schreibtisch.

»Darauf müssen wir anstoßen«, sagte er, förderte zwei Gläser aus einer Schublade zutage und schenkte uns jedem einen Fingerbreit ein. »Auf *Der Kongress und die Verfassung*«, verkündete er strahlend.

»Gratuliere, Carl.«

Wir tranken.

»Also«, sagte er. »Ich denke, das hier ist bis Mittwoch zu schaffen, was?« Es war Freitag.

»Eigentlich bin ich gerade mitten in den Korrekturen, Carl. Wie wär's mit Montag in einer Woche?«

Sein Lächeln wurde frostig, ohne sich äußerlich zu verändern. »Es ist mein Seminar«, meinte er gelassen. »Die Korrekturen können später eingereicht werden.«

»Ich tu, was ich kann«, erwiderte ich.

Dann schleppte ich die beiden Pappkartons nach Hause. Drei Pfund, 767 Seiten. Ich machte mir einen Becher Kaffee, korrigierte bis vier Uhr morgens die Arbeiten meiner Studenten zu Ende, legte mich zwei Stunden hin und fing dann an, das Buch des großen Meisters durchzulesen. Als ich Anfang der Woche damit fertig war, stellte ich ihm untertänigst die letzten Reste meiner monatelangen Recherchen zur Verfügung, wobei ich hier und da ein paar nicht allzu kritische Anmerkungen einstreute. Ich hielte das Buch für intelligent und gut geschrieben, schloss ich zusammenfassend, was zweifellos zutraf, auch wenn seine »Reagan-Revolution« nicht das war, was ich mir unter einer Revolution vorstellte. Die Bedürfnisse der Armen und Obdachlosen, der Rechtlosen und der Minderheiten wurden in diesem Mammutwerk überall attackiert. Da ich zu jenem Zeitpunkt jedoch nicht den Nerv für eine Konfrontation hatte, gaben meine Lektoratsanmerkungen nicht meine wahre Überzeugung wieder, was wiederum die Zufriedenheit meines Mentors mit meiner Arbeit, wie ich glaubte, ungetrübt ließ.

*

Dann kam ohne jede Vorwarnung der Juni, und mit ihm die Woche der Promotionsfeiern und Ehemaligentreffen: Die dicken Dollars rollten an, die rote Fahne flatterte hoch am Mast, das ganze Trara, der Anmarsch vor dem großen Aufmarsch, das Entfernen der Absperrbänder um die frisch eingesäten Rasenrechtecke, die Festivitäten der einzelnen Fachbereiche und die inoffiziellen Feiern, die privaten Abendessen bei Locke-Ober, die geliehenen Abendroben, die Anzüge und Kleider aus der Newbury Street, die Champagnerleichen, die Sonnenbäder am Fluss.

Jedes Jahr vor den Abschlussfeiern gab Davis bei sich zu Hause eine Cocktailparty für einige seiner Kollegen aus dem Government Department und dem Institut für Politologie sowie ein paar handverlesene Insider aus Washington. Für gewöhnlich tauchten der Gouverneur und ein oder zwei Kennedys auf, gelegentlich waren auch schon einige hochrangige Angehörige der Reagan-Administration gesichtet worden. Außerdem konnte man darauf wetten, dass Davis' alter Kumpel Kissinger sein ewig braun gebranntes Gesicht zeigte, einen Abglanz von Mitteleuropa-Glamour auf die versammelten Gäste warf und damit zumindest eine Erwähnung im *Globe* garantierte.

Als ich ihn das nächste Mal sah, bestätigte Davis die Einladung und schlug mir sogar gleich meine weibliche Begleitung vor.

»Was ist mit Ihrer Freundin –?«, meinte er und schnippte

mit den Fingern, als läge ihm ihr Name förmlich auf der Zunge. Der Bursche hat immer alles parat, dachte ich finster, alle wesentlichen Informationen des Lebens sind in diesem großartigen Gehirn sortiert und ständig abrufbar, wie eine nie versiegende Quelle, ein unerschöpfliches Reservoir.

Ich hatte sein Büro an einem Samstagmorgen aufgesucht, um mit ihm über sein nächstes Projekt zu reden. Jetzt wo das politische Buch fertig war und der Erscheinungstermin feststand, wollte er seine Memoiren schreiben. Es gäbe eine Menge faszinierendes Material aus den Anfangszeiten seiner Karriere, versicherte er mir, ein halbes Dutzend Aktenschränke voll allein im Keller seines Hauses, in dem er seit der Scheidung von seiner Frau im letzten Winter zur Miete wohnte, und im Haus seiner Mutter in Scranton läge auch noch haufenweise Zeugs herum, eine ganze Garage voller Unterlagen, Erinnerungsstücke, Trophäen, Briefe und Fotos. Mit Sicherheit genug, um mich, wenn ich wollte, den ganzen Sommer lang mit Arbeit einzudecken. Das reinste Paradies für einen Rechercheur. Und das waren nur die ersten Jahre. Diesmal würde es richtig Spaß machen. Das letzte Buch sei ja ein ziemliches Stück Arbeit gewesen, aber das hier sei das reinste Vergnügen, einschließlich des fetten Vertrages, den es ihm einbringen würde. Es wäre ja auch lehrreich, wenn er das selbst einmal so sagen dürfe, die Meilensteine im Leben eines Mannes auszugraben, der es damit verbracht hatte, über die Regierung und ihre Folgen nachzudenken, seine Verästelungen und Widersprüche und Bedeutungen, dessen Leben in vorderster Reihe am Brennpunkt der Politik stattgefunden hatte – diese beiden Seiten, das Denken und Handeln, die Gabelung dieser beiden großen Flüsse und schließlich ihre Vereinigung in einem Menschenleben, bis jetzt. Es wäre doch ein Mordsspaß, meinte er, wenn wir beide an so einem Buch arbeiteten.

Es war ein heißer Tag. Das hohe Fenster mit den zwölf Einzelscheiben stand weit offen, davor Davis, die Hände locker hinter dem Rücken verschränkt und auf die juristische Fakultät hinausblickend.

»Wie hieß sie noch gleich?«, fragte er.

»Ich weiß nicht, von wem Sie reden.«

»Aber sicher wissen Sie das. Ihre Freundin, die fabelhafte Miss Marvel.«

»Claire«, sagte ich, um ihn loszuwerden.

»Genau. Claire. Wie ist die Sache mit ihr denn ausgegangen? Seid ihr beiden zusammen?«

Ich gab keine Antwort. Bislang hatten wir uns nicht zur Gewohnheit gemacht, über persönliche Angelegenheiten zu reden, und jetzt wollte ich auch nicht mehr damit anfangen.

»Es sei denn«, fügte er hinzu, »Sie wollen nicht darüber reden.« Dabei legte er den Kopf ein wenig schräg und sah mich an, als wäre ich ein bisschen überempfindlich.

»Da gibt es wirklich nichts zu reden.«

Er zog die Stirn kraus, sagte aber nichts mehr dazu. Eine Zeit lang schaute er wieder aus dem Fenster und machte sich seine eigenen Gedanken dazu. Ich sah Vögel dort draußen, ein Eichhörnchen, das einen Baum hinaufkletterte. Schließlich sagte er: »Also, das ist erst recht ein Grund, sie zu fragen. Einerseits wird es eine Mordsparty. Wie immer. Und wenn Sie sie schon nicht Ihretwegen fragen wollen, dann wenigstens der *Party* zuliebe.« Dann drehte er sich um und grinste mich kumpelhaft an. »Denn ich kann Ihnen sagen, nichts erfreut die alten Knaben mehr als ein hübsches Gesicht.«

dreiundzwanzig

Auf einmal überschlägt sich alles. Meine Geschichte. Eben noch bin ich hier, und alles scheint weit weg zu sein, und im nächsten Augenblick steht sie direkt vor mir, ist überall, und ich bin wieder in meinem alten Leben, um Jahre jünger, renne planlos durch die Gegend, liege niedergeschmettert auf dem Bett, bin aufgeregt, bin deprimiert, versuche vor nichts Angst zu haben, vergrabe den Kopf in den Händen, halte den Kopf hoch, bin mal tollpatschig, mal blitzgescheit, treffe lauter falsche Entscheidungen – und bin doch so voll glühender Liebe, voll guter Absichten und unverwüstlicher Hoffnung.

*

Sie war einverstanden, mich auf die Party zu begleiten, und allein ihre Zusage entfachte in mir einen Optimismus, wie ich ihn schon seit Wochen nicht mehr gekannt hatte. Obwohl sie an diesem Nachmittag schon etwas anderes vorhätte, meinte sie. Eine Verabredung, die sie nicht näher erläuterte, nur, dass sie sich deshalb etwas verspäten würde. Wir könnten uns bei Davis treffen, wenn das in Ordnung wäre. Und ich sagte, es wäre in Ordnung.

Als der Tag gekommen war, stand ich im Badezimmer vor dem in Brusthöhe angebrachten Arzneischränkchen, an dem sich mein einziger Spiegel befand. Um meine untere Hälfte zu sehen, musste ich rückwärts aus dem Badezimmer hinaustreten und mich aufs Bett stellen. Ich hatte einen frisch gebügelten marineblauen Blazer an, dazu eine dünne graue Flanellhose. Die Krawatte, die ich schon dreimal neu gebunden hatte, trug ein helles Paisleymuster und war von Liberty of London. Meine Slipper waren auf Hochglanz poliert. Ich lief zwischen Badezimmer und Schlafzimmer hin und her, drehte und wendete mich und zupfte nervös an meinen Manschetten herum.

Ich hatte keineswegs das Gefühl, dass mir heute Unheil drohte. Die schlummernden Sterne und der Mond schienen nichts Böses gegen mich im Schilde zu führen, ja, selbst der Spiegel wirkte wohl gesonnen. Und so sah ich zum zehnten Mal innerhalb einer Stunde auf die Uhr, um nur ja nicht früher als angemessen auf der Party zu erscheinen, und trat frohen

Mutes hinaus in den hellen Nachmittag. Es war ein typischer Frühsommertag in Cambridge, an dem man sich rundum wohl fühlte, heiter und sonnig, aber nicht zu heiß, in der Luft der süße Duft von Gras und Liguster.

Ich ging zu Fuß, denn es war nicht weit. Ich stieß kurz vor dem Fluss auf die Brattle Street und konnte das gedämpfte, heitere Gemurmel schon von weitem hören. Ich war noch nie in Davis' Haus gewesen. Es war keins von den alten Gebäuden, sondern ein modernes Haus mit einem großen, von einem Staketenzaun eingefassten Vorgarten. Und in diesem Vorgarten erblickte ich über die abgerundeten Spitzen der Zaunlatten hinweg das Gewühl der Partygäste wie das Treiben auf einem Bauernhof für Eierköpfe.

Dann war ich auch schon mittendrin im Gedränge, zu dicht dran, um das Ganze noch mit Abstand betrachten zu können. Ich sah nur noch die Leute aus schrägen Perspektiven, Fassaden wie auf Schnappschüssen, Klamotten, Aufmachung in Blau und Rosa und Weiß, zerknittertes Leinen und plissierte Baumwolle, wilde Lichtreflexe auf hundert Champagnerflöten. Ein livrierter Kellner reichte mir ein Glas. Ich stürzte die Hälfte davon herunter und versuchte, mich zurechtzufinden. Alle waren sie da, genau wie angekündigt: der Gouverneur, untersetzt, quadratschädelig und mürrisch; nur ein Kennedy, aber wenigstens war es Teddy, das Familienoberhaupt, der als Partyknüller für zwei zählte; ein namhafter Grundstücksmakler und Kapitalbeschaffer für die Republikaner; und der junge Senator des Bundesstaates mit seinem aristokratischen Gesicht und seiner glänzenden militärischen Vergangenheit. Natürlich war Parker Bing anwesend, mit einer Kreissäge auf dem Kopf und weißen Schuhen, angeregt mit dem Staatssekretär für Nahostangelegenheiten plaudernd, einem befreundeten Fly-Club-Mitglied, der, als ich hinschaute, gerade einen ledergebundenen Notizblock zückte und sich etwas aufschrieb – zweifellos Bings Telefonnummer, dachte ich und wandte mich angewidert ab, wobei ich beinahe Mike Lewin umgerannt hätte, meinen Leidensgenossen vom Littauer, der murmelte: »Hast du Bings Hut gesehen?« »Hab ich«, sagte ich, woraufhin er verschwörerisch grinste. Ich fragte ihn, ob er Davis schon gesehen hätte, und Mike zuckte die Achseln und wies über das Meer von Köpfen hinweg zum anderen Ende des Hofes. »Wahrscheinlich dort drüben. Und lass dir nicht entgehen, wie Kissinger neben dem Shrimpsboot Hof hält.«

Ich trank noch mehr Champagner, blickte auf die Uhr und fragte mich, wann Claire wohl kommen würde. Ich hatte inzwischen jedes Gefühl dafür verloren, wie lange ich schon auf der Party war. Fünfzehn Minuten? Eine halbe Stunde? Ich sagte Mike, ich würde später wieder vorbeikommen, und machte mich auf den Weg. Während ich nach ihr Ausschau hielt, befiel mich plötzlich wieder die alte Beklommenheit, und ich hoffte, dass ich sie später irgendwie schnell von der Party weglotsen konnte, um mit ihr allein zu sein. Vielleicht würden wir zum ersten Mal seit Frankreich zusammen zu Abend essen. Und mitten in der Nacht würden wir dann beieinander sitzen und uns alles sagen, was wir bisher nicht auszusprechen gewagt hatten, all diese so schwer auszudrückenden Gefühle, so flüchtig wie wahrhaftig. Gefühle, die wir uns jetzt oder nie eingestehen mussten. Ich würde nicht zulassen, dass wir sie einfach fortwarfen. Um jeden Preis wollte ich das verhindern … So viele Leute, dachte ich, als ich schließlich wieder aus der Menge auftauchte … Und da war auch das Shrimpsboot, genau wie Lewin gesagt hatte, aber Kissinger war nicht da. Dabei hätte es wirklich zu ihm gepasst, ging es mir durch den Kopf, denn es war so ein China-Tinnef aus Plastik, mit einer hoch aufgeschütteten Ladung aus gekochten rosa Shrimps und Miniatur-Holzfässchen mit Cocktailsauce. Unfassbar, dachte ich und wandte mich ab – wobei mein Blick auf eine Hängematte fiel, die am Rande des geräumigen Vorgartens zwischen zwei Bäumen befestigt war. In dem Netz lag ein ehrenwerter Politologieprofessor ausgestreckt und schlief.

Ich trat durch die Eingangstür des Hauses ins Foyer. Sofort blieb die Geräuschkulisse hinter mir und machte einer wohltuenden Ruhe Platz. Ich blieb stehen und horchte. Von weiter hinten, aus der Küche drang schwach das Hantieren der Leute vom Partyservice zu mir herüber, dazu der eigenartig beruhigende Duft von frisch gebrühtem Kaffee.

In diesem Moment hörte ich aus dem Wohnzimmer Davis' Stimme. Sie klang sanfter als gewohnt. Nicht ohne Kraft und noch immer vor Selbstbewusstsein strotzend, aber doch mit dem vertraulichen Unterton eines Mannes, der auf einer verqualmten Party zu vorgerückter Stunde einen zweideutigen Witz erzählt –

Dann lachte Claire und sagte vernehmlich: »Das haben Sie nicht getan! Das glaube ich einfach nicht.«

Ich betrat den Raum. Die unwillkürliche Vorwärtsbewegung erschreckte mich selbst. Sie waren allein und standen auf der linken Seite am Fenster, dicht beieinander, ohne sich zu berühren, wie ein Liebespaar in einer Salonkomödie. Sie trug ein blassgrünes Leinenkleid und hochhackige Schuhe und war schöner und verführerischer denn je.

Ihre Köpfe fuhren gleichzeitig herum.

»Julian!«, rief sie überrascht. Dabei trat sie einen Schritt zurück. Ihr Gesicht war gerötet.

»Julian«, sagte Davis etwas zurückhaltender. »Da sind Sie ja.«

Ich sah nur sie an. »Wie lange bist du schon hier?«

Ich merkte, wie sie zögerte. Es war still im Zimmer. Sie schien in dieser Stille mit sich zu ringen, ob sie mir die Wahrheit sagen sollte oder nicht.

»Als ich ankam, stand Carl am Tor«, sagte sie schließlich. »Wir kamen ins Plaudern, und er meinte, er hätte eine Gwen John ...« Sie zeigte mit einer halbherzigen Handbewegung auf ein kleines Gemälde an der Wand neben sich. »Ich habe völlig die Zeit vergessen. Tut mir Leid.«

»Wie lange bist du schon hier?«, wiederholte ich, diesmal bestimmter.

»Eine halbe Stunde.«

»Nein. Ich hätte dich kommen sehen. Ich bin schon über eine Stunde hier und hab dich nicht gesehen.«

»Willst du etwa behaupten, ich lüge?«

»Ich will nur die Wahrheit wissen.«

»Die Wahrheit! Meine Verabredung war schnell zu Ende, da bin ich gleich rübergekommen. Ich bin hergekommen, weil du mich darum gebeten hast. Und wenn dir das nicht genügt, dann scher dich zum Teufel!« Auf einmal war sie fuchsteufelswild und schrie mich an: »Hast du gehört, Julian? Scher dich zum Teufel!«

Jetzt mischte sich Davis ein. »Julian, um Himmels willen, glauben Sie ihr doch. Sie sagt ganz offensichtlich die Wahrheit.«

Beim Klang seiner Stimme sprang irgendetwas in mir entzwei. »Sie hat keiner gefragt, Carl.«

»Was haben Sie da gerade gesagt?«

»Ich sagte: Halten Sie den Mund, Carl. Keiner hat Sie gefragt.«

»Sie haben soeben den größten Fehler Ihres Lebens begangen«, sagte er mit bedrohlich leiser Stimme.

»Claire«, sagte ich.

Aber sie kehrte mir den Rücken zu. Es war das Letzte, was ich von ihr sah, bevor ich ging.

vierundzwanzig

Von außen sah ich durch den Türspion, wie das Licht anging. Ein Schatten kam näher, entriegelte Schlösser, dann ging die Tür auf, und er stand vor mir, in Pyjama und Bademantel, und blinzelte ins Treppenlicht.

»Julian?«

»Dad.«

Es war schon nach Mitternacht. Eine Knitterfalte des Kopfkissens hatte sich in sein Gesicht gedrückt. Das Haar stand ihm zu Berge wie ein windzerzauster Wellenkamm. Er legte mir fragend die Hand auf die Schulter. »Ist etwas passiert? Alles in Ordnung?«

Die Ängstlichkeit in seiner Stimme und die zaghafte, unsichere Berührung seiner Hand pressten mir das Herz vor Traurigkeit zusammen. Mein ganzer Körper stemmte sich dagegen, dem Gefühl nachzugeben. Mein Vater missverstand das, oder vielleicht auch nicht, denn er zog die Hand schnell wieder weg, als habe er Angst, mir zu nahe getreten zu sein.

Ich sagte ihm, es sei alles in Ordnung.

Er nickte und schaute verlegen zu Boden. Als er meinen Koffer sah, wich die Besorgnis langsam aus seinem Gesicht. »Du kommst mich besuchen?«

»Wenn es dir recht ist.«

»Das weißt du doch. War es mir etwa jemals nicht recht?«

»Ich hab den Nachtzug genommen. Ich hätte vorher anrufen sollen.«

Er musterte mich nachdenklich, und die Ränder seiner blassgrauen Augen zogen sich erneut vor Sorge zusammen. »Ist wirklich alles in Ordnung?«

Insgeheim wollte er eine Antwort, die alles erklärte, aber doch nicht zu viel.

»Ich bin nur überarbeitet, Dad.«

Nach einer Weile nickte er.

Ich folgte ihm in die Wohnung. Es roch nach muffigen Teppichen, Holz, Topfpflanzen, Nippes. Nach jahrelangem Verzehr von Instant-Mahlzeiten, Tiefkühlgerichten, Fertigpudding in Plastikbechern und Dosensuppen. Jede Menge Papierstapel, die vergilbten, unbrauchbaren Manuskripte alter College-Lehrbücher, die er verfasst hatte und deren Inhalt inzwi-

124

schen längst überholt war, die aber dennoch gewissenhaft archiviert und aufbewahrt wurden, hatten hier ihr eigenes Museum. Unzählige Schichten heimlicher, verschütteter Ängste, über die er nie geredet hatte, die er all die Jahre in sich eingemauert hatte, während er stumm hier gesessen hatte, erst verheiratet und dann geschieden, Äonen einsamer Grübelei. Nicht zu vergessen die Bücher, gut über tausend Bände, Romane im Wohnzimmer, Biographien im Herrenzimmer, Philosophie und Psychoanalyse in dem kleinen Arbeitszimmer am Ende des Flures, das früher mein Zimmer gewesen war, Bücher wie Pflastersteine zur Festung eines schweigsamen Mannes.

Über all diese Reminiszenzen hinweg, im übertragenen wie im wortwörtlichen Sinne, folgte ich nun meinem Vater, dessen Pantoffeln über die ausgetretenen Dielenbretter schlurften, während der Gürtel seines Bademantels hinter ihm herschleifte.

Wir kamen zu seinem Arbeitszimmer, meinem alten Kinderzimmer. Er schaltete das Licht ein. »Wenn ich gewusst hätte, dass du kommst, hätte ich ein bisschen sauber gemacht. Aber es ist – na ja, es ist schon eine ganze Weile her, nicht wahr?«

»Ja.« Seit meinem letzten Besuch waren zehn Monate vergangen.

Ich stellte meinen Koffer ab. Das Zimmer sah beinahe so aus wie immer. Ein altes, cordbezogenes Schlafsofa, wo damals mein Teenagerbett gestanden hatte; sein Schreibtisch dort, wo vorher meiner gewesen war. Ansonsten alles wie gehabt. Er war nie ein großer Freund von Veränderungen gewesen. Er war wie der Mann, der, so sehr er sich auch bemüht, nirgends den Wetterbericht finden kann – nicht im Fernsehen, nicht in der Zeitung, in keinem Kalender – und der deshalb den ständigen Wechsel am Himmel voller Ungläubigkeit und Argwohn betrachtet.

»Dieses alte Sofa«, sagte er kopfschüttelnd.

»Hast du noch die Nummer von dem Chiropraktiker?«

Er lachte leise und fasste mich bei der Schulter, dabei sah er mich schüchtern aus den Augenwinkeln an. Wir standen da und betrachteten das Zimmer. Die Stille schien ihm vertraut zu sein und ihn an irgendetwas zu erinnern. Er nahm die Hand wieder weg und fragte: »Hast du schon was gegessen?«

»Nein«, antwortete ich.

Wir gingen in die Küche. Auch dort war alles unverändert. Als meine Mutter nach Houston weggegangen war, hatte sie nur ihre persönlichen Sachen mitgenommen, die wichtigsten Kleider und Papiere. Als hätte es hier nie eine Gemeinsamkeit gegeben, niemals ein richtiges Zusammenleben. Als wären wir all die Jahre hindurch nur Reisende in einem Rettungsboot gewesen, von der Notwendigkeit des Überlebens zufällig zusammengewürfelt, als wären wir eines Tages gestrandet und sie wäre aus eigener Kraft an der neuen Küste an Land geklettert, ohne sich auch nur einmal umzudrehen.

Mein Vater starrte in den Kühlschrank, der ihn in kaltes weißes Licht tauchte. Ganz gleich, wie lange er dort noch stehen bliebe, wir wussten beide, dass es doch immer ihre Küche bleiben würde.

»Rührei, in Ordnung?«

»Klar doch, Dad, aber lass mich das machen.«

»Nein, nein. Du bist bestimmt müde.«

*

Ich nahm die Kissen vom Sofa und klappte es aus. Dann bezog ich es mit dem Bettzeug, das mein Vater mir gegeben hatte, zog mich aus und legte mich in der Dunkelheit hin.

Eine lange Nacht. Das Zimmer war stickig und hatte nur ein kleines Fenster, das auf einen Luftschacht hinausging. Mir tat der Rücken weh von der Querstange, die unter der fünf Zentimeter dicken Matratze hindurchlief, und mein Kopf wollte keine Ruhe geben. Wieder und wieder kehrten meine Gedanken zu den Ereignissen des Tages zurück ... zu Claire und Davis, wie sie zusammen in diesem Zimmer standen, und wie sie mir den Rücken zugekehrt hatten; zu den Fehlern, die ich gemacht hatte und immer wieder machen würde, obwohl ich mir brennend wünschte, es nicht mehr zu tun. Die Vorstellung, sie könnte mich niemals so lieben, wie ich sie liebte, war so furchtbar, dass ich immer wieder gezwungen war, im Dunkeln die Augen zu öffnen. Mal für Mal versuchte ich, diesen Gedanken zu verscheuchen. Aber es ging nicht. Es gibt Gedanken, die man manipulieren kann, Gedanken, die von außen kommen, etwa Entscheidungen, die darauf warten, getroffen zu werden. Und andere, die so tief aus einem selbst aufsteigen wie Wasser, das während einer Dürre unerwartet an die Erdoberfläche emporquillt, dessen Quelle letztendlich aber unerreichbar bleibt.

*

Ich blieb den ganzen Sommer über bei meinem Vater. Eine behagliche Zeit, ruhig und gleichförmig trotz des rasenden Pulses der Großstadt. Die Stadt berührte uns kaum. Es war eine Zeit der vertrauten Stille und heimlichen Seitenblicke – eine Zeit des stillschweigenden Einverständnisses, das so weit reichte, dass wir gewisse schon lange bestehende Vereinbarungen ohne jede Diskussion einhielten wie einen anachronistischen Vertrag.

1. Mein plötzliches Wiederauftauchen gab keinen Anlass zu irgendwelchen Vermutungen hinsichtlich einer grundsätzlichen Änderung meiner Ansichten zum Thema Familie.

2. Jedwedes von ihm an mir beobachtete planlose Verhalten oder andere Nachlässigkeiten standen weder zur Diskussion noch irgendwelchen Interpretationen offen.

3. Höchstens die Hälfte aller Filme, die wir uns ansahen, durfte Untertitel haben.

Wir beide waren schon ein seltsames Paar. Er war dreiundsechzig, im vorzeitigen Ruhestand, wahrscheinlich ziemlich einsam, und seine Tage gehörten ihm allein. Ich war siebenundzwanzig und liebeskrank, und auch ich konnte frei über meine Zeit verfügen, wenn ich mich dabei auch alles andere als frei fühlte.

So verging dieser Sommer.

fünfundzwanzig

Im September fuhr ich nach Cambridge zurück. Wo sich nichts und doch alles verändert hatte. Wo ich eines Morgens vor Claires Wohnhaus auf sie wartete, bis ich sie plötzlich im frühen Sonnenlicht mit ungekämmten Haaren und zerknitterten Kleidern die Kirkland Street heraufkommen sah. Als sie mich bemerkte, blieb sie mit nervösem Blick stehen und verschränkte abwehrend die Arme über der Brust, als wäre sie nicht sicher, was ich tun würde.

»Du warst weg«, sagte sie.

Ich nickte.

»Den ganzen Sommer. Wo warst du?«

»Ich habe meinen Vater besucht.«

Ihr Gesicht wurde weich. »Ist alles in Ordnung?«, fragte sie besorgt.

»Es geht ihm gut«, erwiderte ich kurz angebunden. Über sie wollte ich reden, nicht über meinen Vater. »Ich bin gestern Abend zurückgekommen und wollte dich sehen, aber es war niemand da«, sagte ich.

Die Besorgnis wich aus ihrem Gesicht und machte einer abweisenden Maske Platz. »So?«

»Ja. Also hab ich gewartet.«

»Sehr aufmerksam von dir.«

»Du bist bloß nicht nach Hause gekommen.«

Sie sagte nichts.

»Wo warst du?«, fragte ich erneut.

»Was willst du denn von mir hören, Julian?«

»Ich will hören, dass du nicht bei ihm warst. Ich will hören, dass du bei niemandem warst. Dass du die ganze Nacht in der Bibliothek gesessen hast und so in deine Arbeit vertieft warst, dass du die Zeit vergessen hast. Oder dass du dir die Spätvorstellung im Brattle angesehen hast und hinterher dachtest, jetzt könntest du auch gleich bis zum Frühstück aufbleiben. Oder dass du völlig zu warst und mit irgendeinem harmlosen Idioten, der dir scheißegal ist, einen draufgemacht hast, ein bedeutungsloses Abenteuer für eine Nacht. Das würde wehtun, aber ich könnte es ertragen. Ich würde es überleben. Aber nicht er, Claire. Sag mir nur nicht, dass du bei ihm warst.«

»Ich werde dich nicht anlügen.«

»Verdammt noch mal, ich will ja nicht, dass du lügst.«

»Was willst du dann?«

»Dich«, sagte ich. »Ich will einfach nur dich.«

Sie schaute weg. Das schräge Sonnenlicht streifte uns, es war bereits warm, und in meinem Kopf erhob sich ein schrilles Stimmchen und sagte mir, dass ich gehen sollte, weil das, was schon jetzt unerträglich war, nur noch schlimmer würde. Dann seufzte Claire und sah mich wieder an. Und ich dachte, sie ist immer noch da, noch ist Zeit, und blieb stehen wie angewurzelt.

Sie sagte: »Er hat mich nach der Party angerufen und wollte sich mit mir unterhalten. Er versteht nicht, wie du nach allem, was er für dich getan hat, so auf ihn losgehen konntest. Und ich verstehe es auch nicht. Es war schäbig und ungerecht, wenn du die Wahrheit hören willst, von deiner Karriere ganz zu schweigen. Er war völlig erschüttert.«

»Das ist nicht dein Ernst.«

»Mein völliger Ernst.«

»Claire, hör zu. Du kennst ihn nicht. Er wird dich völlig aussaugen, und sein Egoismus wird dir alle Lebensfreude nehmen. Ein Monat mit ihm, und du hast das Gefühl, du steckst bis zum Hals im Sand. Halt ihn dir vom Leib.«

»Ich will ihn mir aber nicht vom Leib halten, Julian. Es geht schon ein paar Monate, wenn du's genau wissen willst, und ich fühle mich ganz und gar nicht, als würde ich ersticken. Er ist nicht so, wie du denkst. Du hast ja keine Ahnung, was er für ein Mensch ist. Er ist freundlich, zurückhaltend und fürsorglich. Er hört mir zu. Er ist aufmerksam und stark. Wie es sich herausstellte, war mein Vater zwar ein wunderbarer Mensch, aber kein besonders guter Geschäftsmann, denn er hat allerhand Schulden hinterlassen. Das Geschäft musste schleunigst verkauft werden. Und es war Carl, der den Verkauf bis ins Detail organisiert hat. Carl, nicht irgendein Anwalt oder mein Bruder. Carl, weil er sich um mich gekümmert hat. Dafür werde ich ihm ewig dankbar sein. Ich vertraue ihm, Julian. Ich vertraue ihm völlig. Vielleicht bin ich sogar in ihn verliebt. Also verzeih mir, wenn ich deine Meinung nicht teile. Und jetzt gehe ich nach Hause, wenn du mich bitte entschuldigen würdest.«

*

Leise, ohne Fanfare oder Paukenschlag, besorgte ich mir einen neuen Doktorvater. Professor Charles Dixon, der schon vor Davis mein Tutor gewesen war, erklärte sich bereit, mich wieder zu nehmen. Er war ein Mann mit schmaler Nase und schütterem Haar, ein Tweedjackentyp, durch und durch Akademiker und hochangesehen unter seinesgleichen. Aber man fürchtete oder beneidete ihn nicht. Fast in jeder Hinsicht war er das ganze Gegenteil eines politischen Jongleurs wie Davis. Bei unserem ersten Treffen in seinem Haus bot er mir Eistee an und fragte mich, warum ich den Doktorvater wechseln wolle. Ich erwiderte, Professor Davis wäre zu häufig weg, ein bisschen zu sehr in Richtung Weißes Haus orientiert und beruflich zu sehr eingespannt für meine Bedürfnisse und Interessen, welche eher akademischer Natur seien. Dixon sah hocherfreut aus. Er nickte beifällig und meinte, ja, das könne er sich vorstellen. Er erklärte sich bereit, mich zu nehmen. Als Erstes stellten wir gemeinsam einen Arbeitsplan auf.

Meine Doktorarbeit würde acht Kapitel haben. Es war bereits September, und ich steckte noch immer im zweiten fest. Wir kamen überein, dass ich alle sechs Wochen ein neues Kapitel abliefern würde, damit ich, wenn alles gut ginge, rechtzeitig fertig wäre, um im nächsten Jahr meinen Doktor zu bekommen. Fabelhafte Aussichten, fanden wir beide – und doch empfand ich nichts bei der Vorstellung. Ich würde dableiben oder weggehen – versuchen irgendwo bei irgendwem Karriere zu machen. Aber warum? Wozu? Ich konnte es nicht mehr sagen, wenn ich es überhaupt jemals gewusst hatte. Ob ich mich denn schon um Stipendien und zukünftige Lehraufträge beworben hätte, wollte Dixon noch wissen. Das Leben da draußen sei hart, selbst für die Gescheitesten, ob ich das nicht wisse. Ich antwortete ihm, doch, das wüsste ich, und wir vereinbarten, dass ich ab dem kommenden Semester meine Bemühungen auf diesem Gebiet drastisch verstärken würde. Und so unterhielten wir uns immer weiter und planten meine Zukunft. Und nicht weit entfernt, im gleichen Viertel, traf sich Claire weiter mit Davis, schlief mit ihm, verliebte sich in ihn. Und bald sah ich mich allein auf weiter Flur, weitab von jeder bekannten Seele, mit ausgestreckten Armen – eine menschliche Sonnenuhr, die darauf wartete, die Sonne auf Rücken und Armen zu spüren, den eigenen Schatten auf dem grünen Gras erscheinen zu sehen, diesen scharf umrissenen Schatten, der in perfekter Anordnung die Zeit festhielt; die Zeit, eingefangen für einen Augenblick in diesem Schatten, der nichts anderes als die Abwesenheit von Licht war.

TEIL ZWEI

eins

Die Jahreszeiten wechselten. Es kam der Herbst mit seinem Blätterregen. Es kam der Tag, an dem sie ihn heiratete.

Es kam der eisige Winter, das Klingeln des Weckers in finsterer Nacht, das Bettdecke-über-den-Kopf-Ziehen, das Schaben der Eiskratzer auf den Windschutzscheiben und die dampfenden Auspuffrohre, die hübsche Stadt von einem pockennarbigen Grind aus gefrorenem Schneematsch überzogen.

Es kam mein achtundzwanzigster Geburtstag.

Sehr zu meinem Erstaunen war ich äußerlich keineswegs verkrüppelt. Jeden Morgen wachte ich auf und stand auf meinen zwei Füßen. Das Leben ging weiter, wie man so schön sagt. Alle sechs Wochen lieferte ich Professor Dixon ein neues Kapitel meiner Doktorarbeit zur Durchsicht ab. Und zweimal die Woche leitete ich, wie gehabt, ein Tutorium über politische Philosophie für Examenskandidaten. Elementare Konzepte wie Demokratie, Naturrecht, Rechtsprechung, Unabhängigkeit, Bürgerrecht, Revolution, Marxismus, Anarchie, Macht und Staat, Freiheit und Vernunft, wie sie von bedeutenden Denkern von Plato, Aristoteles, Locke und Montesquieu bis Burke, Rousseau, Kant und John Rawls ausgeführt wurden. Keine Prüfungen, nur Semesterarbeiten. Indem ich den Studenten dabei half, ihre Dissertationsthemen für das nächste Jahr festzulegen, lernte ich sie am besten kennen. Zwei Favoriten kristallisierten sich heraus: Peter, schlaksig und unsportlich, mit einem Hörgerät (er war vor langer Zeit in seiner Heimat South Dakota im Winter in einen Teich eingebrochen.), der sich wie ich für Teddy Roosevelt und das diffuse Vermächtnis der Progressive Party interessierte. Und die stramme, streitbare Margaret, die mit Plateausohlen einen Meter fünfzig groß war, als Kind jeden Abend im koreanischen Lebensmittelladen ihrer Eltern in Los Angeles gearbeitet hatte und die, wenn sie nicht gerade großzügig aus George Sorels *Über die Gewalt* oder Ralph Ellisons *Der unsichtbare Mann* zitierte, emsig an einer allegorischen Novelle über einen aufrührerischen koreanisch-amerikanischen Zirkusclown schrieb, der Banken ausraubte.

Und zweimal innerhalb von sechs Monaten verabredete ich mich privat, beide Male mit jungen Frauen aus meinem Fachbereich: einmal mit Megan, einer blauäugigen Ökoterroristin aus Oregon, und einmal mit Dal, der schlanken Squashmeisterin aus Neu-Delhi. Beide Beziehungen gingen schnell zu Ende. Schon als wir zum ersten Mal essen gingen – in ein Back-ay-Bistro, wo ich dummerweise Steak mit Pommes bestellte –, gelangte Megan zu dem Schluss, dass mein Bekenntnis zur Ökobewegung recht zweifelhaft sei. Bei Dal hingegen war es weniger irgendeine Enttäuschung als eine generelle Lustlosigkeit. Sie hatte ihren eigenen rätselhaften Rhythmus. Obwohl sie ein gemeinsames Essen vorgeschlagen hatte, war sie es, die keinerlei spürbare Begeisterung an den Tag legte, als wir in dem indischen Restaurant am Central Square saßen (und auch später in ihrem Zimmer nicht). Mir wurde klar, dass die Zurückhaltung, die sie mir gegenüber in der Vergangenheit gezeigt hatte, nicht persönlich gemeint war. Es war einfach ihre Art, dieselbe kühle Gelassenheit, mit der sie im Finale der nationalen Meisterschaften einen Drei-Wand-Schlag beim Matchball landete.

Und (wo wir schon dabei sind) Donnerstagabend, wenn die Unimannschaft mit ihrem Training fertig war, traf ich mich mit Mike Lewin in der Hemenway-Sporthalle zu einer Runde Squash. Wir waren beide keine besonderen Cracks, aber wir hatten die gleiche Spielstärke. Es war eine regelmäßige Verabredung, die wir noch bis zur ersten Märzwoche durchhalten würden. An diesem Abend wurde ich ein anderer Mensch; oder anders ausgedrückt, in mir vollzog sich eine Wandlung, die schon den ganzen Winter über im Gange gewesen war. Eine Art grimmiger Verbissenheit stieg in mir auf, ein brutales Konkurrenzdenken – mit harten Bandagen, gewinnen um jeden Preis. Ich wollte meinen Freund nicht nur besiegen, ich wollte ihn vernichten.

Das Spiel ging hin und her, und am Ende des fünften Satzes hatten wir Gleichstand, was eine Verlängerung nach sich zog. Und dann, beim Matchball holte ich, den Sieg schon zum Greifen nah, zur Vorhand aus. Triumphierend sah ich, wie der Ball einmal aufschlug und noch einmal – da spürte ich Mikes Hand auf meiner Schulter. »Fehler«, murmelte er. Wütend fuhr ich zu ihm herum. Mike Lewin meldete nie Fehler an, aber ausgerechnet jetzt hatte er es getan, beim Matchball. »Das ist nicht dein Ernst!«, schrie ich ihn an – und hörte mich im selben Moment als verzerrtes Echo vor Claires Haustür. Doch Mike meinte es tatsächlich ernst und trat bereits ins Aufschlagfeld, um den Schlag zu wiederholen. Er verließ sich auf die Tatsache, dass Squash ein Gentleman-Sport war – seine Regeln ein Ehrenkodex und die Spieler (selbst die amateurhaftesten) mit den Gesetzen der Höflichkeit vertraut und daran gewöhnt, die Unantastbarkeit des ehrlichen Urteils des Gegners zu respektieren. Er wusste einfach, dass wir den Schlag wiederholen würden. Allein dafür hasste ich ihn schon. Nach all den Monaten der Enttäuschung schwoll tief in mir eine unbändige Wut an. Noch ehe er seinen Aufschlag machen konnte, schlug ich mit der flachen Hand dreimal krachend gegen die weiße, mit schwarzen Ballabdrücken gestreifte Wand, dass es im Court wie eine Serie von Gewehrschüssen widerhallte. Mike sah mich an, als hätte er mich noch nie gesehen. Dann schlug er auf und gewann das Spiel. Es war das letzte Mal, dass wir zusammen spielten.

Der Frühling kam. Die langsam trocknenden Bürgersteige bevölkerten sich wieder: bärtige Müßiggänger vor dem Laden mit der internationalen Presse, gepiercte Reichenkinder aus Newton und Brookline auf Skateboards, Kaffee nippende, auf ihre Uhren hämmernde Schachspieler vor dem Au Bon Pain. Der Winter war vorbei, als wäre es gerade heute passiert, die Luft roch frisch und war von einer wahren Kakophonie aus menschlichen und maschinellen Klängen erfüllt – ein Tosen aus Arbeit und Müßiggang, das Flattern der Aushänge am Zeitungskiosk neben der U-Bahn-Station, das Rauschen und Poltern der Skateboards auf den Gehwegplatten, das Dröhnen eines vorbeigeschleppten Ghettoblasters, Autohupen und das Gitarrengeschrammel des nächsten großen Popstars vor Warburton's. Dazu die Gerüche: Blaubeer-Muffins und Hot Dogs mit Senf, der strenge Duft des auf dem Bürgersteig verdampfenden Regens, die brackige Brise, die nach Fluss und Hafen und darüber hinaus nach der Erinnerung an Meer und Schiffe zu schmecken schien.

Ich sah auf die Uhr – ich hatte noch fünfundzwanzig Minuten, um mir Barett und Talar für die Examensfeiern zu bestellen und rechtzeitig zu meiner Tutorenstunde im Littauer zu sein – und rannte zum Coop, dem Laden für alles am Harvard Square.

Dort reihte ich mich im Erdgeschoss in die Schlange jüngerer Studenten ein, die ebenfalls darauf warteten, ihre Ausstattung zu bestellen. Es war ein lustiges Völkchen, die meisten von ihnen schienen sich zu kennen. Sie lachten und plauderten, und es hörte sich so an, als hätten sie gemeinsam eine wichtige Hürde genommen und wären jetzt froh, die Pflichten hinter sich gelassen zu haben. Sie waren alle noch jung, und jetzt lag die ganze Welt vor ihnen. Wie ein steifbeiniger älterer Bruder hörte ich ihnen eine Weile zu und zog dann eine Aktenmappe aus meiner Umhängetasche, um meine Anmerkungen auf Peters Abschlussarbeit noch einmal durchzulesen.

PETER:

Erstens: Lass dich nicht entmutigen von all den Bleistift-markierungen – insgesamt ist dieser Aufsatz ausgezeichnet. Das ist keine Kleinigkeit. Zweitens bin ich voller Bewunderung für die Bandbreite deines Ansatzes. Du hast dich wirklich damit auseinander gesetzt und bist nicht auf Nummer sicher gegangen. Eine auch intellektuell vielversprechende Arbeit. Ich bin stolz auf dich.

Davon abgesehen, ist deine Behauptung – so interessant und elegant sie auch ausgeführt wird –, TR sei in seiner Rassenpolitik toleranter als allgemein angenommen, ja, geradezu mitfühlend gewesen, leider nicht überzeugend. Du hast offensichtlich völlig übersehen …

Die Reihe rückte auf. Ich blickte auf die Uhr. Noch mehr Studenten waren gekommen. Ich steckte mittendrin und hörte, wie sich drei junge Männer darüber unterhielten, was sie nach dem Examen vorhatten: der eine eine Europareise, der andere wollte zum Radcliffe-Publizistik-Seminar, und der Dritte hatte einen Job bei Morgan Stanley. Ganz vorn lehnten zwei modisch gekleidete Frauen an einem Tisch, wo ein geduldiger Coop-Angestellter saß, Kopfumfänge maß und sich Größen notierte.

Wieder ging es ein Stück vorwärts. Ich verstaute meine Unterlagen, trat an den Tisch und gab meinen Namen, die Fakultät und den erwarteten akademischen Grad an.

»Größe?«

»Einsdreiundachtzig.«

»Ärmellänge?«

»Sechsundachtzig.«

Der Verkäufer notierte, stand auf und schlang mir geschickt ein Maßband um den Kopf. »Dreiundzwanzig«, sagte er und schrieb auch das neben meinen Namen. »Zahlen Sie mit Coop-Kundenkarte, bar oder mit Kreditkarte?«

Ich zahlte. Die Schlange war inzwischen noch länger geworden; ihr ausgelassenes Schnattern schien kein Ende zu nehmen. Als ich erneut auf die Uhr sah, stellte ich fest, dass ich drauf und dran war, zu spät zum Seminar zu kommen, und eilte an den schwatzenden Studenten vorbei.

Auf halbem Wege zum Eingang blieb ich abrupt stehen.

Ich hatte das unerklärliche Gefühl, beobachtet zu werden. Das Seltsame daran war nur, dass es mich nicht erschreckte, sondern mir irgendwie vertraut und willkommen war. Mein Herzschlag raste, während meine Augen den Laden absuchten.

Dann sah ich sie. Sie stand so reglos am anderen Ende des Raumes neben den Regalen mit Büromaterial wie jemand, der sich seit längerer Zeit nicht vom Fleck gerührt hat.

Ein oder zwei Minuten lang starrten wir uns an. Dann kam sie langsam auf mich zu.

Sie blieb direkt vor mir stehen. Ihr Aussehen hatte sich verändert. Hosen, Pulli und Stiefel waren teuer und gut geschnitten – ein himmelweiter Unterschied zu den ausgeblichenen Levi's und dem abgetragenen Pulli vom vorigen Jahr. Sie trug Lippenstift, Eyeliner, Schmuck – einen diamantenen Verlobungsring und einen goldenen Trauring, neue Silberohrringe und eine neue Armbanduhr. Das Haar lag in einem hübschen Zopf auf ihrem Rücken. Ihre Figur und ihr Gesicht erschienen mir ein bisschen voller und fraulicher. Sie sah nicht mehr aus wie eine Studentin. Sie wirkte erwachsen, reif, verheiratet, gut situiert. Und dabei war sie natürlich schöner denn je.

Sie wollte etwas sagen, aber ihre Stimme versagte. Sie räusperte sich und versuchte es noch einmal.

»Ich habe etwas Interessantes festgestellt«, sagte sie. »Wenn man jemandem aus dem Weg gehen will, dann ist diese Stadt so klein wie eine Briefmarke. Aber wenn man jemandem unbedingt über den Weg laufen möchte, wenn man wirklich inständig darauf hofft, ist sie so riesig wie der Ozean.«

Ich sagte nichts. Es war ein netter Aufhänger, den sie sich wahrscheinlich schon vor Monaten zurechtgelegt hatte, und wir wussten es beide. Wir standen uns leicht schräg gegenüber, und ihre Augen irrten so unsicher in meinem Gesicht umher, wie ich es nicht von ihr kannte. Ich schaute auf die Uhr und merkte, dass sie die Geste so auffasste, wie sie gemeint war – als wäre da ein Termin, der mir wichtiger war als unsere Begegnung. Ich versuchte, cool zu sein, souverän und bestimmt. Doch in meinem Kopf hatte sich der volle Laden schlagartig geleert und in eine Höhle nur für uns beide verwandelt. Mein Mund war wie ausgetrocknet.

Nervös sagte sie: »Du hast es eilig. Du hast wahrscheinlich tausend Sachen vor.«

Ich stand da und sah sie an. Sieben Monate und eine Hochzeit lagen zwischen uns von damals und uns von jetzt. Ein ganzes Leben. Eine Veränderung, die mehr als nur ihre Kleider und ihr Haar betraf. Sie wirkte vorsichtig, ihre alte Selbstsicherheit schien erschüttert, wie von irgendeinem Vorfall, der ihr noch immer in den Knochen steckte.

»Ich habe ein Seminar«, sagte ich.

»Ich will dich nicht aufhalten. Ich wollte nur … Ich freue mich, dich zu sehen, Julian. Das wollte ich dir sagen.« Sie berührte kurz meinen Arm, dann drehte sie sich abrupt um und wollte gehen.

»Claire.«

Sie blieb stehen, ohne sich umzusehen.

»Es ist gleich drüben im Littauer. Wenn es dir nichts ausmacht, ein paar Schritte zu gehen.«

*

Wir gingen hinaus. Meine Nerven waren zum Zerreißen gespannt, das Herz in Aufruhr, Schwindelgefühl im Kopf. Es begann mit beklommenem Schweigen, als hätten wir verlernt, miteinander zu reden, was ja vielleicht auch der Fall war. Schließlich gab sie sich einen Ruck und gratulierte mir zu meinem Doktor. Es klang verzweifelt.

»Ich hab ihn ja noch gar nicht«, sagte ich. »Ich schreibe immer noch am letzten Kapitel. Vielleicht gefällt es Dixon ja gar nicht, und selbst wenn, dann kommt auch noch die Disputation.«

»Das schaffst du«, sagte sie. Etwas schwang in ihrer Stimme mit, ich war nicht ganz sicher, aber es klang ein wenig wie leiser Stolz. Sie schaute weg. »Hast du schon irgendwelche ... Pläne?«

»Ich würde gern unterrichten«, erwiderte ich. »Aber ich habe noch keine Anstellung, wenn du das meinst.«

»Nein, ich ...« Nervös brach sie ab.

Eine rote Ampel gegenüber vom Nordeingang zum Harvard Yard; schweigend warteten wir auf Grün, dann überquerten wir die Massachusetts Avenue. Als wir an dem wieder hergerichteten Wachhaus hinter dem Tor vorbeikamen, nahm Claire noch einmal Anlauf.

»Weißt du«, begann sie ungläubig zu fragen und zeigte dabei auf das neumodische Gebäude von der Größe eines Toilettenhäuschens, in dem ein uniformierter Wachposten stand, »wie viel das Ding da gekostet hat?«

Ich sagte, ich hätte keine Ahnung.

»Fünfundzwanzigtausend Dollar. Kannst du dir das vorstellen? Das ist wie diese Achttausend-Dollar-Toiletten, die das Pentagon immer noch baut. Harvard sollte sich was schämen.«

Auf einmal beschlich mich wieder diese alte Härte, und ich sagte, ich könne hier nirgends etwas Schändliches sehen, weder in Harvard noch sonst irgendwo.

Wieder Schweigen. Es hielt an, während wir über den Yard gingen. In einiger Entfernung konnte ich über der hohen Steinmauer schon die hellere Steinfassade vom Littauer sehen. Wir sind gleich da, dachte ich, dann ist es vorbei. In zwei Monaten hatte ich meinen Doktor und sah sie wahrscheinlich nie wieder. Das ist wohl am besten so, sagte ich mir. Doch dort vor uns lag das Littauer. Davis und die Welt, die er geschaffen hatte. Sein Büro mit den hohen Fenstern und dem Blick auf die juristische Fakultät, mit dem Kennedy-Schaukelstuhl und dem Namensschild aus Messing an der Tür. Ich dachte an den Tag, an dem ich ihn kennen gelernt hatte. Es war der gleiche Tag gewesen, an dem ich ihr begegnet war.

Er ist ihr Mann, dachte ich zum tausendsten Mal. Ihr Mann.

Ich zwang mich, etwas zu sagen, und hoffte, normal und gelassen zu klingen. »Und du?«, fragte ich. »Was macht Burne-Jones?«

»Immer noch ein Genie«, erwiderte sie vage.

Ich sagte nichts. Ich sah uns zusammen im Café sitzen, ihre Bücher aufgeschlagen vor ihr auf dem Tisch.

»Ja«, fügte sie hinzu, und ihre Stimme wurde hart vor Selbstironie. »Er ist immer noch ein Genie, na schön. Aber nicht mehr für mich. Ich habe mich beurlauben lassen.«

»Was?«

»Ich bin nicht mehr an der Uni.«

»Warum?«

Sie zuckte die Achseln und schaute weg.

»Das ist ein Fehler, Claire. Du warst gut. Du warst leidenschaftlich bei der Sache.«

Einen Moment lang trafen sich unsere Blicke, dann zog sie sich wieder zurück. »Das bin ich immer noch«, sagte sie und unterbrach sich dann, sichtlich aufgewühlt. »Es ist einfach nicht der richtige Zeitpunkt. Verstehst du das nicht, Julian? Alles ist nur eine Sache des richtigen Zeitpunkts.«

»Blödsinn, Claire. Das glaubst du doch selber nicht. Geh zurück und mach deinen Abschluss. Bring zu Ende, was du angefangen hast.«

»Das werd ich schon noch«, antwortete sie leise.

Aber es klang alles andere als überzeugend. Sie konnte mich nicht ansehen. Und das erschreckte und schmerzte mich mehr als alles, was sie sagte. Wo war ihr alter Kampfgeist geblieben? Die Claire, die ich kannte, hätte sich wenigstens gegen meine Bevormundung gewehrt. Es war, als wäre die selbstsichere

Maske der verheirateten Frau nichts weiter als ein Farbanstrich auf einer Wand, deren Risse und Fugen man vorher nicht verputzt hatte. Sie war nur getüncht worden, das war alles, und mit ihrem ganzen »Ich will« und »Ich werde« wollte sie das lediglich verdecken. Sie würde ihr Studium nicht wieder aufnehmen, das war mir klar. Burne-Jones würde zusammenschrumpfen, bis er nur noch ein weiterer Bildband auf einem Tisch in ihrem schicken neuen Haus war. Sie hatte ihren Anspruch auf ihn aufgegeben, wenn auch nicht die Leidenschaft, die diesen Anspruch erst geltend gemacht hatte. Und dieser Verlust hatte sie bereits schwer angeschlagen.

Schweigend erreichten wir die Treppe zum Institut.

»Wie sehr habe ich dich aufgehalten?«, sagte sie.

Ich warf einen Blick auf die Uhr: fünfzehn Minuten zu spät. »Fünf Minuten.«

Eine weitere Minute verging. Wieder sahen wir uns schweigend an. Die Luft zwischen uns flirrte vor unausgesprochenen Worten. Eine Haarsträhne löste sich aus ihrem sorgfältig geflochtenen Zopf, und ich griff danach und steckte ihn ihr hinter das linke Ohr.

Sie schaute zu Boden und berührte mit der Schuhspitze die meine.

»Du solltest lieber gehen.«

Keiner von uns rührte sich.

Ich tippte an meine Uhr und hielt sie mir ans Ohr. »Vielleicht geht sie ein bisschen vor.«

Sie lächelte. Mein Herz machte einen Satz. Dann verzog sich ihr Mund ein wenig zu sehr, sie verlor die Fassung, und ihre Augen füllten sich mit Tränen.

»Du weißt ja nicht, wie sehr du mir gefehlt hast«, sagte sie und fing an zu weinen.

zwei

Angenommen, jemand würde Ihnen sagen: Das hier sind die glücklichsten Tage deines Lebens, und sie sind schon so gut wie vorbei. Was würden Sie tun? Sie könnten sich ein Credo basteln, einen Leitspruch für Ihr Leben; oder die Worte »DENK IMMER DARAN« auf eine Karteikarte schreiben und sie über Ihrem Schreibtisch an die Wand pinnen. Sie könnten meditieren und sich mittels Entrümpelung des Geistes auf die Suche nach dem Zustand der Versenkung machen, in dem Sie Ihr Leben eines Tages mit all seinen Widersprüchen so akzeptieren, *wie es ist*, ohne irgendwelches Haben- oder Beherrschenwollen. Und Sie könnten damit erbärmlich scheitern. Sie könnten dann Ihrem Schreibtisch und der Beschwörung (oder dem Fluch) auf der Karte den Rücken zukehren und damit diesem ganzen festgefahrenen, feigen Leben, nur um festzustellen, dass Ihnen kein anderes vergönnt ist, dass Sie *untauglich* sind für irgendein anderes Dasein. Und indem Sie zum hundertsten Mal die Nerven verlieren, könnten Sie den Schwanz einziehen. Die Karte würde immer noch an der Wand hängen und auf Sie warten. Und dann würden Sie vielleicht doch wieder als Gefangener Ihrer Erinnerungen einen Blick auf all die Gefühle in Ihrem Schlepptau zurückwerfen, bis Sie über kurz oder lang feststellen, dass jedes Ihrer Liebesgedichte an sie zu einem Klagelied geworden ist und jedes Klagelied zu einem Liebesgedicht.

drei

Als ich vom Seminar nach Hause kam, lehnte ihr Regenschirm an meiner Wohnungstür. Nicht sie selbst, nur ihr Regenschirm, gelb wie die Farbe der Butterblumen. Ich öffnete ihn, denn heute glaubte ich felsenfest an mein Glück. Er schnappte auf wie eine Sonne, und ein Zettel fiel heraus.

Für dich, dieses Fleckchen Geborgenheit, von mir.

Wohin du auch gehst.

Ich liebe dich.

Ich kannte ihre Schrift, hatte sie viele Male gesehen. Als guter Freund hatte ich neben ihr gesessen und ihr über die Schulter geschaut, während sie alles Mögliche geschrieben und ausgefüllt hatte, flüchtig und gewissenhaft, Schecks und Anträge, Postkarten und Merkzettelchen und Briefe.

Trotzdem war sie irgendwie neu. Nach rechts geneigt, eigenwillig fließend, mit hohen *t*s, schlaufigen, langgezogenen *l*s und *f*s, verrückten *r*s, leicht verunglückt wirkenden *s*'s und makellos runden *o*s.

Darunter, in deutlich kompakteren Buchstaben, ihre Adresse.

Ich stand vor meiner Tür, den Schlüssel noch immer in der Tasche, und las den Zettel noch einmal. Und dann noch einmal. Obwohl ich den Text längst auswendig kannte.

vier

Wir fanden uns wieder, als hätten wir alle Zeit der Welt oder überhaupt keine. So viel weiß ich jedenfalls: Keiner von uns beiden sah es als Affäre an. Es war kein plötzlicher Bruch, sondern eine Weiterführung, das unumgängliche Korrigieren von Fehlern der Vergangenheit, die leidenschaftliche und aufrichtige Vervollkommnung einer unvollendeten Sache. Wir hatten die Ernsthaftigkeit und Wahrhaftigkeit auf unserer Seite. Wir waren nicht gegen irgendjemanden, sondern *für* einander. Davis war nicht unser Feind. Wenn er nicht da war – zweimal die Woche machte er es sich im Jefferson-Hotel in Washington bequem –, war er in gewissem Sinne sogar unser Verbündeter. Wenn er daheim war, war er einfach nur ein Hindernis, dem man aus dem Weg gehen musste, nicht ärgerlicher als ein umgestürzter Baum, um den wir auf dem Weg zu einem bisschen Privatleben immer wieder einen großen Bogen machen mussten. Dass er keine Ahnung von seiner Rolle hatte – den Sturm, der ihn bereits gefällt hatte, gar nicht spürte –, war für uns kein Gesprächsthema.

*

Ich lag schon fast eingeschlafen in meinem Bett, als ich merkte, wie sie aufstand. Die Dielenbretter knarrten unter ihren Füßen, und in dem durch meine Augenlider gefilterten, herabgedimmten Licht vom Fenster her sah ich sie vor meinem geistigen Auge deutlich und nackt vor mir. Dann drang durch die offene Badezimmertür ungeniertes Plätschern an mein Ohr.

Die Toilettenspülung ging, und sie kam wieder zurück. Das Bett gab unter ihrem Gewicht nach, als machte es eine Verbeugung. Mit im Kopfkissen vergrabenen Gesicht spürte ich ihre seidenweiche Hitze an der Rückseite meiner Oberschenkel, als sie sich zuerst rittlings auf mich setzte und sich dann wie ein Doppelgänger auf mir ausstreckte, so dass ihr Körper mit dem meinen eins wurde und ich ihr Herz in mir schlagen hörte. Ihr Gewicht war so gut wie gar nicht zu spüren.

Schließlich ließ sie sich wieder hinabgleiten. Ich spürte die weiche, kühle Luft an den Stellen, wo sie gewesen war, und bekam eine Gänsehaut. Sie fehlte mir, und ich drehte mich um und fand sie wieder.

Dann fuhr sie mit den Fingerspitzen die Linie meines Mundes entlang und murmelte dabei.

»Was würdest du tun, wenn du mir nie begegnet wärst?«

Ich schüttelte den Kopf. Es schien mir unvorstellbar.

»Ich meine es ernst.«

»Wahrscheinlich würde ich für den Rest meines Lebens irgendwo auf einer Bank sitzen und darüber nachdenken, warum ich dir nie begegnet bin.«

»Hört sich nicht sehr aufregend an.«

Ich küsste ihre Finger, einen nach dem anderen.

»Mag sein.«

»Und ziemlich traurig.«

»Ja«, sagte ich.

»Was noch?«

»Ich kann es mir einfach nicht vorstellen. Ich wäre jemand anders. Mit einem anderen Namen.«

»Was für ein Name?«

Ich lächelte. »Einer, den sich keiner merkt.«

Sie wurde nachdenklich. Sie fing an, mir übers Haar zu streichen.

»Ich hab da mal was gehört. Von einem alten Mann. Er hat gesagt: ›Wenn du willst, dass man sich an dich erinnert, dann sorg dafür, dass du in einer Geschichte vorkommst.‹«

»Klingt wie ein guter Ratschlag.«

Sie hielt inne, und ihr Blick suchte den meinen.

»Lass mich in deiner Geschichte vorkommen, Julian.«

»Tust du doch längst.«

*

Wir machten einander Geschenke, unbedeutende kleine Gegenstände unserer persönlichen Vergangenheit. So als ob nur ganz einfache Dinge ohne jeden Glamour zu unserem neuen Reichtum passten.

Hier ist eins davon. Es liegt auf meinem Arbeitstisch. Ein kleiner grauer Stein mit erhabenen weißen Linien.

Sie hatte ihn als kleines Mädchen bei einem Spaziergang mit ihrem Vater an einem Kiesstrand gefunden. Später hatte sie sich immer wieder daran erinnert, wie sie der Stein aus dem Meer von Kieselsteinen herbeigerufen hatte, als hätte er dort auf sie gewartet, und wie sie die Hand ihres Vaters hatte loslassen müssen, um ihn aufzuheben.

Von diesem Tage an hatte sie der Stein überallhin begleitet – als winziger Gefährte, Talisman und Hieroglyphe. Bis zu jenem Morgen, an dem sie aus einem Traum von uns beiden erwacht war.

Wir waren wieder in Frankreich, erzählte sie mir, und standen in der alten Scheune vor dem 1940er Ford-Lieferwagen, dessen Scheinwerfer eingeschaltet waren und dessen Motor lief und Abgaswolken wie Odem ausstieß. Ein Anblick, der sie erschreckt hatte, denn es saß niemand im Wagen, und sie wusste nicht, wie das möglich war. Im Traum begann sie zu schreien, während sie mit mir in der Scheune stand. Da nahm ich ihre Hand und sagte zu ihr, sie müsse Vertrauen haben. Ich sagte es immer wieder. Und schließlich, sagte sie, hätte sie tatsächlich so etwas wie Vertrauen empfunden. Absolutes Vertrauen in mich. Und deshalb hatte sie an jenem Morgen, als sie ohne mich im Haus ihres Mannes aufgewacht war, beschlossen, mir den kleinen grauen Stein mit den weißen Linien zu geben als Unterpfand für das Vertrauen, das ich ihr gegeben hatte.

fünf

Es gab einen Ort, gleich links neben der langen Treppe, die zur Widener-Bibliothek hinaufführte, eine etwas tiefer gelegene Nische vor dem Eingang zur Pusey-Bibliothek, an dem wir uns unmittelbar nach der Verleihungszeremonie treffen wollten, um einen Augenblick allein zu sein, abseits der fröhlichen Festgesellschaft mit strahlenden Eltern und in der Luft herumfliegender Barette, vor den Augen ihres Mannes und meiner Familie verborgen.

Als ich dort ankam – ein frisch gebackener Doktor der Politologie, noch immer in meinem geliehenen schwarzen Talar mit der leuchtend roten Kapuze – stand sie bereits dort, den Rücken an die Wand gelehnt. Ich sah sie erst, als ich direkt vor ihr stand: eine blasse junge Frau, die die Arme fröstelnd um ihren Körper geschlungen hatte. Doch bevor ich genauer hinsehen konnte, fiel sie mir schon um den Hals und barg ihr Gesicht an meiner Schulter.

»Hey«, sagte ich lachend.

Sie schlang die Arme wortlos um mich. Ich versuchte, einen Schritt zurückzuweichen, um sie anzusehen, aber sie ließ mich nicht los.

»Was ist denn?«, fragte ich.

»Nichts«, murmelte sie dicht an meinem Hals. »Du hast mir gefehlt.«

»Na ja, du mir auch.« Zärtlich löste ich ihre Arme von meinem Körper und betrachtete sie. Sie sah nicht gut aus. Ihr Gesicht war bleich und das Weiße in ihren Augen von roten Streifen durchzogen. Ich legte ihr die Hand auf die Stirn; sie fühlte sich warm an, möglicherweise hatte sie Fieber. »Bist du krank?«

»Vielleicht. Ich weiß nicht.«

»Warst du schon beim Arzt?«

Sie antwortete nicht.

»Claire?«

»Geh jetzt lieber.«

»Ich hab schon noch eine Minute Zeit.«

»Nein«, sagte sie entschlossen und schob mich fast von sich. »Geh lieber.«

»Warte doch.« Ich legte ihr die Hände auf die Schultern, und plötzlich schien ihr Widerstand zusammenzubrechen. »Jetzt erzähl mir, was los ist.«

»Es ist nur – es ist so schwer, Julian. Es ist wirklich schwer.«

Ich überlegte, was ich sagen sollte, um sie zu beruhigen, irgendetwas über die Zukunft, womit ich sie trösten konnte. Aber mir fiel nichts ein. »Ich weiß«, murmelte ich. »Ich weiß.«

Sie umklammerte meinen Arm noch fester, sagte aber kein Wort mehr.

*

Ich kehrte eilig wieder auf das Festgelände zurück. Mein Vater hatte es tatsächlich geschafft, uns gute Plätze zu sichern, indem er bereits vier Stunden vor Beginn der Veranstaltung erschienen war.

Inzwischen waren die meisten der Tausenden, die der Zeremonie beigewohnt hatten, in die jeweiligen Fakultäten verschwunden, um sich ihre Diplome aushändigen zu lassen. Die rot verhüllte Bühne vor der Memorial Chapel war leer wie ein Ballsaal um die Mittagszeit, und das girlandengeschmückte Areal mit seinen hundert Jahre alten Bäumen war nur noch ein Meer von leeren Stühlen. Die Luft, die noch vor zwanzig Minuten von Jubel erfüllt gewesen war, wirkte jetzt irgendwie trostlos und leer.

Dann sah ich meine Familie: Meine Mutter, die meinem Vater demonstrativ den Rücken zukehrte, während sie sich mit meinem Schwager Ben (einem Computer-Programmierer im Silicon Valley) unterhielt; und ein paar Meter weiter mein Vater und Judith, die schweigsam, aber entspannt beieinander standen.

Als ich auf sie zuging, stieg in mir eine altbekannte Panik auf; in zehn Metern Entfernung blieb ich stehen, als hätte ich ein Gespenst gesehen. Es war schon zwei Jahre her, seit ich fünfundzwanzig Minuten mit meiner Mutter in einem New Yorker Coffeeshop verbracht hatte. Bei unserem letzten Gespräch, einem Telefonanruf am Neujahrstag, hatte ich sie gebeten, ihren Mann Mel nicht mit nach Cambridge zu bringen. Sie hatte aufgelegt (was ich ihr nicht übel nahm), und bis zuletzt hatte ich angenommen, dass sie gar nicht erscheinen würde. Doch jetzt war sie hier: Die Haare rotbraun gefärbt und kurzgeschnitten, um die Hüften ein bisschen dicker – und doch sah sie, selbst aus dieser geringen Entfernung, deutlich weniger bekümmert aus als damals, als sie noch mit uns zusammenlebte. Sie behauptete, sie genieße ihr neues Leben, und es gab keinen Grund, daran zu zweifeln. Worin lag der Unterschied? Ich verspürte keinerlei Zorn oder schlechtes Gewissen bei ihrem Anblick, sondern eher so etwas wie Bestürzung über meine Unfähigkeit, mich über ihre Anwesenheit zu freuen.

»Na endlich«, rief mein Vater. »Da ist er ja, der Mann der Stunde.«

»Hallo, Dad.« Ich legte die letzten paar Schritte hinter mich, und mein Vater klopfte mir herzlich auf die Schulter.

»Was für ein Tag!«, meinte er mit stolzgeschwellter Stimme. Judith breitete die Arme aus. »Lass dich ansehen!«

»Hey, Jude.«

Sie lachte immer wieder über diesen müden Witz. Wir umarmten uns lange und inbrünstig; anders konnte es meine Schwester gar nicht. Sie war die Gebende in der Familie, ein Füllhorn liebevoller Hingabe in einer Welt emotionaler Pfennigfuchser. Gelegentlich fand ich das richtig beängstigend.

Sie ließ mich erst wieder los, als Ben – der gutmütige Ben mit den braunen Augen und dem schütteren Haar – lächelnd dazwischentrat. Er schüttelte mir herzlich die Hand.

»Gratuliere, Julian.«

»Danke, Ben.«

Dann beklommene Stille, als würde eine Krähe über uns hinwegfliegen.

»Guten Tag, Julian.«

»Hallo, Mom.«

Sekundenlang musterten wir uns unschlüssig. Doch schließlich kapitulierten wir beide, beugten uns vor, und ich küsste die Wange, die sie mir entgegenhielt.

»Mel ist sehr gekränkt, dass du ihn ausgeladen hast«, sagte meine Mutter.

Ich wich zurück.

»Mom«, sagte Judith warnend. »Du hast es versprochen.«

»Na und? Sind wir hier im Tempel? In einem Gotteshaus? Nein, ich lasse mich nicht zum Schweigen bringen. Wie oft kriege ich meinen Sohn schon zu sehen? Also werde ich ihm auch die Wahrheit sagen. Hier ist jemand in seinen Gefühlen verletzt worden. Mein Mann ist ein empfindsamer Mensch. Ein guter Mensch. Er ist nicht nachtragend. Warum auch? Man hat ihm gesagt, dass er nicht erwünscht ist, und trotzdem wünscht er meinem Sohn an diesem Ehrentag alles Gute. Warum? Weil du mein *Sohn* bist, Julian. Jeden Tag, den der Herrgott werden lässt, danke ich ihm für Mel.«

»Musste das jetzt sein, Mom?«, meinte Judith vorwurfsvoll.

Mein Vater räusperte sich. »Also, warum gehen wir nicht endlich? Wir wollen doch nicht zu spät kommen, oder? Wohin jetzt, Julian?«

Aber ich war längst nicht mehr anwesend. Ich war desertiert. Ich sah nur noch Claire vor mir. Ihr bleiches, verstörtes Gesicht und die Art, wie sie sich an mich geklammert hatte. Sie hatte so unglücklich ausgesehen. Ich fing an, mir alle möglichen Gründe auszumalen, Krankheiten oder Depressionen, Dinge, die ich getan oder versäumt hatte, Fehler, die ich womöglich begangen hatte. Ich bekam Angst, sie zu verlieren. Ein Gefühl, das eine dunkle Wolke über diesen hellen Tag warf wie ein Tuch über die Kamera eines Porträtfotografen und mich im Dunkeln hinter der Szene einschloss, so dass ich fast erstickte, unfähig, mich durch die Linse auf irgendetwas anderes zu konzentrieren als auf das Bild ihres Elends.

Nun schreckte ich auf und hob den Blick. Meine Familie, vier Augenpaare, die mich fragend ansahen.

»Ich muss noch mal weg. Wir treffen uns dort«, sagte ich.

»Was?«, sagte Judith. »Warum denn?«

»Wo dort?«, sagte mein Vater.

»Eine gute Freundin von mir ist krank. Ich muss rübergehen und nach ihr sehen.«

»Jetzt?«, fragte meine Mutter empört.

»Es ist wichtig.«

»Wie krank ist sie denn?«

»Um Himmels willen –«

»Und was ist mit deiner Urkunde, Julian?«, fragte mein Vater.

»Wir treffen uns dort. Ehrenwort.«

»Das ist ja ungeheuerlich«, meinte meine Mutter wütend.

»Nein«, widersprach Judith. »Es ist okay.«

Dann spürte ich Bens Hand auf meiner Schulter. »Julian«, sagte er ruhig. »Sag uns einfach, wo wir hingehen sollen.«

*

Ich rannte quer über den Yard und zum Tor hinaus, das auf die Massachusetts Avenue führte, dann die vierspurige Hauptstraße entlang. Dabei flatterte der Saum meines Talars wie ein Trauergewand hinter mir her. Ich rannte an der Hemenway-Sporthalle, der juristischen Fakultät, an Nick's Beef and Beer und am Changsho-China-Restaurant vorbei, bog nach links in die Linnaean und nach rechts in die Humboldt Street ein, wo ich keuchend und schwitzend stehen blieb, die Hände auf die Knie gestützt. Ich zog mir den Talar über den Kopf und knüllte ihn in meinen Händen zusammen.

Es war eine ruhige Straße, auf beiden Seiten von hohen Bäumen gesäumt. Die Häuser waren groß und schön, mit herrlichen Gärten dahinter. Hier wohnten Professoren, Rechtsanwälte und mindestens ein Nobelpreisträger. Im Juni standen in diesen Gärten aufblasbare Planschbecken, Fernrohre zur Sternenbeobachtung oder es lagen umgekippte Dreiräder und Chemiekästen herum.

Ihr Haus stand an der Ecke. Hellgraue Schindeln mit

schwarzen Fensterläden. Sie waren in derselben Woche einge-
zogen, in der sie geheiratet hatten. Es hatte vier Schlafzimmer,
zwei Arbeitszimmer, ein offizielles Speisezimmer und ein
Wohnzimmer, das genügend Raum für die wertvollen Gemälde bot, die er bereits besaß, wie auch für diejenigen, die er sich
noch zulegen würde. Der Garten war ebenso groß und schön
wie die der Nachbarn. Darin stand ein einziger Magnolien-
baum und die Irisbeete, die Claire im letzten Spätherbst, kurz
nach der Hochzeit, angelegt hatte. Jetzt standen sie in voller
Blüte. Ich hatte sie schon gesehen.

Ich stieg die Stufen zur vorderen Veranda hinauf. An den Tagen, an denen er in Washington war, wenn sie wusste, dass es
nur ich sein konnte, schloss sie die Haustür nicht ab. *Ich möchte, dass du spürst, du kannst jederzeit hereinkommen, ich möchte, dass
du weißt, dass ich immer auf dich warte.* Heute aber war er, wie jeder wusste, nicht in Washington. Heute hatte er unübersehbar
neben den anderen Honoratioren auf dem Podest gethront, und
seine Kapuze hatte wichtiger geglänzt als bei allen anderen.

Die Tür war verschlossen.

Ich ging um das Haus herum in den Garten, vorbei an ihrem
Volvo Kombi, der auf einem mit Schieferbruch bestreutem
Rechteck geparkt war.

Die Irisblüten leuchteten violett und weiß. Sie standen kerzengerade und dicht nebeneinander in ihrem penibel angeleg-
ten Beet. Die Magnolie quoll von weißen Blüten über. Der
süße Duft stieg mir im selbem Moment in die Nase, als ich sie
dort sitzen sah.

Drei Holzstufen führten von der Küchentür auf den Rasen
hinab. Sie hockte auf der mittleren, die Arme um die Knie gelegt. Ihre Augen waren rot und verquollen. Auf den Wangen
zeichneten sich dort, wo sie ihr Gesicht aufgestützt hatte, Ab-
drücke ab. Ihre einzige Bewegung, als sie mich sah, bestand
darin, den Kopf zu senken.

Ich machte ein paar Schritte auf sie zu, blieb dann jedoch

stehen und blickte auf den zusammengeknüllten schwarzen Lumpen in meiner Hand. Ich ließ ihn zu Boden fallen.

»Erzähl mir, was los ist«, sagte ich.

Sie schüttelte den Kopf. Nie zuvor hatte ich einen Menschen gesehen, der so unglücklich aussah, so traurig und hilflos.

»Claire, du machst mir allmählich Angst.«

»Ich bin schwanger, Julian.«

Erst jetzt sah sie mich an. Ihr Gesichtsausdruck ließ keinen Zweifel zu. Ich kam gar nicht erst dazu mir vorzustellen, es könnte unseres sein. Ihre Miene sagte alles. Irgendetwas in ihr schien gebrochen und ohne Hoffnung und ich fuhr zurück, als hätte ich einen Hieb in die Magengrube bekommen.

»Doch nicht von ihm?«

»Doch.«

»Wie denn? Wie konnte das passieren?«

»Ich weiß nicht.«

»Was meinst du damit? Nun rede schon. Wie lange?«

»Meine Regel ist ausgeblieben.« Sie hielt inne und versuchte sich zusammenzureißen. »Schon vorigen Monat. Da ist es mir kaum aufgefallen. Aber als es wieder passierte, bekam ich Panik. Ich fing an, die Wochen rückwärts zu zählen, aber es passte alles nicht zusammen. Ich habe es dir nicht gesagt, weil ich Angst hatte. Ich habe einen Schwangerschaftstest gemacht. Er war positiv.«

»Diese Tests können sich irren.«

»Ich habe ihn wiederholt. Er war wieder positiv.« Erneut hielt sie inne und kniff die Augen zusammen, als wollte sie in der Finsternis Mut fassen. »Gestern hat mein Gynäkologe einen Ultraschall gemacht. Ich habe das Baby gesehen, Julian. Seinen Kopf und seine Hände und Füße. Und sein Herz. Er hat es ausgemessen und mir den Zeitpunkt der Empfängnis berechnet. Es war der dritte April, Julian. Zwei Wochen vor dem Tag, an dem wir uns auf dem Square wiedergesehen haben.«

Es ist ein Traum, ein ständig wiederkehrender Albtraum. Dieser Tag, die Straße, der Garten. Mittagszeit, die Sonne hoch am Himmel. Die makellosen Irisblüten. Der Duft der Magnolie. Mein Talar, der wie eine verwelkte Blume zerknüllt auf der Erde liegt. Meine unbeantwortete Frage, die noch in der Luft hängt. Ihr hoffnungsloses Gesicht. Sie sitzt wieder auf den hölzernen Stufen und weint.

Ihr Schweigen ist ihre Antwort. Sie weint jetzt so heftig, dass sie zur Seite gekippt ist und sich zu einer Kugel zusammengekauert hat. Ich kniee im Gras. Und noch immer hat sie kein Wort gesagt. Und auf einmal wird mir klar, dass sie sein Kind bekommen wird.

Also tue ich das Einzige, was mir unter diesen Umständen übrig zu bleiben scheint, wenn ich mein Leben weiterführen will. Ich stehe auf und gehe.

TEIL

DREI

eins

Der *Yankee Clipper* rumpelte aus dem Südbahnhof heraus und machte sich auf die lange Fahrt den Nordost-Korridor hinunter. Beim Halt in New Haven, wo der Strom abgestellt wurde, um die Lok austauschen zu können, wartete ich in der stickigen Finsternis mit den anderen Passagieren – Studenten, Geschäftsleuten, jungen Müttern mit verklärtem Blick, die ihren Nachwuchs der Verwandtschaft vorführen wollten. Als sich der Zug wieder in Bewegung setzte, war es wie eine Erlösung, eine langsame Rückkehr ins Leben. Dann fuhren wir kreuz und quer bis nach Bridgeport und weiter nach Stamford. Dort sah ich Pendler auf dem zementierten Bahnsteig stehen, ich sah die verspiegelten Spitzen von Bürotürmen und im Geiste sah ich die baumbestandene Willow Road vor mir.

Der Zug fuhr wieder an. Ich fuhr immer noch mit. Es war Ende Juni und bald darauf war ich in Manhattan, Upper West Side, und mein Vater öffnete mir wieder einmal die Tür. Er nickte, legte mir zaghaft die Hand auf die Schulter und fragte, ob es mir gut ginge.

*

Wir kehrten zu unseren alten Gewohnheiten zurück. Wenn ich an diesen Sommer denke, habe ich immer noch das Geräusch seiner Pantoffeln im Ohr, wenn er auf dem Weg in die Küche an meiner Tür vorbeischlurfte. Es gefiel ihm, jeden Morgen den Kaffee zu kochen und die Frühstücksflocken bereitzustellen.

Manchmal spürte ich, wie beim Zeitunglesen sein Blick quer über den Tisch auf mich fiel. Ich schaute auf und erwischte ihn dabei, wie er mich ansah. Dann verfinsterte ein Ausdruck leiser Verlegenheit sein stets bekümmertes Gesicht, und er wirkte einen Augenblick lang um Jahre jünger.

*

Als ich eines Morgens nach dem Frühstück das Bettzeug in meinem Sofa verstaute, spürte ich, dass er lautlos hinter mir im Türrahmen stand. Ich war schon über einen Monat bei ihm, und wir hatten nicht ein einziges Mal über den wahren Grund meiner plötzlichen Abreise aus Cambridge gesprochen, obwohl ich kurz zuvor noch meine Absicht verkündet hatte, dort zu bleiben. Ich hatte ihm erzählt, ich würde nach einer Lehrerstelle suchen und hätte bereits alle Möglichkeiten in Boston abgeklopft. Er hatte diese Erklärung akzeptiert – oder zumindest beschlossen, mich nicht weiter auszufragen. Es war unsere stillschweigende Übereinkunft, die Privatsphäre des anderen zu respektieren. Jetzt reichte er mir das letzte Sofakissen, half mir, das Zimmer aufzuräumen und sagte tröstend: »Es wird sich schon etwas finden. Du musst ein bisschen Geduld haben.«

»Ich weiß, Dad.«

»Ich habe es dir noch nie erzählt, aber nach dem College, bevor ich den Job bei Addison annahm, hatte man mir bei Harcourt eine Stelle als stellvertretender Lektor angeboten. Nach gerade mal drei Monaten gab es Entlassungen, und sie warfen mich wieder hinaus. Ich schämte mich so. Ich war am Boden zerstört. Ich musste damals noch ein paar Monate lang bei meinen Eltern wohnen, bis sich etwas Neues ergab.«

»Das war sicher hart für dich.«

Graues Licht fiel durch das rußige Fenster, das auf den Luftschacht hinausging. Wir standen beieinander, ohne uns anzusehen. Das war so unsere Art. Da standen wir nun, zwei Männer in einem kleinen Zimmer, und damals schien es mir, als verbänden uns nicht unsere Erfolge, sondern vielmehr unsere Fehlschläge.

»Also dann«, meinte er, »bis zum Mittagessen.«

Er machte kehrt, dann blieb er plötzlich noch einmal stehen, als wäre ihm etwas eingefallen.

»Bist du immer noch in sie verliebt, Julian?«

»Was?«

Ich hatte ihm nie von Claire erzählt. Aber er musste wohl etwas gespürt haben, wenn auch nur die halbe Wahrheit. In seinem Gesicht erkannte ich jetzt die inbrünstige Hoffnung, die er für mich hegte.

»Dad, sie hat einen andern geheiratet. Sie erwartet ein Kind von ihm.«

»Tut mir Leid«, murmelte er.

Dann drehte er sich schnell um und ging.

*

Ich träumte von ihr. Wenn ich im Dunkeln auf meinem Sofa lag und vergeblich um Schlaf kämpfte, während ich mich fragte, ob ich sie jemals wiedersehen würde, wurde ich jedes Mal davon überrascht. Manchmal war der Traum so leise und nebelhaft, dass ich mich hinterher kaum noch daran erinnern konnte, und doch blieben jedes Mal winzige Splitter davon zurück, wie von der stumpfen Klinge meiner Sehnsucht abgesprungen, und diese Splitter schleppte ich dann tagelang insgeheim mit mir herum. Wie dieser Augenblick, wo sie oben auf den Stufen sitzt, die von der Hintertür ihres Hauses in den Garten führen, und zu mir sagt, sie könne sich nicht bewegen, ihre Beine hätten keine Kraft, sie könne nicht herunterkommen.

Ich frage sie nicht, warum. Ich hebe sie einfach auf. Genau das tue ich. Sie ist federleicht. Und ich trage sie in meinen Armen geborgen die Stufen hinab – bis das Bild ganz plötzlich einfach weg ist, ich aufwache, und die Schritte sind die meines Vaters, hier im weißen Morgenlicht.

zwei

Als ich eines dunstigen Morgens am Broadway Einkäufe machte, stolperte ich über Toby Glickstein, einen alten Klassenka-
meraden von der Cochrane School.

»Hab dich auf dem Ehemaligentreffen vermisst«, sagte er
und schüttelte mir die Hand.

Cochrane war die Knabenschule in der 78sten West, die den
Ruf einer hervorragenden Lehranstalt besaß und deren Schü-
lerschaft sich aus den gescheitesten jungen jüdischen Prinzen
der Stadt in Schlips und Anzug rekrutierte. Toby und ich waren zusammen im Debattierklub gewesen, außerdem Dele-
gierte beim UN-Planspiel (ich für Malta und er für Pakistan).
Cool waren wir in Wahrheit nie gewesen – Prinzen schon gar
nicht. Auf akademischer Ebene jedoch hatten wir uns gut entwickelt.

Aber das war inzwischen zehn Jahre her und seitdem hatte
ich ihn nicht mehr gesehen. Äußerlich hatte er sich wenig verändert: nicht sehr groß, mit kleinen Händen und Füßen, kurz
geschnittenes drahtiges Haar und Sommersprossen. Ein
Schwärmer und Grübler. Seine Angewohnheit, die Augen zu-
sammenzukneifen, ließ an einen kurzsichtigen Insektenfor-
scher oder Briefmarkensammler denken.

Wir unterhielten uns im üblichen Telegrammstil darüber,
wie es uns ergangen war. Ich erzählte ihm, dass ich meinen
Doktor gemacht hätte und Lehrer werden wollte. Dabei tat ich
dreist so, als würde ich gerade die Angebote mehrerer nicht näher benannter Colleges im fernen Nordwesten des Landes gegeneinander abwägen. Dann erkundigte ich mich danach, was
er so mit seinem Leben anfinge. Es stellte sich heraus, dass
Toby nicht sehr weit herumgekommen war. Er war stellvertretender Rektor an der Cochrane School geworden. Er sagte,
Mrs. Hogan, die altgediente Rektorin, ginge nächstes Jahr in

den Ruhestand und seine Chancen, ihr Nachfolger zu werden, stünden sehr gut.

In der siebten Klasse hatte ich einmal als dümmliche Mutprobe eine Reißzwecke auf den Stuhl gelegt, auf dem sich die gefürchtete Mrs. Hogan gerade niederlassen wollte. Mit angehaltenem Atem warteten meine Freunde und ich auf den wütenden Aufschrei, aber zu unserer Enttäuschung und Verwunderung tat sich absolut nichts, nicht das leiseste Zucken um ihre schmalen Lippen, nicht die geringste Andeutung darauf, dass sie überhaupt etwas gespürt hatte. Später in der Pause pickte sie mich dann im Flur aus der Menge heraus und forderte mich auf, ihr wie ein Ehrenmann die Hand zu geben. Als ich argwöhnisch gehorchte, packte sie grob meine Hand, und ich spürte erschrocken, wie sich die Spitze der Reißzwecke in die zarte Haut zwischen Daumen und Zeigefinger bohrte. »Das soll dir eine Lehre sein!«, zischte sie mir mit jenem furchterregenden Lächeln ins Ohr, das sich bereits in ihre Lippen mit dem Schnurrbartflaum eingegraben hatte.

»Apropos Ruhestand«, sagte Toby. »Hast du schon gehört, dass Maddox nicht mehr da ist? Er ist vor ein paar Monaten sechzig geworden und hatte bereits angekündigt, dass er genug habe. Ist nach Florida gezogen, sobald das Schuljahr vorbei war.«

Das war allerdings eine Neuigkeit. Bill Maddox war ungefähr dreißig Jahre lang eine lebende Legende an der Cochrane gewesen. Als er mit unserer Klasse im ersten Jahr das Prozedere der amerikanischen Gesetzgebung durchgenommen hatte, war zum ersten Mal eine Ahnung in mir aufgestiegen, was ich vielleicht eines Tages mit meinem Leben anfangen könnte. Die Sache hatte damals ihren Höhepunkt in einer Fahrt nach Washington gefunden, wo sich gezeigt hatte, dass Maddox, der aus Georgia stammte, unglaublich gute Verbindungen besaß. Während er uns wild gestikulierend und mit deutlich südlich gefärbter Aussprache durch die Flure des Capitols führte, genoss er nicht nur die Möglichkeit, uns einmal die lebendigen Gestalten vorzuführen, die hier an den Hebeln der Macht saßen, sondern tauchte uns außerdem in den Abglanz seiner eigenen Leidenschaft für das Geben und Nehmen in der Politik, für die byzantinischen Machenschaften und verbalen Verwirrspiele unseres glorreichen demokratischen Experimentes.

»Maddox war der beste Lehrer, den ich je hatte«, bekannte ich Toby. »Wer könnte den wohl ersetzen?«

»Einer, der gut ist«, erwiderte Toby. »Ich sitze im Auswahlkomitee, und wir stehen ziemlich unter Druck.« Er zog eine Visitenkarte aus der Brusttasche seines Oberhemdes und gab sie mir. »Lass uns in Verbindung bleiben, Julian. Und wenn dir jemand einfällt, sag mir Bescheid.«

Als er gegangen war, betrachtete ich die Visitenkarte näher. Sie war beige, in der Mitte geknickt und noch etwas feucht, weil sie den ganzen Vormittag in der Hemdentasche gesteckt hatte. *Tobias Glickstein* stand darauf. *Cochrane School.* Und eine Telefonnummer.

Ich drehte mich um und machte mich auf den Heimweg.

Die Erinnerung an Maddox, diesen begnadeten Lehrer, hatte ein paar blasse Bilder aus meiner Schülerzeit heraufbeschworen – einer Zeit relativer Unschuld, als ein vier Meter fünfzig mal sechs Meter großer, fensterloser Raum mit einem Dutzend Schreibtischstühlen und ein paar Stück Kreide ausgereicht hatte, um meinen ganzen Wissensdurst zu entfachen. Einer Zeit, in der ich noch geglaubt hatte, ich könnte alles lernen, was einem unter der Sonne beigebracht werden kann. Maddox wusste das natürlich besser. Er war kein Politiker, der uns mit leeren Versprechungen an der Nase herumführen wollte. Und auch kein hohes Tier in Harvard wie Davis, dem es nur um sein eigenes Vorwärtskommen ging. In meiner Erinnerung war er wie ein ganz seltener Vogel: ein Geschichtenerzähler, ein Hinterzimmerbarde, der es liebte, wenn wir mit großen Augen an seinen Lippen hingen. Sein Element waren die Niederungen der Demokratie, die im Verborgenen wie geschmiert ratternde Maschine und die unsichtbaren Hände, die sie dorthin befördert hatten. Im Laufe der Jahre hatte er aus diesem bescheidenen Material ein wunderbares Evangelium gemacht, und wie alle wahren Apostel wollte er auch gehört werden. Er redete mit fuchtelnden Händen, schmatzenden Lippen und blitzenden Zähnen. Er war groß und irgendwie birnenförmig. Er redete sich gern in Rage. Blitzschnell pickte er sich jemanden heraus, ein dicker Finger (für gewöhnlich der Mittelfinger) stieß quer durch den Klassenraum auf dich herab. »Mr. Rose! Erzählen Sie mir mal etwas über den längsten Verschleppungsskandal in der Geschichte unseres verdammten Universums … Mr. Glickstein! Erzählen Sie mir mal, wie Lyndon B. Johnson die Stimmen für die Wahlrechtsverordnung zusammengekriegt hat. Wenn ich mich nicht irre, fing alles auf der Herrentoilette an …«

Einmal spielte Maddox uns vor, wie sich Nixon angeblich völlig paranoid vor einem seiner Berater ereifert hatte. Dabei ruderte er so aufgebracht mit den Armen in der Luft herum, dass er einem Jungen namens Chuckie Klein versehentlich einen Schlag ins Gesicht versetzte. Chuckie schoss das Blut aus der Nase. Einen Moment lang schienen Lehrer und Schüler wie gelähmt und starrten mit offenen Mündern auf den rubinroten Strahl, der sich auf dem Boden zu einer Pfütze sammelte. Dann griff Maddox gelassen in die Tasche, zog ein nicht besonders sauberes Taschentuch hervor, warf es Chuckie zu und fuhr ungerührt fort: »Also, Herrschaften, lassen Sie sich von keinem Ignoranten erzählen, die Politik wäre kein Schlachtfeld.«

*

Eine knappe Stunde später rief ich Toby an. Als ich ihn um ein Vorstellungsgespräch für die freie Lehrerstelle bat, sagte er:

»Ich hatte auch schon daran gedacht, Julian, aber du hörtest
dich so an, als hättest du bereits jede Menge bombastischer
Angebote auf dem Tisch liegen. Bist du sicher, dass du dich
bei uns bewerben willst? Ich meine, Cochrane ist zwar eine
ausgezeichnete Schule …«

»Ja, ich bin sicher.«

Am Morgen darauf begannen die Vorstellungsgespräche.
Das Prozedere nahm eine Woche in Anspruch, und die ganze
Zeit hielt ich an der verrückten Vorstellung fest, dass Maddox,
beim Barbecue hinter seinem Eigenheim in Boca Raton irgendwie von meiner Kandidatur erfahren und Lust bekommen
haben könnte, selbst nach New York zu fliegen, um mich ins
Gebet zu nehmen. Was wäre das für ein Spaß! Seine funkelnden Augen, die alten Geschichten. »Soso, Mr. Rose, Harvard
ist uns also nicht gut genug, was? Das Küken kehrt triumphierend zurück, jetzt wo der alte Hahn den Dienst quittiert hat?«

Doch Maddox tauchte nicht auf. Stattdessen fand ich mich
zu meiner Bestürzung in einem winzigen Raum mit Mrs. Hogan gefangen.

Die Jahre waren nicht sehr schonungsvoll mit ihr umgegan-
gen. Sie war krumm geworden, und die Härchen in ihrem Gesicht hatten sich stark vermehrt. Nur ihre Stimme war stählern
wie eh und je.

»Was für eine Überraschung, Julian. Tobias hat mir schon
von Ihrem plötzlichen Interesse erzählt, als Lehrer zu uns zurückzukehren.«

So viel war klar: Den Vorfall mit der Reißzwecke hatte sie
mir nicht verziehen.

In ihrem Büro fiel mein Blick auf eine Ficuspflanze, etliche
Ausgaben des *National Directory of Secondary Schools* und ein
paar gerahmte Fotos von ihrem Mann, ihren beiden rotwangi-
gen Töchtern und ihrer Siamkatze. »Mrs. Hogan ist auch nur
ein Mensch«, sagte ich mir immer wieder, während die Befra-
gung kein Ende nehmen wollte.

Und in einer Ecke meines Kopfes hockte Maddox in seinem grell karierten Lieblingsanzug und sagte mit seiner schleppenden Stimme: »Also, mein Junge, jetzt steckst du bis zur Halskrause drin im Schlamassel.« In der anderen Ecke aber – da, wo ich langsam den Verstand zu verlieren drohte – tauchte gleichzeitig Davis auf in seinem schwarzen Geschäftsanzug, die Hände hinter dem Rücken verschränkt, und auch er redete auf mich ein. Ich versuchte, seine Stimme auszublenden, aber den Worten gelang es immer wieder, bis zu mir durchzudringen: »Wenn Sie sie schon nicht Ihretwegen fragen wollen, dann wenigstens der *Party* zuliebe. Ich kann Ihnen sagen, nichts freut die alten Knaben mehr als ein hübsches Gesicht ...«

*

Am Ende bekam ich die Stelle. Eine Unterkunft fand ich auch, und am ersten September mieteten mein Vater und ich einen Kleinbus und brachten meine Sachen in ein winziges Apartment in der Siebenundneunzigsten West.

Sein Einzugsgeschenk war, neben einigen ausrangierten Möbeln aus seinem Kellerverschlag, das Schlafsofa mit Cordbezug. Mit Hilfe des Hausmeisters meiner neuen Wohnung schleppten wir alles nach oben und stellten es mitten in der Wohnung ab.

Drinnen war es stickig, wir waren beide schweißgebadet. Auf meinen Vorschlag hin gingen wir um die Ecke in eine mir bekannte Kneipe in der Amsterdam Street und tranken an einem der fleckigen Tische ein paar Flaschen kaltes Tecate. Ein kühles Plätzchen, um sich auszuruhen. Durch die getönte Scheibe der Eingangstür konnten wir auf die Straße hinausschauen. Jemand hatte einen Feuerwehrhydranten aufgeschraubt, und drei ausgelassene, dunkeläugige Kinder hüpften in den schäumenden Fluten hin und her. Dann fuhr ein Bus vorbei und spritzte einen Schwall schmutzigen Wassers über den Gehweg, und die Kinder stoben johlend und spanisch fluchend auseinander.

In der Kneipe hob mein Vater seine Flasche und stieß meine damit an.

»Auf dein neues Leben, Julian!«

Ich versuchte zu lächeln. »Ist es das wirklich?«

Ich konnte mich nicht erinnern, jemals mit ihm in einer Kneipe gesessen zu haben, noch dazu am helllichten Tag. Er sah nach unserer Schlepperei blass und erschöpft aus, und ich machte mir Sorgen, dass die Anstrengung des Umzugs bei der Hitze zu viel für ihn gewesen sein könnte. Er war kein junger Mann mehr. Auf einmal stand mir ein Bild vor Augen: Was wäre, wenn er einen Herzanfall bekäme, so blass wie er jetzt aussah? Auf einmal spürte ich, wie sich in dem engen Gemäuer der Kneipe ein Klümpchen hilfloser Liebe in meinem Innern aus seiner unsichtbaren Verankerung löste und an die Oberfläche meines Bewusstseins trieb.

»Hab ich dir schon mal von Mutters und meiner ersten Wohnung erzählt?«, sagte er.

»Nein.« Er hatte mir die Geschichte ein oder zwei Mal erzählt, aber aus irgendeinem Grunde wollte ich sie jetzt noch einmal hören.

»Auf der anderen Seite der Stadt, Ecke 89ste und Second Avenue«, sagte er. »Also, das war riesig für uns – unsere erste eigene Wohnung, und dann auch noch an der Upper East Side. Diese vielen reichen Leute! Natürlich sah die Wirklichkeit dann ein bisschen anders aus. Die Miete betrug hundertzehn Dollar im Monat, was damals einen beträchtlichen Anteil meines Gehalts ausmachte. Dabei war die ganze Chose kaum größer als dein Apartment jetzt, nur dass der Vermieter versuchte, möglichst viel herauszuholen, indem er es in vier Räume unterteilte.« Er grinste. Von der Erinnerung angeregt, hatte er wieder ein bisschen Farbe angenommen, und seine Schultern hatten sich gestrafft. »Es waren eher vier Kämmerchen. Eins zum Schlafen, das zweite zum Kochen, das dritte zum Essen. Das vierte war für euch Kinder vorgesehen, wenn ihr endlich da sein würdet.«

Immer noch leise lächelnd, trank er einen Schluck Bier. Er schaute hinaus auf die Straße und die im Wasser herumplanschenden Kinder.

Als er mich wieder ansah, waren seine Augen voller Wehmut, und das Grinsen war verschwunden.

»Ich weiß noch, wie ich das Zimmer für ein Etagenbett ausgemessen habe«, sagte er. »Wir hatten nur einen alten Zollstock. Ich legte ihn auf den Boden, markierte das Ende mit dem Daumen und schob ihn dann weiter. So haben wir das damals immer gemacht. Zweifünfzig auf einssechzig waren es. Ein Wohnklo. Aber groß genug für ein Etagenbett. Groß genug für Kinder.«

Er trank sein Bier aus. Unsere Blicke begegneten sich in dem beschlagenen Spiegel über dem Tresen und zwischen all den Tequila-, Cointreau- und Triple-Sec-Flaschen hindurch sahen wir uns an.

»Es war mein Lieblingszimmer, Julian. Mein Lieblingszimmer. Bloß weil ich wusste, dass du eines schönen, nicht mehr allzu fernen Tages ankommen und darin schlafen würdest.«

*

Meine erste Erinnerung:

Ich sitze in einer Badewanne, die mir so groß wie ein ganzes Zimmer vorkommt. Er kniet auf dem weiß gefliesten Fußboden, sein Mondgesicht lächelt auf mich herab, die Ellbogen sind auf den Wannenrand gestützt, und mit den Händen fährt er durch das warme Wasser um meine Beine und Füße. Die Handrücken sind mit kurzen schwarzen Härchen bewachsen, ein Unterwasserwald.

Ich packe sein Handgelenk mit beiden Händen. »Luft anhalten?«, frage ich.

Er grinst. Seine Zähne sind weiß. Er ist größer und jünger und hoffnungsvoller, als er es je wieder sein wird. »Klar«, sagt er. »Halt die Luft an. Aber nicht zu lange.«

Mit einer Hand hilft er mir die Nase zuzuhalten, damit kein Wasser hineinkommt. Die andere legt er mir auf den Hinterkopf. Ich schließe die Augen und hole so tief Luft, dass ich dabei die Backen aufblase wie einen Luftballon. »Vergiss nicht, wieder aufzutauchen!«, sagt er schelmisch, dann legt er mich flach hin wie ein Christuskind in der Krippe. Das warme Wasser schlägt über mir zusammen. Als ich unten bin, mache ich die Augen wieder auf. Ich sehe sein Gesicht verschwommen durch die gekräuselte Wasseroberfläche. Er bewegt die Lippen.

»Ich kann dich sehen«, sagt er, glaube ich. »Ich kann dich sehen.«

Diesen Test habe ich mir selbst ausgedacht, denn nur so kann ich herausfinden, was ich unbedingt wissen muss. Meine Backen sind stramm aufgeblasen, um genug Luft zu speichern. Als mir der Sauerstoff ausgeht, ersetzen ihn meine Lungen durch Mut. Meine Gedanken sind überall und nirgends. Ich höre die Welt so, wie sie vielleicht ist.

∗

Ich zahlte. Er erhob sich steif, alle Gelenke seines Körpers kündeten bereits von den Schmerzen, die ihn morgen ereilen würden. Wir traten hinaus in die klebrige Hitze und den Geruch nach in der Sonne bratendem Müll. Die Kinder waren weg, aber aus dem Hydranten sprudelte noch immer das Wasser.

An der Ecke verabschiedeten wir uns mit einer kurzen Umarmung, jeder ging jetzt in seine eigene Wohnung. Ich dachte an die vielen Sachen, die sich mitten auf dem Fußboden türmten, und an die mit frischer Farbe verkleisterten Fenster.

drei

Eine Hand fuhr in die Höhe. Eine blasse Hand mit kurzen Fingern, die zu einem schmächtigen, dunkelhaarigen Jungen mit entschlossenem, aber noch schüchternem Gesichtsausdruck gehörte, zu Augen, die mich am ersten Schultag noch nicht richtig ansehen konnten.

Ein Blick auf die Namensliste vor mir, und ich wusste, wie er hieß: David Glassman junior.

»Ja, Mr. Glassman?«

»Ich habe gehört, Sie waren früher selber auf der Cochrane School, Mr. Rose.«

»Ganz recht.«

»Und wie fanden Sie es?«

»Immerhin so gut, dass ich als Lehrer zurückgekommen bin.«

»Wann war das?«, fragte ein anderer Junge, dessen Krawatte wie ein Hanfstrick aussah.

»Na sagen wir mal, es ist eine ganze Weile her.«

»Wie lange ungefähr? Ich meine, wer war damals Präsident?«

»Eisenhower.«

Verdutztes Schweigen.

»Herrschaften«, sagte ich trocken, »das war ein Witz.«

David Glassman grinste. Er war der Einzige. Dann sah ich, wie ihn der hämische Seitenblick von zwei anderen traf, die ihn nachäfften. Glassman schluckte sein Grinsen herunter und zog den Kopf ein wie eine Schildkröte. Besonders niederschmetternd war sein Gesichtsausdruck, der stillschweigende Unterwerfung, ja, geradezu Bewunderung für seine Peiniger zeigte. Das Stockholm-Syndrom, dachte ich, und instinktiv flog ihm mein Herz zu.

Es war mein erster Tag. Und am ersten Schultag zitterte jeder – Schüler wie Lehrer – so vor Angst, dass er heilfroh war

173

über die kleinste Ermutigung und das allergeringste Entge-
genkommen. Das war keine Arschkriecherei, sondern gegen-
seitige Anerkennung. In der kurzen Zeit, die man brauchte,
um die Namen aufzurufen und einen scheppernden Witz zu
erzählen, hatte ich mir ein Bild von einem Jungen verschafft,
das sich auf tröstliche Weise mit demjenigen deckte, das ich so
lange von mir selber gehabt hatte: still und dunkelhaarig,
schüchtern, aber zuversichtlich, jemand, der schnell den Kopf
einzog, aber stets genau zuhörte und immer mitdachte. Ein
Junge, der sich vielleicht zu stark auf sein Köpfchen als einziges Mittel zur Durchsetzung verließ. Der, wenn er älter wurde, mit wissenschaftlicher Präzision zu einer großen Zahl richtiger Erkenntnisse gelangte – und es trotz allem nicht schaffte, diese Erkenntnisse zu eigenem Nutz und Frommen einzu-
setzen. Ein Junge, der mit seiner eigenen Empfindsamkeit
nicht recht klarkam und deshalb dazu neigte, sich eher auf die
Seite derer zu schlagen, die sie verachteten, als jener, die sie
nährten. Ein Junge, dessen Eltern sich wahrscheinlich nicht
liebten und ihm keine richtige Familie boten. Kurz, ein Junge
auf der Suche nach einem Mentor oder einem großen Bruder
oder Vater. Ein Junge, der darauf wartete, dass man ihm etwas
beibrachte.

Ich wendete mich an die Klasse.

»Dieser Kurs erstreckt sich über zwei Halbjahre«, erklärte
ich. »Der zweite Teil läuft unter der Überschrift ›Wie man politische Veränderungen herbeiführt‹ und ist so etwas wie ein
Sammelbecken für politische Themen. Auf die eine oder andere Weise werden wir uns mit den Wahlen befassen, mit neu-
en Kommunikationstechniken, Wahlverhalten, Mediengrup-
pen – mit allen Aspekten des politischen Lebens, die aus-
schlaggebend sind für die sich verändernde Welt, in der wir leben. Das heißt, die Regierung und ihre Mechanismen durch
das Brennglas der Politologie zu betrachten, nicht durch das
der Geschichte. Aber es ist meine feste Überzeugung – und

auch Mr. Maddox war davon überzeugt, als ich hier sein Schüler war –, dass der Versuch, ohne fundierte Geschichtskenntnisse über Politik nachzudenken, ungefähr so sinnvoll ist, wie mit dem eigenen Hintern reden zu wollen.«

Allgemeines Gelächter.

»Und damit kommen wir zum Thema dieses Semesters, das, wie Ihnen sicher bekannt ist ›Politische Institutionen in den Vereinigten Staaten‹ lautet. Hierbei werden wir uns in erster Linie genau damit beschäftigen – Aufbau und Ziele der Verfassung, die politischen und gesellschaftlichen Umstände, die sie ins Leben riefen, die Vorstellungen ihrer Schöpfer, soweit wir sie kennen. Die Aspekte des Föderalismus. Sie wissen ja wohl alle, was das ist? Ich nehme an, Sie haben Ihren Grundkurs ›Geschichte der Vereinigten Staaten‹ absolviert. Mr. ...« – wieder ein schneller Blick auf die Namensliste – »... Chen, hätten Sie die Güte, mir eine kurze Definition von ›Föderalismus‹ zu geben?«

»Föderalismus war der Ansatz, den die Föderalistische Partei vertreten hat.«

»Ansatz?«

»Äh, das Programm?«

»Fahren Sie fort.«

»Ich glaube, Alexander Hamilton war der Kopf des Ganzen. Die Idee dahinter war, dass das Land eine starke Regierung bräuchte, also sollten sie für die Verfassung stimmen.«

»*Wer* sollte dafür stimmen?«

Brian Chen starrte auf den Einband seines Hefters und hätte sich am liebsten unsichtbar gemacht. David Glassman hob die Hand ein paar Zentimeter und hielt dann unschlüssig inne.

»Mr. Glassman, wollten Sie sich melden?«

»Die Staaten«, sagte Glassman. »Die Staaten sollten wählen.«

Wieder dieses hämische Grinsen aus derselben Ecke wie zuvor.

»Was ist denn an den Staaten so komisch, Mr. ... Weisberg? Welcher ist denn besonders komisch?«

»Delaware«, antwortete Liam Weisberg, ein rothaariger Schlaumeier, unbeeindruckt. »Es ist kleiner als der Central Park.«

»Mit pejorativen Übertreibungen kommen Sie hier nicht weit, Mr. Weisberg.«

»Was bedeutet ›pejorativ‹ noch mal?«

»Abwertend oder verächtlich machend.«

»Also, George Washington war selber aus Delaware und hat sich auch darüber lustig gemacht.«

»Tatsächlich?«

»Ja. Mein Vater hat mir da eine Anekdote erzählt.«

»Also wie gesagt, Mr. Weisberg.«

»Entschuldigung, Mr. Rose.«

»Die Verfassung. Der Föderalismus. Damit fangen wir an. Wir wollen mal versuchen, uns ins Jahr 1780 zurückzuversetzen. Mal sehen, ob wir uns nicht vorstellen können, was Regierung damals bedeutet hat. Welche Spuren sie in den Seelen gewöhnlicher Amerikaner hinterlassen hat. Wie viel Autorität hatte die Regierung zu jener Zeit? Wo war diese Autorität beheimatet und wie hat sie sich behauptet? Warum war eine solche Autorität überhaupt nötig? Mr. ... Jackson?«

Ein braunhäutiger Junge, lang und dünn wie eine Bohnenstange. »Um die Leute unter Kontrolle zu halten? Sonst wäre wahrscheinlich die Hölle los gewesen, oder?«

»Genau. Die Hölle wäre los gewesen. Und was sagt uns das über die Macht, wenn sie in Menschenhand liegt?«

»Dass sie ein Zeichen menschlicher Schwäche ist?«, schlug Glassman vor.

»Ich dachte immer, sie wäre ein Aphrodisiakum«, posaunte Weisberg spöttisch dazwischen.

»Das liegt wahrscheinlich daran, dass Sie auf einer reinen Knabenschule sind, Mr. Weisberg.«

Gelächter. Weisberg selbst lachte am lautesten, das musste man ihm zugute halten.

»Eine Sekunde mal«, sagte ich. »Bleiben wir mal dabei. Macht als Laboratorium für menschliche Fehlbarkeit. Und Macht als natürliche Quelle der Betroffenheit in einem Volke, besonders dem amerikanischen des Jahres 1780, das sich endlich von der britischen Herrschaft befreit hat und nicht gerade darauf erpicht ist, sich gleich wieder unter das Joch einer streng zentralisierten Autorität zu begeben. Wo findet Machtausübung statt?«

»In der Regierung?«

»Ja. Wo noch?«

»In der Familie.«

»Ja. Gut. Wo noch?«

»Überall. Sie liegt in der menschlichen Natur.«

»Richtig. Wer von Ihnen hat den Film *2001 – Odyssee im Weltraum* gesehen?« Niemand meldete sich. »Okay, also keiner. Sehen Sie ihn sich mal an, wenn Sie können. In der ersten Szene hockt eine Horde semiprähistorischer Affen um ein Wasserloch herum und knabbert an einem Zebrakadaver. So ähnlich wie ihr hier, Jungs.«

»Wenn wir die Affen sind, sind Sie dann der Zebrakadaver?«

»Nicht schlecht, Mr. Weisberg, nicht schlecht. Aber weiter: Die Szene ist ziemlich albern und kitschig, bis eine feindliche Affenhorde auftaucht, die es auf die Nahrung und das Wasser abgesehen hat und die erste brutal überfällt. Und auf einmal ist, wie Mr. Jackson es so treffend formuliert hat, die Hölle los. Mord und Totschlag. Eine hervorragende Metapher für die völlig entfesselte menschliche Natur. Ein Kampf Affen gegen Affen, der den Menschen einen Spiegel vorhält. Noch viel besser als sämtliche Wiederholungen von *Im Reich der wilden Tiere*. Kein schlechter Anlass, um über die Rolle der Regierung nachzudenken. Jedenfalls war es vermutlich unser Verstand, der uns so weit gebracht hat, weil er uns die Fähigkeit verleiht, unsere

177

ansonsten animalische Neigung zur rohen Gewalt unter Kontrolle zu halten. Mit anderen Worten: Machtkontrolle und Machtverteilung. Was uns zu John Locke führt, dem englischen Philosophen des siebzehnten Jahrhunderts, den Sie hoffentlich alle später im College gründlich lesen werden und der unter anderem für eine Autorität plädierte, die die Rüpel dieser Welt in Schach hält. Und es gibt eine Menge Rüpel. Wenn Sie mir nicht glauben, dann werfen Sie mal einen Blick in den Lokalteil der *Times*.«

Brian Chen meldete sich.

»Mr. Chen?«

»Sie haben gerade von Rüpeln geredet. Also, ich bin letzte Woche überfallen worden.«

»Wirklich? Das tut mir Leid.«

»Sie haben mir die Armbanduhr geklaut«, sagte Chen. »Und vierzehn Dollar.«

»Das ist ja schrecklich.«

»Ich bin in den letzten fünf Jahren dreimal ausgeraubt worden«, meinte ein anderer Junge.

»Was uns zu Madison bringt«, fuhr ich unbeeindruckt fort. »James Madison. Schon mal gehört? Mr. Glassman?«

»Der vierte Präsident der Vereinigten Staaten und einer der Verfasser der ›*Federalist Papers*‹.«

»Korrekt. Und Sie können sich darauf verlassen, dass Madison seinen Locke gelesen hatte. Zum Beispiel dessen *Zweite Abhandlung*. Er hat ungeheuer viel gelesen. Er kannte Lockes Schriften über den Naturzustand sehr genau, und indem er sich darauf und auf seine eigenen Beobachtungen als politischer Kopf in einem neugebildeten Staat stützte, kam er auf die Idee, dass man die menschliche Fehlbarkeit und Schwäche in eine Tugend ummünzen konnte: in einer neuen und notwendigen Urkunde – der Verfassung –, die die Beziehungen zwischen den Menschen und der Macht, die sie ihrer Regierung überantwortet hatten, ausformulieren und kodifizieren würde. Dieses System von Kontrolle und Gleichgewicht ist etwas Wunderbares. Die drei Säulen – Legislative, Exekutive, Judikative –, die allesamt zugleich als Antriebskraft und Hemmschuh wirken …«

Mit einem Mal erhob sich Lärm vor dem Klassenzimmer, der Korridor hallte von Stimmen und Getrampel wider. Aus meinem Redefluss gerissen, blickte ich auf die Uhr an der Wand. Die Stunde war vorbei.

»Na schön, ich schätze, das war's für heute.« Ich spürte die ernüchternde Veränderung in der Klasse – die allgemeine Aufbruchsstimmung und den Bewegungsdrang der Schüler. Zwei von ihnen hatten schon ihre Stifte hingelegt. »Bis Donnerstag lesen Sie bitte das erste Kapitel aus *Die amerikanische Regierung* von James Q. Wilson und John DiIulio.«

»Wie schreibt man das?«

Notizhefte wurden zugeklappt und Büchertaschen voll gestopft.

»Sehen Sie im Kursplan nach, Mr. Weisberg.«

Innerhalb einer Minute waren sie alle verschwunden, Weisberg und Chen und Jackson, auch David Glassman, hatten sich mit Sack und Pack in den brodelnden Strom von jungen Leuten gestürzt, der sich in andere Gebäudeteile wälzte – anderen Lehrern, anderen Themen, Worten und Träumen entgegen.

Ich stand im leeren Klassenzimmer, erschrocken über die so rasch verflogene Stunde, erleichtert, dass ich sie so gut über die Bühne gebracht hatte, und ernüchtert von der plötzlichen Leere um mich her.

vier

Nach alter Tradition machte ich am Ende des Schuljahres mit meiner Klasse einen Ausflug nach Washington. Die Höhepunkte waren ein Rundgang durch das Capitol, eine langatmige Parlamentsdebatte, die sich mit Verfahrensfragen herumschlug (ein Nachtrag zu einem bereits existierenden Forstgesetz), ein Fünfzehn-Minuten-Termin mit dem New Yorker Senator Daniel Patrick Moynihan, und ein etwas längeres Treffen mit Barney Frank, dem Abgeordneten von Massachusetts.

Die Jungen waren neugierig und begeistert. Am zweiten Abend gingen wir zur Feier des Tages in einem Steakhaus essen. Als die Schokoladeneisbecher kamen, stand Liam Weisberg auf, klopfte mit dem Löffel an sein Glas und verkündete seine Präsidentschaftskandidatur für 1992. Es sei ihm klar, dass es dafür noch ein bisschen früh war – es war noch ein Jahr hin bis zur '88er Wahl –, aber er wolle es uns schon mal wissen lassen, damit wir noch eine Chance hätten, sozusagen ins Parterre hineinzukommen, solange noch niedere Kabinettspositionen zu vergeben seien.

»Sehr umsichtig von Ihnen, Mr. Weisberg.«

»Als Belohnung für ausgezeichnete Noten verspreche ich Ihnen die Ressorts Gesundheit und Arbeit, Mr. Rose. Wie wär's?«

Ich lachte. »Weisberg, Sie sind ein zukünftiger kleiner Cäsar.«

»Cäsar wusste, wie er seine PR aufziehen musste, Mr. Rose, das lässt sich nicht bestreiten.«

»Julius Cäsar wurde von seinem engsten Berater erstochen, Mr. Weisberg.«

»Rüpel«! kommentierte Brian Chen vergnügt.

Auf einmal fiel mir auf, dass Chens Gesicht die Farbe von Rhabarber angenommen hatte. Und Weisbergs ebenfalls. Ich fragte mich, ob die beiden vielleicht vor dem Essen heimlich ein paar Drinks gekippt hatten.

»Kann man wohl sagen, Mr. Chen.«

»Und ich?«, fragte David Glassman. »Welchen Posten kriege ich?«

»Gesandter«, blökte Weisberg zurück.

Allgemeines Gelächter. Glassman zog den Kopf ein, löffelte sein Eis und sagte für den Rest des Essens kein Wort mehr.

*

Wir kehrten in unser Hotel zurück. Punkt elf Uhr lagen die Jungen im Bett. Ich ging ebenfalls in mein Zimmer, schaltete den Fernseher ein und landete bei Larry King, der gerade Susan Estrich interviewte, die Wahlkampfmanagerin des demokratischen Kandidaten Dukakis. Zu jenem Zeitpunkt war Dukakis noch nicht abgestürzt, sein Weg ging immer noch steil bergauf, er gewann immer noch an Höhe. Er dachte, er könne die ganze Welt ergreifen, so zuversichtlich war er damals. Und die Estrich – die blitzgescheite, redegewandte Befehlshaberin seiner Gefolgschaft – teilte dieses Gefühl der zum Greifen nahen Macht. Kings selbstzufriedene Miene prallte völlig an ihr ab.

Ich schaltete den Fernseher wieder aus und lag – angezogen und mit Schuhen an den Füßen – in der Stille des Hotels. An Schlaf war vorläufig nicht zu denken.

Es herrschte keine echte Stille in diesem unpersönlichen Raum, ein unterschwelliges Summen lag in der Luft. Als stünde irgendwo ganz in der Nähe ein Generator, irgendeine Maschine, die weißes Rauschen erzeugt, um damit die ständigen Lügen und das Mea-Culpa-Gewinsel und Geschacher im Fernsehen zu übertönen.

Ich stand auf und verließ das Zimmer, um in die Bar zu gehen und etwas zu trinken. Als sich die Fahrstuhltüren zur Empfangshalle öffneten, stieß ich fast mit David Glassman zusammen.

»David! Was machst du denn hier unten?«

Er zog den Kopf ein. »Ich –«

»Es war bereits Zapfenstreich.«

»Ich weiß, Mr. Rose. Tut mir Leid.«

Wieder zog er den Kopf ein, was mir allmählich auf die Nerven ging. Ich unterdrückte mein Bedürfnis, ihm auseinander zu setzen, dass so eine Marotte, so ein Miniatur-Kotau, anderen Schwäche oder Unterwürfigkeit signalisierte, und dass Kinder unter Umständen genauso machtbesessen und skrupellos sein konnten wie Erwachsene. Hatte er denn nie *Der Herr der Fliegen* gelesen?

»Alles in Ordnung, David?«

»Aber ja, Mr. Rose.« Er starrte auf seine Schuhspitzen. Die Fahrstuhltür schloss sich langsam wieder, aber ich hielt sie fest.

»David, sieh mich an.«

Er hob den Kopf. Seine Augen waren rot, die Nasenlöcher leicht entzündet. Er hatte geweint.

»Du bist ein lausiger Lügner, Glassman, weißt du das?«, sagte ich so locker, wie ich konnte, und trat aus dem Fahrstuhl. »Los, komm mit, ich spendier dir einen Sprudel.«

Wortlos lief er hinter mir her durch die Lobby.

Ein kurzer Weg nur, aber Zeit genug, um darüber nachzudenken, ob der Junge nun über die Aussicht eines Tête-à-Tête mit seinem, wenn auch netten, Lehrer erfreut war oder nur pflichtschuldigst mitging. Und ob der Lehrer aufrichtig glaubte, er könne seinem Schüler bei dessen Problemen helfen (welcher Art sie auch sein mochten), oder ob das nicht wieder einmal ein Beispiel für die hemmungslose Selbstüberschätzung der Einsamen war.

Eine Hotelbar nachts um halb zwölf, und alle Tische besetzt. Diese Stadt war nicht nur Regierungssitz, sondern auch die Hochburg der Kongress-Zentren. Gingen die Leute hier denn nie schlafen? Hatten sie keine Familien, zu denen sie heimfahren konnten? All diese unermüdlichen männlichen Tagungsteilnehmer in knitterfreien grauen Anzügen und weißen Hemden, die über ihren steifen Drinks hockten und eine Hand voll Salznüsse nach der anderen in sich hineinschaufelten. All die müden, überschminkten Frauen in gestärkten Blusen mit Colonel-Sanders-Halsbändchen, deren eingefrorenes

Dauerlächeln an die letzten Schritte eines Gewaltmarsches erinnerte, den sie vor Ewigkeiten in irgendeiner anderen Wüste angetreten hatten. Eine Szene, wie man so sagt, zum Heulen. Abgesehen davon, dass sich einige Köpfe in unsere Richtung drehten, als wir hereinkamen, neugierige Blicke, in denen ich aus dem Augenwinkel das kleine Dokudrama widergespiegelt sah, das ich hier, ohne es zu wollen, aufführte: ein Mann und ein Knabe mitten in der Nacht in einer Bar. Ein Fauxpas. Der Junge war eindeutig zu alt, um mein Sohn zu sein. Was ging hier also vor? Nichts Gutes, urteilten die schweigenden, abschätzenden Gesichtern.

Ich ging trotzdem weiter, obwohl ich mich jetzt über mich selbst ärgerte. Es war die pure Dummheit, dass ich daran nicht gedacht hatte.

Aber jetzt war es zu spät. Ich hatte nicht nachgedacht und die Blicke nicht rechtzeitig bemerkt. Und das Letzte, was ich wollte, war, Davids Problemen, seinem unausgesprochenen Kummer und seinem ausgeprägten Minderwertigkeitsgefühl, noch zusätzlich Nahrung zu geben. Vielmehr wollte ich ihm sagen: Das Lästige, wenn man intelligent, schüchtern und jung ist, liegt darin, dass man immer weiß, dass man gar nicht anders kann; wenn man in der Vorstellung aufwächst, immer für alles verantwortlich zu sein, glaubt man, dass alles, was im Leben schief geht, an *einem selbst* liegen müsse, dass alles, was passiert, die eigene Schuld sein könnte. Ich wollte ihm sagen, dass ihn das, was er nicht sah, auch nicht verletzen könne, während das, was er sah, ihm für den Rest seines Lebens anhängen würde. Und er würde immer eine ganze Menge sehen, außer vielleicht seinen eigenen Wert.

Wir waren jetzt an dem künstlichen Mahagoni-Tresen angelangt. Ganz am Ende waren zwei Barhocker frei. Ich setzte mich auf den einen, und David kletterte auf den anderen und hockte verlegen da. Auf einmal sah er unerträglich jung aus.

Der Barkeeper kam herübergeschlendert. Grauhaarig, mit

aufgeplustertem Walross-Schnurrbart und einer dicken, groß-
porigen Nase, vor der sich zweifellos im Laufe der Zeit Unmengen von Nervenzusammenbrüchen, Jubelfeiern und Ver-
brüderungsorgien am Rande der Tagungen abgespielt hatten.
Sein Blick wanderte von mir zu David und wieder zurück, bevor er mich fragte, was ich haben wolle.

Ich bestellte zwei Cola, was ihn zu beruhigen schien. Kom-
mentarlos brachte er die Getränke und verschwand dann wieder ans andere Ende des Tresens.

»So«, sagte ich und wandte mich zu David. »Willst du mir
jetzt erzählen, warum du eine halbe Stunde nach dem Zapfenstreich noch im Foyer herumgeisterst?«

»Es tut mir Leid, Mr. Rose.«

»Das weiß ich.«

Er trank mehrere Schlucke Cola. Ich wartete ab.

»Ich war bei einem der Münztelefone«, sagte er schließlich.

»Warum?«

»Ich musste meinen Eltern versprechen, dass ich anrufe.«
Er hielt einen Moment inne. »Ich wollte es nicht auf dem Zimmer tun, Mr. Rose. Vor den andern.«

»Ich verstehe. Ist zu Hause irgendetwas passiert?«

Er sah mich nicht an.

»David?«

»Sie lassen sich scheiden«, sagte er leise, den Blick auf den
Tresen geheftet.

»Wie lange weißt du es schon?«

»Seit letztem Wochenende.«

Sein Blick klebte an den Händen, die das Glas umklammert
hielten. Er starrte sie an, als befände sich etwas darin, was er
sich unbedingt für die Nachwelt merken musste.

»Meine Mutter will es so«, sagte er. »Sie sagt, sie liebt einen
anderen.«

Er verstummte wieder und starrte weiter auf seine Hände.
Ich konnte seinen Atem hören. Er hatte Pickel auf der Stirn

und musste seiner Nase noch ein Stück hinterherwachsen. Aber er hielt sich tapfer wie ein Mann. Was auch immer es war, er versuchte, damit fertig zu werden.

Ich legte ihm die Hand auf den Rücken. Mehrere Köpfe fuhren zu uns herum, aber es machte mir nichts mehr aus.

David saß noch ein paar Minuten reglos da. Dann fing er ganz langsam an zu weinen. Er weinte tonlos in sich hinein, auf seinem hohen Barhocker, die Hände um das Cola-Glas verkrampft.

Hinter unseren Rücken, im Schummerlicht der Bar, hörte ihn keiner von denen, die beim vierten oder achten Drink saßen. Man könnte meinen jungen Freund für einen Erwachsenen halten, einen etwas schmächtigen Mann, wahrscheinlich ein Trinker. Niemand würde mehr den Schüler in ihm erkennen, den Heranwachsenden, den wissbegierigen Jungen, der bis vor ein paar Tagen oder Minuten trotz allem Optimist geblieben war. Dieser neue Schmerz stürzte ihn in heillose Verwirrung, ein in der Dunkelheit angeschlagener Ton. Dass er seine Ursache kannte, änderte nicht das Geringste daran, warf nicht den kleinsten Lichtstrahl in diese Finsternis.

fünf

Sie kam immer wieder. Sie war nie weit weg. Ob Washington oder New York, ob Hotelzimmer oder mein billiges Apartment, ob Riverside Park oder Central Park, Chinarestaurant oder Hotdog-Bude an der Ecke, James Madison oder John Locke, Mrs. Hogan oder Mr. Maddox, Glassman oder Jackson oder Weisberg oder Chen, ob ich redete oder ob sie redeten, ob ich las oder unterrichtete, ob ich etwas sagte oder es mir die Sprache verschlug, es war immer dasselbe. Sie kam jeden Tag und jede Nacht. Ich war wie ein Fernseher, in dem nur ein einziger

Film läuft. Und dieser Film war sie. Und ich schaute sie an, und schaute und schaute.

sechs

Im darauf folgenden Sommer, in dem er sich um das höchste Amt im Staate bewarb, stülpte sich der kleine, mürrische Gouverneur von Massachusetts, schlecht beraten, einen olivgrünen Stahlhelm – angeblich in Einheitsgröße – auf seinen Quadratschädel und kletterte in einen Panzer. Dies war der Moment, in dem er die Präsidentschaft verlor, die er angestrebt hatte, so lange er denken konnte.

Als ein paar Stunden später die ersten Ausschnitte in den Abendnachrichten liefen, war alles vorbei – verpufft wegen eines grotesken Fauxpas, eines gedankenlosen Scherzes, einer dummdreisten, kleingeistigen Posse, die alle anderen Eindrücke von diesem Mann auslöschen würde. Was auch immer er vorher dargestellt hatte, es war jetzt ein für alle Mal vorbei. Nur dieser eine Auftritt blieb übrig.

Die Wahlen im November lagen immer noch vor uns. Diese letzten Wochen mussten ihm vorgekommen sein wie ein langsames, aber unausweichliches Ertrinken in aller Öffentlichkeit.

*

An der Cochrane School fing ein neues Schuljahr an. Ich war inzwischen kein Neuling mehr. Wenn ich in den Pausen oder während der Mittagszeit den Flur entlanglief, war das deutlich zu hören: »Hallo, Mr. Rose!« »Alles klar, Mr. Rose?« »Hey, Mr. Rose!« Allein schon ihre Anzahl, ihre ungebremste Energie, die Rucksäcke voll gestopft mit genügend Zuversicht und Antriebskraft, um eine Raumkapsel ins All zu befördern.

Die paradoxe Belohnung des Lehrerberufes besteht darin, dass man seine Aufgabe nie ganz vollenden kann. Selbst der Gescheiteste wird niemals das Gefühl haben, genug zu wissen. Und man selber kann die Speisekammer des Wissens nie voll genug stopfen, um für den ganzen ungewissen Winter des Lebens einen sorglosen Vorrat zu garantieren.

Dazu muss man vielleicht noch die weit verbreitete Ansicht zählen, Lehrer blieben ewig jung, weil ihre Schüler nie älter werden. Sozusagen ein permanenter Zeitsprung. Allerdings glaubte ich nicht daran.

In meinem winzigen Apartment hing ein einziger Spiegel von der Größe eines Notizblattes. Groß genug, um sich davor zu rasieren. Groß genug, um mir ein paar Ausschnitte von meiner Haut zu zeigen – ein relativ glattes Gesicht, eine langfingrige Hand –, der es gelang, nach außen die Maskerade der Jugendlichkeit aufrechtzuerhalten. In meinem Alter war die Haut noch elastisch, wenn auch nicht mehr ganz taufrisch. Es reichte für die beste Tarnung der Welt.

Mit dem Herzen verhielt sich das natürlich anders.

*

Ich hatte zweimal ein Rendezvous. Aber wie schon in Cambridge fehlte diesen Versuchen die echte Überzeugung, und sie waren nur kurzlebig.

Einmal lud ich Carol, eine rothaarige Englischlehrerin, in ein italienisches Restaurant an der Columbus Avenue ein und nahm sie dann mit in mein Apartment, wo wir auf dem Sofa saßen, Wein tranken und uns oberflächlich über die Schule und unsere gemeinsamen Schüler unterhielten. Keine besonders anspruchsvolle Verabredung – aber auch nicht so einfach, wie sich dann herausstellte. Ich fand nicht die Worte oder den Mut, ihr zu sagen, dass sich alles, worüber wir redeten, für mich irgendwie abgenutzt anhörte, verglichen mit meiner Erinnerung an andere, tiefer gehende Gespräche; oder dass die Art, wie sie den Kopf nach hinten warf oder die Hand zum Gesicht führte, mich zu oft schmerzlich an vergangene Augenblicke denken ließ. Am liebsten hätte ich ihr gesagt, dass es für mich keine neuen Gesten mehr gab, aber ich tat es nicht.

Und dann, von einem bestimmten Punkt an, fing ich einfach an zuzumachen. Das geschah unwillkürlich, als wäre ich der Letzte meiner Art, aufgerieben vom Zahn der Zeit, während das unbarmherzige Vergrößerungsglas der Evolution die tödlichen Risse klaffend sichtbar machte. Ich entschuldigte mich, ging ins Badezimmer und stand einfach nur aufs Waschbecken gestützt da, weiter nichts. Was mir aus dem winzigen Spiegel entgegenschaute, sah aus wie das Ergebnis eines ganzen Abbruchkommandos.

Als ich zurückkam, war Carol gegangen.

sieben

Im Februar, an meinem dreißigsten Geburtstag, schmiss Toby Glickstein mir zu Ehren eine Party.

An diesem Abend schneite es heftig. Toby wohnte oben in der Nähe der Columbia Universität in einer Wohnung mit Mietpreisbindung, die ihm ein Onkel vermacht hatte. Als ich die West End Avenue entlangging, rieselte der Schnee in dicken, pappigen Flocken zwischen den Wohnhäusern herab. Es war fast windstill, alles wirkte gedämpft, und das gelbliche Licht der Straßenlaternen warf seltsame Schatten auf die nahezu menschenleeren Gehwege: eine fremde Welt. Der völlig verschneite Fahrdamm war nur noch an zwei schwarzen, ölig glänzenden Furchen zu erkennen, die ein kürzlich vorbeigefahrenes Auto hinterlassen hatte. Da ihm kein weiteres Fahrzeug folgte, wurden die Reifenspuren nach und nach wieder samtig weiß, bis sie schließlich völlig verschwunden waren.

»Herrje, Julian!«, sagte Toby, der mir die Tür aufmachte. »Du siehst ja aus wie ein Schneemann. Na denn: Herzlichen Glückwunsch zum Geburtstag! Leg den Mantel bitte in die Badewanne.«

Im Wohnzimmer hockten acht Männer ungefähr in meinem Alter um ein paar Schüsseln Tortilla Chips und Salsa herum, alles ehemalige Cochrane-Schüler vom gleichen Schlag. Etliche von uns waren seit damals noch ein Stück gewachsen, doch weder Kontaktlinsen, noch Clearasil oder Haargel konnte darüber hinwegtäuschen, dass wir irgendwo in der Vergangenheit langweilige Streber gewesen waren.

Ich warf Toby einen fragenden Blick zu, und er folgte mir durch die Wohnung nach hinten.

»Also hör mal, versuch *du* doch mal so kurzfristig ein paar Frauen aufzutreiben«, sagte er abwehrend. »Aber wie auch immer, vermassele es jetzt bloß nicht. Die Jungs da drin sind die letzte Verteidigungslinie zwischen dir und einer weiteren Nacht im Solo-Flug mit Captain Kirk.«

»Nett gemeint, Tobe, aber ich habe keinen Fernseher.«

»Willst du jetzt auch noch damit angeben?«, fragte Toby. »Das ist wirklich erbärmlich, alter Knabe. Aber jetzt zieh doch erst mal den Mantel aus. Du tropfst den ganzen Teppich voll.«

Wir rauften uns zusammen. Wir tranken Rotwein, Bier und Bourbon. Wir stopften uns mit chinesischem Essen aus dem Moon Palace voll und erzählten uns zehn Jahre alten Klatsch und Tratsch, als handelte es sich um brandheiße Neuigkeiten. Muller und Goodman waren da, Krebs, Piombo, Wolff, Scheinbart, Pleven und Yang. Krebs versuchte gerade, seinen ersten Film auf die Beine zu stellen, Wolff war freier Journalist, Pleven machte irgendetwas mit Computern, Yang war Anwalt, und Goodman arbeitete als Öl- und Gaschemiker für Salomon Brothers. Piombo hatte, womit keiner gerechnet hätte, ein Kinderbuch geschrieben, das im Herbst erscheinen sollte (er gab zu, dass es ursprünglich für Erwachsene geplant gewesen war).

Scheinbart und Muller hatten gerade keine feste Anstellung und unterhielten sich über die Möglichkeit, gemeinsam ein Geschäft anzuleiern, möglicherweise eine Yoga-Schule. Eine Idee, die alle mit lautem Gejohle quittierten.

Nachdem wir mehrere Stunden so herumgealbert, den Kuchen verdrückt und ohrenbetäubende Gesänge angestimmt hatten, zog ich mich ins Badezimmer zurück, um einfach nur allein zu sein. Der Abend war zweifellos recht nett gewesen, aber abgesehen von der täglichen Routine im Klassenzimmer war ich es vermutlich nicht mehr gewöhnt, längere Zeit in Gesellschaft zu verbringen.

Ich machte die Tür hinter mir zu und setzte mich auf den Wannenrand. Neben mir lag mein dicker Wintermantel, den ich zu Beginn des Abends dort zum Trocknen hingelegt hatte. Der Wollstoff war immer noch feucht, der Schnee, der ihn bedeckt hatte, mir eigenartiger Weise immer noch deutlich präsent, obwohl er schon längst verschwunden war. Vor meinem geistigen Auge sah ich ihn immer noch fallen, spürte noch einmal, wie er sich auf meinem Kopf und meinen Schultern niederließ. Ich vergrub das Gesicht in den Händen.

Ich war dreißig Jahre alt. Ich musste dringend aufhören, immerfort an die Vergangenheit zu denken, zurückzuschauen, mich vom wirbelnden Sog der Gefühle für eine Frau, die verloren war und nie mehr wiederkommen würde, vom Ufer wegziehen zu lassen. Sie war nicht mehr da. Inzwischen Mutter geworden, wie ich annehmen musste. Ich wusste nicht, ob sie ein Mädchen oder einen Jungen zur Welt gebracht hatte, aber ich stellte mir ein Mädchen vor, das ihr wie aus dem Gesicht geschnitten war, sah dieses Kind unsicher einen Fuß vor den anderen setzen, beinahe stolpern ... Und Claire hebt sie auf ...

»Julian?«

Tobys Stimme drang durch die Tür, gefolgt von einem vorsichtigen Klopfen.

Erschrocken sprang ich auf. »Komme gleich!«

Er klopfte abermals. Ich spülte pro forma, drehte den Wasserhahn auf und wieder zu.

Ich machte die Tür auf. »Was ist denn?«

Tobys Augen waren vom Alkohol gerötet. »Alles klar?«

»Bestens.«

»Du hast doch nicht gereihert, oder?«

»Nein.«

Sein Gesicht verzog sich zu einem schiefen Grinsen. »Sehr gut. Wir haben nämlich Besuch bekommen.«

Ich verließ das Bad und folgte ihm durch den Flur. Im Wohnzimmer standen drei Frauen, umringt von lauter aufgeregten und nervösen Männern, wie auf einem Oberstufenball. Zwei der Frauen lachten. Die dritte, die ein wenig abseits stand, war Marty Goodmans Schwester Laura.

Sie war hübsch, wenn auch auf eher unauffällige Art, mit kurzem, dunkelblondem Haar, grauen Augen und einem schmalen Gesicht mit fein gezeichneten Zügen. Schon damals, vor vielen Jahren, hatte sie so ausgesehen. Als pickliger, im Kerker der Pubertät schmachtender Spätentwickler kannte man die älteren Schwestern seiner Freunde notgedrungen – allerdings nur von der anderen Seite eines unüberwindbaren Abgrunds der Unreife her. Damals hatte Laura Goodman, die ein Jahr älter und mehrere Zentimeter größer war als wir, einer anderen, edleren Rasse angehört. Einmal, als ich Marty im palastartigen Luxusapartment seiner Eltern am Central Park West besuchte (ein paar von uns, darunter auch Toby, hatten sich dort zu einem *Risiko*-Marathon eingefunden), erhaschte ich einen Blick auf seine Schwester in ihrem Mädchenzimmer, wo sie mit dem Rücken an der Wand auf dem Bett saß und *Jane Eyre* las. Sie sah von ihrem Buch auf und ertappte mich dabei, wie ich sie durch die halb geöffnete Tür beobachtete. Daraufhin wurde uns beiden –jedenfalls bildete ich es mir ein – eine gemeinsame Epiphanie des Eros zuteil, während der sie durch die bescheidene Verpuppung meines damaligen

Äußeren auf den prächtig geflügelten Mann blickte, der sich dahinter verbarg. Nie zuvor hatte ich mich so zum Fliegen bereit gefühlt.

Aber dann machte sie die Tür zu, und das war's.

All das wollte ich ihr jetzt, da wir erwachsen geworden waren, endlich einmal erzählen. Doch schon kurz nach ihrem Eintreffen auf der Party zog sie ihren Mantel wieder an und machte unmissverständliche Anstalten zu gehen. Einer plötzlichen Regung folgend fragte ich sie, wo sie wohne, und als sie sagte, an der Upper West Side, bot ich ihr an, sie zu begleiten. Zu meinem großen Erstaunen willigte sie ein.

Ich spazierte mit ihr zum West End zurück. Inzwischen hatte es zu schneien aufgehört, der Himmel wölbte sich über uns wie ein gefrorener, umgestülpter Teich. Unser Atem stieg wie Nebelfahnen in die Nacht. Aber die Gehsteige waren nicht mehr so unberührt wie zuvor: Stiefelspuren, Hundepisse, Ruß. Ein Schneepflug kam die Straße heraufgeschrammt und schleuderte einen Damm aus grauem Matsch gegen die überfrorenen, am Straßenrand parkenden Autos. Jetzt war der Straßenbelag wieder zu sehen, nass und glänzend.

Ich erzählte ihr, wie ich sie das letzte Mal gesehen hatte, damals vor fünfzehn Jahren. Als ich an der Stelle angelangt war, an der sie mir die Tür vor der Nase zugemacht hatte, musste sie lachen.

»Ihr wart die reinsten Nervensägen, einer wie der andere!«, sagte sie.

»Vielen Dank auch!«

»Du weißt schon, was ich meine.«

»Allerdings.«

»Obwohl du noch der Interessanteste von allen warst«, fügte sie nachdenklich hinzu. »Ich erinnere mich an dich.«

Auf subtile Weise ermutigt, erzählte ich ihr, woran ich mich noch erinnerte. An das *Chorus-Line*-Poster an der Wand über ihrem Bett. An das Regal mit den Pferdebüchern, die hellblaue

Tagesdecke mit den dunklen Streifen und an das alte ausgestopfte Spielzeugpferd, dem ein Auge fehlte. Daran, wie sie, wenn sie zur Abwechslung kein Buch, sondern eine Zeitschrift las, immer im Schneidersitz zusammengekauert dasaß, die Zeitschrift auf dem Schoß, und die Seiten geräuschvoll von unten umblätterte. All das so unbedeutend, wenn sich nicht jetzt, Jahre später, zwei verschiedene Menschen daran erinnern würden.

»Ja«, nickte sie und sah mir in die Augen. »Ganz verschiedene.«

Vor ihrem Haus, in Sichtweite des livrierten Portiers, erlaubte sie mir, sie zu küssen. Unser Atem bildete kleine Wölkchen. Die Oberfläche ihrer Lippen war wie polierter Stein. Doch darunter schmeckte ich die ungeheure Hitze der Erregung.

Ich hatte schon viel zu lange allein gelebt. Unberührt, mir selbst genug, in meiner eigenen Sprache vor mich hin brabbelnd, mich nutzlosen Ritualen unterwerfend. Ohne Verantwortung, ohne zu wollen und ohne zu haben. So waren die Monate einfach vorübergezogen.

Nun empfing ich hier auf offener Straße, durch die sperrigen Schichten unserer Kleidung die ersten zarten Signale ihres zierlichen Körpers und drängte mich an sie wie ein Tier.

Und sie erwiderte den Druck.

acht

Von dieser Nacht an waren wir ein Paar. Wenn ich aus der Schule nach Hause kam, blinkte das rote Lämpchen meines Anrufbeantworters. (Auch hier offenbarte sich ihre Bescheidenheit: Stets leitete sie ihre Nachricht mit einem »Hallo, ich bin's, Laura« ein, als hätte ich in den vergangenen zwölf Stunden womöglich ihre Stimme vergessen.) Oder ich ging direkt zu ihrem Einzimmer-Apartment an der Ecke 89th und Columbus, in das sie selbst nur wenige Minuten vor mir von ihrem Verwaltungsjob im Lincoln Center zurückgekehrt war. Oftmals empfing sie mich noch in ihrer Arbeitskleidung für kalte Tage: weiße oder blaue Bluse, dazu adrette graue Flanellhosen, ein marineblauer Blazer und schwarze Stiefeletten. Schlichte Eleganz und gut geschneiderte Kleidung, das gefiel ihr. Sie war mit Geld aufgewachsen, hatte sich jedoch die meiste Zeit bemüht, es nicht zu zeigen. Genau darin lag ihr innerer Widerspruch: Sie war kein bisschen eitel, achtete aber peinlich genau auf sich, als fühlte sie sich instinktiv verpflichtet, einen gewissen Standard, mit dem sie aufgewachsen war, nach außen hin aufrechtzuerhalten. Einmal im Monat ging sie in einen schicken Friseursalon auf der East Side und ließ sich die Haare schneiden. Auf ihren makellosen, unlackierten Fingernägeln schwammen schillernde Halbmonde.

Sie war schlank, zierlich und sowohl körperlich als auch seelisch vorsichtig. Seit ich ihr als Jüngling auf irgendwelchen Fluren, durch halb geschlossene Türen und quer durch riesige Säle schöne Augen gemacht hatte, war sie mir immer wie eine eiskalte, launische Diva vorgekommen. Aber ich hatte mich geirrt. Laura erwies sich als nett, freundlich und gelegentlich bis hin zur Passivität rücksichtsvoll. Es dauerte fünf Wochen, bis sie sich bei Licht vor mir auszog (und selbst dann huschte sie eilig ins Bett, wie jemand, der nackt durch Eiseskälte rennt). Als wir uns das erste Mal liebten, im Dunkeln, in ihrem Bett, schlang sie, als sie kam, die Arme so eng wie möglich um mich, und ihr kurzer, spitzer Schrei barg einen Hauch von Verwunderung oder Erstaunen, als hätte sie eben erst entdeckt, dass Leidenschaft eigentlich nur eine andere Form von Schwindelanfall war.

*

Im Frühjahr zog ich zu ihr. Ich war ein Einsiedlerkrebs, der seine Einzimmerwohnung wie eine ausrangierte Muschel abwarf und fest entschlossen seitwärts davonkrabbelte. Keine heimlichen Tränen, keine Trauer, keine nennenswerten Erinnerungen. Und meine Möbel, das Cordschlafsofa, die von meiner Mutter geerbte alte Kommode, die schwer wie ein Zuchtbulle war – das alles stand eines schönen Morgens vor dem Haus auf der 97sten Straße und bei Einbruch der Dunkelheit war alles weg.

Erstaunlicherweise wohnte Laura in einem dieser erst kürzlich errichteten Yuppie-Türme, einem in nichts sagendem Ziegelstein gehaltenen Hochhaus, das ansonsten mit allen erdenklichen Annehmlichkeiten ausgestattet war, wie etwa einem hauseigenen Sportstudio, das genau auf die Horden junger Banker zugeschnitten war, die sich in den letzten paar Jahren scharenweise in dem Viertel zusammengerottet hatten. Aber oben im fünfzehnten Stock ließ es sich ganz gut aushalten. Lauras Wohnung ging nach Westen und bekam so jede Menge Nachmittagssonne ab.

Im Wohnzimmer standen ein bequemes Sofa und ein Lesesessel aus Leder. Sie besaß eine eindrucksvolle Sammlung von Opern-CDs und Büchern – Romane von James und Ford Maddox Ford, die Erzählungen von Tschechow, Alice Munro und William Trevor, die Gedichte von Emily Dickinson. Außerdem ihre Pferdebibliothek, so vollständig, wie ich sie in Erinnerung hatte: Anleitungen zum englischen Reitstil und zum Springreiten, eine Enzyklopädie der verschiedenen Pferdearten, ein Katalog mit seltenen, handgefertigten Sätteln. Die Schutzumschläge dieser und anderer Bücher waren vom häufigen Gebrauch in ihrer Jugend so abgegriffen, dass sie einen weichen Flaum angesetzt hatten. Genau so fühlt sich Vergangenheit an.

Ich stellte meine Habseligkeiten zu den ihren. Sie ermunterte mich dazu. Sie räumte mir nicht nur ein wenig Platz ein; sie öffnete mir ihr Leben sperrangelweit. Es mag lächerlich klingen, in diesen Zeiten von Umgangsformen zu reden, aber ich bin der festen Überzeugung, dass Lauras Umgangsformen ein ebenso wichtiger und bezeichnender Ausdruck ihres Wesens, ihrer sanften Bescheidenheit und Gewissenhaftigkeit waren, wie alles, was sie jemals sagte oder versprach. Sie log nie, nicht mit Worten und nicht mit Gesten. Sie kokettierte nicht und sie trieb keine Spielchen. Es hatte seinen Grund, dass Tiere, vor allem Hunde und Pferde, ihr vorbehaltlos vertrauten und stets zu ihr kamen, egal, wo sie gerade gespielt, getollt oder gefressen hatten, um ihre feuchten Schnauzen in ihre Handfläche zu stoßen oder sich manchmal einfach nur an sie zu schmiegen.

Sie war, mit anderen Worten, ein guter Mensch. Jemand, der trotz aller Hemmungen und Ängste versuchte, mutig alles zu geben, aus tiefstem Herzen und ohne jeden Vorbehalt zu lieben.

neun

An einem Abend im Mai stand mein Vater mit einem Strauß weißer Chrysanthemen vor unserer Wohnungstür. Er trug einen Schlips und ein Sportsakko aus Tweed und wirkte nervös wie ein Schuljunge.

»Tja, also«, sagte er vorsichtig, »wie geht's dir denn so?«

»Danke, gut.«

»Du siehst auch gut aus.«

Wir nickten uns zu und sahen rasch wieder weg. Er trat ein und ließ, die Blumen immer noch in der Hand, den Blick durch das Wohnzimmer schweifen, musterte die Bücher in den Regalen (ich konnte seine Gedanken förmlich hören: Pferde? Na klar, East Side und Pferde, typisch), die Stapel mit den Opern-Mehrfach-CDs, den teuren Lederstuhl. Alles vermutlich Anhaltspunkte, die ihm halfen, mein neues Leben zu verstehen. Er war noch nie zuvor in der Wohnung gewesen, hatte die Frau, mit der ich nun zusammenlebte, noch nicht persönlich kennen gelernt. Genau genommen hatte ich ihn in den vergangenen paar Monaten kaum gesehen.

»Laura duscht noch schnell«, sagte ich. »Möchtest du etwas trinken? Ein Glas Wein?«

Aber er war viel zu sehr mit dem, was er sah, beschäftigt, nahm meine Frage überhaupt nicht wahr. Er stand jetzt vor den CDs, etwas hatte dort seine Aufmerksamkeit erregt. Ich folgte seinem starren Blick zur obersten Platte auf dem einen Stapel und dem Cover mit dem Foto einer atemberaubenden, dunkelhaarigen Frau.

»Sie war in der Met«, murmelte er.

»Wer?«

»Die Callas«, sagte er etwas deutlicher, aber ohne mich anzusehen, immer noch in seiner eigenen Welt gefangen. »Im Dezember '56, *Lucia di Lammermoor*. Sie war damals schon die Königin der Oper. Du kannst dir den Klang dieser Stimme zu ihren besten Zeiten nicht vorstellen. Eine Stimme, die die Zeit zum Stillstand brachte. Ich habe stundenlang Schlange gestanden, nur um einen Stehplatz zu ergattern. An dem Abend stand neben mir auf dem Rang eine Frau, ungefähr in meinem Alter. Hinreißend. Dunkles Haar, riesengroße dunkle Augen. Ich sagte ihr, sie sehe wie La Divina selbst aus. Die Aufführung hatte noch nicht begonnen. Wir standen dort auf unseren Stehplätzen wie Vieh eingepfercht, dicht nebeneinander, aber sie grüßte mich noch nicht einmal. Musterte mich einfach nur von oben herab, mit diesem überheblichen Blick einer jüdischen Prinzessin, die auf etwas Besseres wartet. Ich kannte diesen Blick nur zu gut. Trotzdem sah sie unglaublich aus, Herrgottnochmal! Doch an diesem Abend sang nicht einfach irgendwer. Es war die Callas. Und sobald die Musik einsetzte, vergaß ich die Frau neben mir völlig. Die Callas sang die erste Arie. Und bald fingen die Leute, Männer und Frauen, sag ich dir, an zu weinen, weil es einfach so wunderschön war. Tränen liefen über die Gesichter. Das Weinen begleitete die Musik wie ein Klagegesang. Als würde sie von einer überirdischen Stimme getragen. Dann hörte sie auf, die Callas hörte auf, die erste Arie war zu Ende, und es entstand eine atemlose Pause, wie ein gemeinsames Atemholen. Dann konnte das Publikum – dreitausend Männer und Frauen, die Reichen auf ihren Sitzplätzen, die Mittelklasse im Stehen und die Armen zu Hause an ihren Radios – nicht mehr an sich halten. Ach, es war das reinste Tollhaus, ein wahrer Begeisterungstaumel. Und die Frau neben mir, diese unterkühlte Schönheit neben mir, deine Mutter, weinte ebenfalls und nahm meine Hand. Griff einfach danach und hielt sie fest. Wegen der Musik. Wegen dieser Stimme. Es war der schönste Augenblick meines Lebens.«

Mein Vater hob den Blick und merkte, dass ich ihn anstarrte.

Ich stand da und fragte mich, wohin dieser Mann verschwunden war. Der Mann, der nach einer Darbietung als Erster klatschte, der beim Klang der menschlichen Stimme weinte, der seine Herzenswünsche kannte, der Mann, der sich nicht dafür schämte, von anderen bemerkt zu werden. Ein Mann, der *sichtbar* war, mit all seinen Stärken und Schwächen. Ein Mann, den man bemitleiden, aber auch bewundern konnte, der etwas riskiert und dabei verloren hatte, der aber zumindest begehrt hatte, ein verwundeter Veteran der Liebe. Wo war er die ganze Zeit über gewesen, als ich aufwuchs? Er kam mir vor wie ein elender Geizkragen, der das Beste für sich selbst gehortet hat.

Dann ertönten Lauras Schritte auf dem blanken Holzboden. Wir drehten uns in dem Moment um, als sie das Zimmer betrat.

Ich räusperte mich. »Dad, das ist Laura Goodman. Laura … mein Vater, Arthur Rose.«

Sie kam lächelnd näher, das kurz geschnittene, glatt nach hinten gekämmte Haar noch nass vom Duschen. Ihr Kleid hatte das gleiche sanfte Grau wie ihre Augen und reichte ihr bis knapp unters Knie. Um den Hals trug sie eine einfache Perlenkette, deren schlichter Glanz das liebenswürdige Lächeln unterstrich, mit dem sie jetzt in der ihr eigenen Anmut quer durch das Zimmer auf ihn zuging und ihn zur Begrüßung auf die Wange küsste.

»Wir wollten hier erst alles in Ordnung haben, bevor wir Sie einladen«, erklärte sie ihm.

Ihre Herzlichkeit blieb nicht ohne Wirkung auf uns beide. Mit zarter weiblicher Hand entwand sie uns dem festen Griff der Vergangenheit und munterte uns wieder auf. Ich spürte es fast körperlich und sah, dass auch mein Vater der Lage wieder gewachsen war und die Last seiner Niederlagen zumindest fürs Erste abstreifte, ein wenig rot wurde, lächelte und ihr sagte, wie sehr er sich freue, bei uns sein zu dürfen. Ihr Charme war das Zauberelixier, dessen wir so dringend bedurft hatten, denn auf einmal war er ein unbeholfener kleiner Junge, nicht mehr der müde alte Mann, der sein Leben damit verbracht hatte, College-Lesebücher über Verhaltensanthropologie, den Ersten Weltkrieg oder den Aufstieg und Niedergang des alten Griechenland zu überarbeiten.

Dann fielen ihm die Chrysanthemen wieder ein. »Die sind für Sie.«

»Vielen Dank, Arthur. Die sind wunderschön.«

Während sie die Blumen in einer Tiffany-Vase ihrer Großmutter arrangierte, schenkte ich den Wein ein. Darauf folgte eine kleine Wohnungsbesichtigung, obwohl die Wohnung nicht gerade groß war und es somit nicht viel zu besichtigen gab. Ich blieb in der Küche zurück, gab Oliven in eine Schüssel, genoss den Duft von Lauras gebratener Lammkeule (ein Rezept ihrer Mutter), der Polenta und der sautierten Kirschtomaten. So etwas Erlesenes hatte in meiner Bude in der 97sten West nie jemand gekocht. Die beiden waren jetzt im Schlafzimmer, ich hörte, wie die Tür zum Wandschrank aufging, dazu ihre ironisch gehaltene knappe architektonische Erläuterung – »Der Wandschrank« –, dann wieder Schritte und ihre sanfte Stimme: »Ich hätte lieber zwei Bäder, haben wir aber nicht.«

»Ihr könnt euch ja eins von meinen ausborgen«, erwiderte Arthur Rose aufgekratzt. »Ich kann sie ja schlecht beide auf einmal benutzen.«

Laura lachte großzügig über seinen kuriosen kleinen Scherz. Und ich, draußen in der Küche, erleichtert und glücklich und mir selbst fast ein wenig fremd, lachte mit.

*

Nach dem Essen begleitete ich meinen Vater hinaus und durch den langen Flur bis zum Fahrstuhl; Laura fing in der Wohnung schon an aufzuräumen. Ich merkte, dass ich von der Hochstimmung anlässlich des Festmahls langsam herunterkam, ohne dass ich hätte sagen können, warum. Ihm ging es vielleicht ähnlich. Wir waren wieder allein. Der hellgrüne Teppich, die eintönige Beleuchtung, die nie ganz in Ordnung zu sein schien – es war eines jener Gebäude, die die Seelen unserer großen Städte abtöten, Straßenzug für Straßenzug. Zu beiden Seiten des Korridors Türen. Aus den meisten drang, lauter als man sich das vorstellen würde, das Geräusch eingeschachtelter Fernsehstimmen, eingeblendeten Gelächters, kreischender Autoreifen und splitternder Fensterscheiben. Unser Alltag wirkte, wenn wir uns nicht vorsahen, im Vergleich dazu geradezu absurd banal.

Am Fahrstuhl angekommen, drückte ich auf den Knopf.

»Glaubst du, sie könnte die Richtige für dich sein, Julian?«, fragte er mit einer Stimme, in der verhaltener Optimismus mitschwang.

»Ich weiß es nicht, Dad.«

Wie ein griechischer Chor auf LSD schlugen die dissonanten Stimmen durch die geschlossenen Türen der Nachbarwohnungen weiterhin an unsere Ohren. Der Fahrstuhl rührte sich nicht, also drückte ich noch einmal kräftiger auf den Knopf. Mein Vater ließ ein paar Sekunden verstreichen, bevor er einen zweiten Anlauf nahm.

»Aber du wünschst es dir schon, oder?«

»Natürlich. Sonst wäre ich nicht mit ihr zusammengezogen.«

Er nickte. Nachdenklich strich er mit den Händen über die Ärmel seines Tweed-Jacketts. Ich konnte förmlich sehen, wie er nachdachte. Von einem Moment auf den anderen schien er unruhig zu werden, vielleicht ließ er das Abendessen noch einmal an sich vorüberziehen und stellte sich meine Zukunft vor: Lauras Anmut, der Kuss, den sie ihm gegeben hatte, ihr köstliches Essen.

Plötzlich hielten seine Hände in der Bewegung inne und sanken herab. Es waren die Hände eines Lesers, eines Redakteurs, mit abgekauten Nägeln, einem blauen Tintenfleck auf dem linken Daumen und einem zweiten auf dem Ringfinger. Daran saß noch immer sein goldener Ehering, das letzte glänzende Symbol für all das, was er sich jemals erhofft hatte.

Er räusperte sich. »Schöne Wohnung«, sagte er, starrte seine Schuhspitzen an und nickte vage. »Ein richtiges Zuhause.«

Eine tröstliche Feststellung für uns beide, doch inzwischen hatte ein melancholischer Ausdruck von ihm Besitz ergriffen. Ohne zu wissen warum, war ich mir sicher, dass er an meine Mutter dachte.

Erst jetzt nahm ich tief unten im Fahrstuhlschacht die ersten Geräusche der sich nähernden Kabine wahr.

»Ihre vielen Bücher«, murmelte er auf seine Füße hinab. »Ihre Schallplatten, Hüte, die Regenschirme …« Er schüttelte den Kopf in hilfloser Verwunderung. »Wie konnte sie das alles einfach zurücklassen? Das verstehe ich nicht.«

»Lass doch, Dad.«

Er hob den Blick. Seine hellen Augen waren immer noch wie verschleiert auf einen weit entfernten Punkt gerichtet, auf das unergründliche Herz eines anderen menschlichen Wesens. Er konnte nicht begreifen, warum es seiner Liebe nicht gelungen war, sie festzuhalten. Unwillkürlich nahm ich seine Hand. Die Berührung schien ihn wieder aufzurütteln, und dieser Impuls verscheuchte seine hartnäckigen Erinnerungen und brachte ihn ins Hier und Jetzt und wieder zu mir zurück.

Der Fahrstuhl war da. Ich küsste ihn zum Abschied auf die Wange, drückte seine Hand zwei oder drei Sekunden länger und ließ ihn dann los. Er trat in die hell erleuchtete Kabine, und die Türen schlossen sich hinter ihm.

*

Sie war im Badezimmer, ich konnte sie nicht sehen. Die Tür stand offen, der Wasserhahn war aufgedreht, das Geräusch laufenden Wassers, das hin und wieder von ihren schöpfenden und planschenden Händen unterbrochen wurde.

Ich saß nebenan mit einem Schuh in der Hand auf der Bettkante. Der andere Schuh war noch an meinem Fuß. Sie sagte etwas, aber wegen des Wassers nahm ich lediglich das unverständliche Murmeln ihrer wie immer leisen Stimme wahr. Dann stellte sie das Wasser ab und erschien in einem weißen Bademantel, das Gesicht mit einem Handtuch abtrocknend.

»Hast du gehört, was ich gesagt habe?«, fragte sie beiläufig. Ich verneinte.

»War der heutige Abend anders als die anderen Male, wo du deinem Vater deine Freundinnen vorgestellt hast, oder genauso?«

»Es gab keine anderen Male.«

Ein Ausdruck schlichter Ungläubigkeit huschte über ihr Gesicht. Aber es entsprach der Wahrheit: Claire hatte ich nie mit meinem Vater bekannt gemacht, und von den anderen war mir keine wichtig genug gewesen. Ich beugte mich vor, um den Schuh aufzubinden.

Gefolgt vom Zitronenmelissenduft ihrer französischen Seife

ging Laura an mir vorbei zu ihrer Seite des Bettes, wo sie das weiße Baumwollnachthemd unter dem Kissen hervorzog, das sie am Morgen ordentlich zusammengefaltet dort hingelegt hatte. Mit mir zugekehrtem Rücken ließ sie den Bademantel aufs Bett fallen. Ihre natürliche Nacktheit erfrischte das Zimmer wie eine Blume. Ich richtete mich auf. Dann streifte sie das Nachthemd mit einer raschen, wohlgeübten Bewegung über den Kopf und bedeckte ihre Blöße.

Inzwischen hatte ich den zweiten Schuh ausgezogen, erhob mich und stellte das Paar für den nächsten Tag nebeneinander vor der Wand auf den Boden.

»Warst du denn nie verliebt?«

Ich drehte mich um. Laura sah mich mit einer so tiefen Verletzlichkeit an, wie ich sie noch nie zuvor an ihr erlebt hatte, und im Nu war jegliche Leichtigkeit, mit der unsere Unterhaltung begonnen hatte, wie weggewischt.

Das war absolutes Neuland für uns. Wir waren beide verschlossene Menschen, ein Paar, das letztendlich auch ohne die sonst üblichen großen Versprechungen und bohrenden Fragen zu dem Schluss gekommen war, sich zusammenzutun.

»Doch«, sagte ich. »Einmal.«

»Wann denn?«

»Als ich in Harvard war.«

»Wie hieß sie?«

Ich antwortete nicht sofort. Lauras bohrender Blick wich keine Sekunde von meinem Gesicht.

»Sie hieß Claire Marvel«, sagte ich.

Ein einziges, langsames Nicken, als hätte allein der Name eine gewisse Bedeutung für sie.

»Wie sah sie aus?«

Ich schüttelte den Kopf.

»War sie hübsch?«

»Ja.«

»Wie lange wart ihr zusammen?«

»Nicht lange. Die meiste Zeit über waren wir einfach nur befreundet.«

»Aber du hast sie geliebt.«

Ich überlegte. »Ja. Ich habe sie geliebt.«

»Wie ging die Sache zu Ende? Vorausgesetzt, sie ging zu Ende.«

»Sie ging zu Ende, Laura. Sie hat einen anderen geheiratet.«

»Liebst du sie immer noch?«

»Wie kannst du mich so etwas fragen?«

Ihr Stimme wurde schneidender. »Liebst du sie immer noch, Julian?«

»Nein«, sagte ich. »Nein.«

Einige Augenblicke verstrichen. Laura schlug die Augen nieder. Aber dann setzte sie sich auf einmal wie aufgezogen im Bett auf.

Mit erstickter Stimme sagte sie, während ihre Hand ziellos über die Bettdecke strich: »Ich glaube, darüber muss ich erst einmal nachdenken.«

»Da gibt es nichts nachzudenken«, erwiderte ich. »Ich bin jetzt bei dir. Wir sind zusammen.«

»Es ist nett, dass du das sagst, Julian, wirklich lieb gemeint. Aber ich glaube, ich bin mir nicht sicher, ob ich das auch aus deiner Stimme herausgehört habe.«

Sie kroch unter die Decke, drehte sich auf die Seite, weg von mir, und zog die Knie eng an sich, bis ihre Gestalt unter der Decke nur noch ein kleines, unscheinbares Etwas war, nicht größer als der Körper eines Kindes.

Sie schloss die Augen. »Machst du bitte das Licht aus?«

Ich folgte ihrem Wunsch und löschte es. Und ich stand blinzelnd da und kämpfte gegen die aufsteigende Panik an. In der uferlosen Dunkelheit kam mir das Zimmer nicht mehr vertraut vor. Nicht einmal sie konnte ich finden.

»Laura.«

Sie antwortete nicht.

»Ich liebe dich, Laura.«

Ich wartete, aber es kam keine Antwort. Nur ihr Schweigen wie ein langsam fallender Tropfen. Sie lag dort und atmete, aber ich konnte sie nicht hören; sie lauschte. Ich war den Tränen nahe und tastete mich im Dunkeln zur Tür.

Ein Geräusch ließ mich in der Bewegung erstarren: ihre Hand, die die Decke zurückschlug. Dann ihre flüsternde Stimme:

»Komm ins Bett, Liebling.«

*

Mitten in der Nacht, als ich schlaflos neben ihr lag, hatte ich eine Vision.

Es war eine Vision von Anfängen und Enden; ein hauchdünnes Netz ineinander verwobener Hoffnungen, so weit gespannt, dass es ganze Welten umfing, und eine dieser Welten war meine eigene.

Die Vision dessen, was sich ereignen würde, bis zu einem gewissen Punkt.

An einem schon merklich kühlen Tag mit blauem Himmel, auf einer Bank in der Nähe des Hundeauslaufs im Riverside Park, würde ich Laura fragen, ob sie mich heiraten will. Und sie würde ja sagen.

An einem warmen, klaren Tag im darauf folgenden Frühling würde ich auf dem Rasen hinter dem Haus ihrer Eltern in Westchester, mit meinem Vater als Trauzeugen, unter einer Chuppa so rund wie die Sonne, ein Glas zerbrechen, und wir wären verheiratet.

Anschließend küsse ich meine Frau, deren Lächeln an diesem Tag über eine mir bislang völlig unbekannte Strahlkraft verfügt – sie glüht buchstäblich. Ich küsse sie noch einmal. Und später, nachdem die Hochzeitstorte angeschnitten ist, der Tanz begonnen hat und ich gerade ihrer entsetzten Großtante mütterlicherseits erkläre, dass ich eigentlich noch nie in Israel gewesen bin und auch noch keinen Fuß in ein Kibbuz gesetzt habe, taucht Laura an meiner Seite auf. »Entschuldige bitte, ich brauche ihn mal kurz«, sagt sie und zieht mich mit sich fort, seitlich aus dem gewaltigen weißen Zelt hinaus, quer über den Rasen, vorbei am Swimming-Pool, ins Haus hinein und die Treppe hinauf, den Flur entlang bis zu dem Eckzimmer, das seit jeher das ihre gewesen ist.

Die Tür fällt hinter uns ins Schloss; zum ersten Mal sind wir als Mann und Frau allein. Ich bin mir dessen bewusst, dass alles, was sie als Kind getan haben mochte, sie hier drin getan hat; was auch immer sie gedacht hat, sie hat es hier drin gedacht. Meine Frau. Ich weiß nicht, was diese persönliche Geschichte eines Menschen bedeutet oder welche Konsequenzen sie nach sich ziehen mag, aber mit einem Mal spüre ich ihr gewaltiges, ungeahntes Gewicht, das mir heute bis zum Ende unseres Lebens anvertraut worden ist.

»Ich wollte es mir gemeinsam mit dir anschauen«, sagt Laura und führt mich zum Fenster.

Dort unter uns steht das Zelt. Seine Eingänge sind aufgezogen, wir hören die Musik daraus hervorklingen, können in das leuchtende Innere blicken, wo die Menschen aus unserer beider Leben zu den Klängen einer mittelmäßigen Hochzeitskapelle tanzen, unsere Freunde und Familien einander an den Händen halten und umarmen, sich gegenseitig etwas ins Ohr flüstern, Witze erzählen, lachen, die Gläser heben und uns hochleben lassen, obwohl wir, zumindest momentan, gar nicht unter ihnen sind. Bei dem Anblick muss ich lächeln. Das alles ist schön und unschuldig und großzügig und freundlich und vor allem voller Hoffnung, und vor diesem Hintergrund stehen Laura und ich wie zwei kurzzeitig entflohene Engel, denen die seltene Gelegenheit geboten wurde, Zeuge ihres eigenen Glückes auf Erden zu sein.

Auch David Glassman ist unter den Gästen, inzwischen acht Zentimeter gewachsen und im ersten Semester in Swarthmore. Er scheint nicht mehr ganz so schüchtern und hat ein Stück weiter zu sich selbst gefunden – einmal ist er sogar auf der Tanzfläche zu sehen, wo er sich zu Stevie Wonders *Signed, Sealed, Delivered I'm Yours* im Kreis dreht …

Dann kippt die Vision kaum merklich, die Zeit kommt wieder zu sich – es ist lange vor der Hochzeit, erst im kommenden Monat, und David ist gerade mit der Cochrane School fertig. Mit vor Stolz geschwellter Brust sehe ich zu, wie er sein Abschlusszeugnis in Empfang nimmt, dazu die Auszeichnung für den besten Aufsatz. Als sein Name aufgerufen wird, applaudiere ich so laut wie alle anderen Onkel und Verwandten auch. Beim anschließenden Empfang stellt er mir seine Eltern vor, die eigentlich kaum noch ein Wort miteinander reden. Ich schüttele ihnen die Hand und betone, was für einen großartigen, gescheiten Sohn sie haben, und dass ich mich geehrt fühle, sein Lehrer gewesen zu sein. Vor lauter Gefühl schnürt es mir die Kehle zu, und einen Augenblick lang bin ich zu bewegt, um weiterzusprechen …

Wieder kippt die Vision – schließlich ist es ja nur ein Trugbild, nicht das richtige Leben –, und der Empfang ist vorbei, der hohl klingende Saal ist leer, alle sind bereits gegangen. Aber das Gefühl bleibt zurück, jede Menge Hoffnung vermischt mit ebensoviel Traurigkeit, ein fragiles Netz aus allen vergangenen und gegenwärtigen Herzenswünschen …

Inzwischen war ich müde geworden und schlief endlich ein.

TEIL

VIER

eins

Ich könnte Ihnen jetzt erzählen, dass wir eine gute Ehe führten. Ich könnte Ihnen erzählen, dass Laura und ich achteinhalb Jahre lang mehr als nur friedlich zusammenlebten. Ich könnte Ihnen erzählen, dass wir als Eheleute unser Leben miteinander teilten, unsere Bücher, unser Essen, die Musik, Theaterabende, Freunde, ruhige Nächte. Dass wir jeden Tag miteinander redeten, dass wir uns alles erzählten und erklärten, über alles sprachen und einander geduldig mit Trost und Rat zur Seite standen. Dass wir uns des Nachts, mit immer erfahreneren und kundigeren Händen berührten. Dass liebevolles Vertrauen unsere gemeinsame Währung war, unser Rückhalt und unser Goldschatz, die Essenz all dessen, was wir gemeinsam geschaffen hatten, und dass bis zum Schluss keiner von uns es mutwillig verschleudert hat.

Und das alles würde voll und ganz der Wahrheit entsprechen.

Ich würde Ihnen erzählen, dass wir uns nach fast sieben Jahren Ehe zu einem Kind entschlossen. Dass Laura inzwischen neununddreißig und ich achtunddreißig war, und dass wir das Thema immer wieder aus beruflichen Gründen verschoben hatten, obwohl wir seit Jahren darüber redeten. Hauptsächlich Lauras Karriere wegen. Dass Laura in jenen Jahren, in denen wir nur darüber redeten, während rings um uns die meisten unserer Freunde Kinder bekamen, im Lincoln Center dreimal befördert wurde und schließlich zur PR-Managerin ernannt wurde. Erst zu jenem Zeitpunkt, sagte sie, hätte sie das Gefühl, sich das Recht erworben zu haben, ein Jahr auszusetzen, um ein Kind zu bekommen. Von diesem Augenblick an sah sie der Mutterschaft mit ruhiger, aber doch anhaltender Hingabe entgegen.

Ich würde Ihnen erzählen, dass ich mir auf meine Art mit der Zeit ebenso sehr ein Kind wünschte wie Laura. Ich brauchte nur ein bisschen länger, um mir dessen bewusst zu werden. Ständig von halbwüchsigen Jungen umgeben, die ich unterrichtete, abfragte und angeblich zu künftigen Erwachsenen formte, verbrachte ich meine Tage auf einem Tummelplatz angedeuteter Vaterschaft. Es waren Kinder. Sie kamen aus den unterschiedlichsten Elternhäusern und Verhältnissen. Ihre individuellen Bedürfnisse unterschieden sich nicht weniger als ihre Namen, ihre Gesichter oder ihr Lächeln. Manche Schüler trugen ihre Geisteshaltung offen zur Schau, andere hielten sich bedeckt. Zu jedem gab es einen geheimen Schlüssel, keine Frage, ich musste ihn nur finden.

Ich würde Ihnen erzählen, dass David Glassman sich längst aus diesen Gewässern freigeschwommen und an der University of Chicago sein Doktorandenstudium in Geschichte aufgenommen hatte. Ab und zu schickte er mir eine E-Mail. Es ging ihm gut, er wohnte mit einer Freundin zusammen. An der Uni lief alles bestens, nur die Vorlesungen waren, wie er freundlicherweise andeutete, nicht ganz so spannend, wie er es noch von Cochrane in lebhafter Erinnerung hatte. Seine Eltern hatten beide wieder geheiratet, David hatte jetzt eine dreijährige Halbschwester. »So sieht vermutlich die moderne Familie aus«, hatte er trocken in seiner letzten Mail geschrieben. »Was – zumindest bei jemandem wie mir – doch erhebliche Zweifel am Konzept des unaufhaltsamen Fortschritts der Menschheit aufkommen lässt.«

Wo einst David gewesen war, hatte sich bei mir eine Art Sehnsucht eingenistet, das Bedürfnis, sich um jemanden zu kümmern, auf ihn aufzupassen und ihm etwas beizubringen, ein Gefühl, das zu tief greifend war, um einfach nur reaktiv zu sein; es war, wie mir erst nach und nach dämmerte, etwas Biologisches, vielleicht sogar Spirituelles.

Nachdem wir uns endlich dazu entschlossen hatten, nahmen Laura und ich den Kinderwunsch mit großem Ernst, ohne jeden Vorbehalt und voller Hoffnung in Angriff. Wir zogen Bücher zu Rate, berücksichtigten den Kalender, überprüften fünf Mal am Tag ihre Temperatur, verzichteten auf Alkohol und Kaffee. Unsere Tage waren eine Abfolge physiologischer Signale, die verstanden und auf die reagiert werden musste; der menschliche Körper erschien mir mit einem Mal primitiver und zugleich auch geheimnisvoller, als ich ihn mir bislang vorgestellt hatte. Aber er war nun mal der Boss und machte seine unsentimentalen Bedürfnisse durch meine Frau geltend. Mehr als einmal erhielt ich in der Mittagspause einen Anruf, der mich anwies, sofort nach Hause zu kommen und loszulegen. Was ich natürlich tat.

Gemeinsam und auch jeder für sich sahen wir so der Zukunft entgegen.

Nachdem wir nach anderthalb Jahren intensiven Bemühens immer noch keinen Erfolg verbuchen konnten, suchten wir zunehmend beunruhigt einen Spezialisten auf. Tests wurden gemacht. Nach einer Woche bangen Wartens kamen die Ergebnisse zurück: Sowohl Eizellen- als auch Spermienzahl sähen völlig normal aus, beruhigte uns der Arzt. Wir sollten einfach weitermachen. Manchmal brauche so etwas eben seine Zeit, insbesondere in unserem »fortgeschrittenen« Alter.

An jenem Tag kehrten Laura und ich, ohne ein weiteres Wort darüber zu verlieren, in unsere Wohnung zurück und gingen schnurstracks ins Schlafzimmer. Wir versuchten es und versuchten es wieder. Es sollte auch diesmal nicht klappen, aber das konnten wir nicht wissen. Jetzt komme es nur noch darauf an, sich zu bemühen, hatte der Arzt gesagt.

Ich glaube, was wir an diesem Tag empfanden, jeder auf seine eigene Art, war einfach nur Dankbarkeit. Uns war eine Gnadenfrist gewährt worden. Nein, mehr als das: als wir dort im Wartezimmer des Arztes saßen und beklommen auf das unwiderlegbare Urteil der Testergebnisse warteten, war mir mein Verlangen, Vater zu werden – etwas mehr als nur ich selbst zu sein – endgültig bewusst geworden. Hier, in dieser vielleicht schon verlorenen Möglichkeit lag das Saatkorn des Lebens, das ich mir schon immer gewünscht, aber noch nie gelebt hatte.

zwei

Es war im Dezember 1998, als wir in die Met gingen. Noch fünfzehn Minuten bis zu Beginn von James Levines hochkarätig besetzter Inszenierung von *Figaros Hochzeit* und ich beugte mich gerade über den Wasserspender aus poliertem Aluminium. Auf dem Flur drängte sich gutbetuchtes Premierenpublikum, das gedämpft und zugleich aufgeregt plaudernd über den dicken, karmesinroten Teppich wandelte. Laura war schon zu unseren Parkettplätzen vorausgegangen. Ich trat gerade vom Wasserspender zurück und bemerkte einen hässlichen Wasserfleck auf meinem Seidenschlips, als hinter mir eine sarkastische Stimme knarzte: »Sieh an, sieh an!«

Mein Herz zog sich zusammen, und ich wusste sofort, um wen es sich handelte. Ich drehte mich um.

Im Smoking sah Carl Davis noch stattlicher und selbstbewusster aus, als ich ihn in Erinnerung hatte. Die zusätzlichen Jahre schienen ihm kaum etwas angehabt zu haben, wenn überhaupt, so hatten sie lediglich seine majestätische Erscheinung noch verstärkt. Er hielt sich kerzengerade und sah immer noch gut aus, mit diesen strengen, blauen Augen, die hinter der randlosen Brille wie Fragmente eines vereisten Himmels glitzerten. Die silbrig-graue Mähne wirkte jetzt geradezu löwenhaft, unbezähmbar; nicht einmal sechs Jahre Clinton-Präsidentschaft hatten diesen republikanischen Stern verblassen lassen. Er hätte ein zweiter Kissinger sein können, ein Mann, der in den Augen der Welt perverserweise immer wieder hochgejubelt wurde, und das nicht trotz, sondern aufgrund seiner moralischen Verfehlungen.

»Wie lange haben wir uns schon nicht mehr gesehen, Julian?«, fragte er im gleichen schneidenden und zugleich kultivierten Tonfall, so geschraubt wie eh und je.

»Zwölf Jahre«, erwiderte ich kalt und ohne Zögern. Und noch während ich die Worte aussprach, lösten sie die simple, schwindelerregende Erkenntnis aus, dass, wenn Davis hier war, Claire sich höchstwahrscheinlich ebenfalls in der Nähe aufhielt. Sie könnte irgendwo in Sichtweite sein. Könnte in diesem Augenblick auf uns zukommen. Mein Herz fing an zu hämmern, und mein Blick irrte suchend durch den Gang.

»Zwölf Jahre«, wiederholte Davis mit kunstvoll zelebrierter Langsamkeit. Seine Stentorstimme holte mich wieder zu ihm zurück – genau in dem Augenblick, als sein Blick sich mit der unfehlbaren Treffsicherheit eines Scharfschützen auf meinen Schlips mit den Wassertropfen senkte. Ein kurzes, sprödes Lächeln huschte über seine Lippen. »Und was führt Sie hierher?«

»Mozart.«

»Immer noch der alte Schlauberger, wie ich sehe.«

»Ihr Gedächtnis trügt Sie, Carl. Ich war nie ein Schlauberger. Genau das war mein Problem.«

Sein Lächeln verflüchtigte sich, die Augen schienen dunkler zu werden.

»Also, was ist mit Ihnen passiert, Julian? Charlie Dixon hat gesagt, Sie seien wie vom Erdboden verschluckt.«

»Ich glaube, Dixon kommt nicht oft aus Cambridge raus.«

»Ich werde ihm Ihre freundlichen Worte ausrichten.«

»Ich war in New York, Carl. Die ganze Zeit. Ich arbeite hier als Lehrer.«

»Als Lehrer? Tatsächlich? Und wo, wenn ich fragen darf?«

»An der Cochrane School.«

»An der Cochrane School?« Bei dieser Nachricht breitete sich eine selbstgefällige Zufriedenheit auf seinen Zügen aus, die seinen Mund weicher machte und zugleich grausamer wirken ließ. Am liebsten hätte ich ihm diesen blasierten Gewinnerausdruck auf der Stelle aus der Visage herausgeprügelt. »Hört sich überaus lukrativ an«, bemerkte er mit vor Herablassung triefender Stimme.

»Ist es auch.«

Dann biss ich mir auf die Zunge. Es hatte ohnehin keinen Sinn. Zornig, in banger Vorahnung und hoffnungsfroh wandte ich mich um und ließ meinen Blick durch die Menge streifen, die sich durch die langen, leicht geneigten Gänge zu ihren Plätzen schob. Aber dann verlagerte Davis sein Gewicht wie ein Boxer, der den Sieg bereits in der Tasche hat, aber noch einen letzten Treffer landen will.

»Tja«, sagte er, und in seiner Stimme lag etwas Endgültiges (wie eigentlich schon seit jeher, dachte ich). »Ich glaube, damit ist alles gesagt. Es ist sinnlos, in alten Wunden herumzuwühlen.« Er unterbrach sich und schob mit einer entschiedenen Geste seine Brille zurecht. »Ich werde meine Frau von Ihnen grüßen.«

»Tun Sie das.«

Dann ließ er mich einfach stehen. Angestrengt sah ich seiner hoch gewachsenen, silberhaarigen Gestalt nach, bis sie, viel zu schnell, von der Menge verschluckt wurde. Von ihr war keine Spur zu sehen.

Ich blieb noch einige Sekunden dort stehen, inmitten eines wogenden Ozeans aus lauter Fremden. Unwillkürlich musste ich daran denken, dass sich Davis sogar hier, unter seinesgleichen, wie ein König von den anderen abhob – was in gewisser Weise zum gedämpften Stimmen der Instrumente aus dem Orchestergraben und zu dem flauschigen Teppich passte, der all jenen, die privilegiert genug waren, darauf zu wandeln, eine Art köngliche Würde verlieh.

*

Wie benommen kehrte ich zu unseren Plätzen zurück, wo Laura bereits saß und im Programmheft blätterte. Sie fragte mich, wo ich so lange gewesen sei, doch genau in dem Moment ging das Licht aus und das Publikum verstummte, was ich als Vorwand nutzte, ihr nicht zu antworten.

Mit dem stummen Zeichen von Levines Taktstock setzte die Musik ein. Die Ouvertüre. Darin enthalten eine instrumentale Zusammenfassung der gesamten Oper, wie sie später auch noch einmal im zweiten und dritten Akt sowie im Finale zu hören war; oder im eigenen Kopf, wenn man durch den Schnee nach Hause spaziert oder gedankenverloren in der Badewanne liegt; oder noch Wochen später, wenn man sich kratzt, rasiert oder ein Glas Wein trinkt, wenn man sich liebt – diese ausgelassenen, komischen, bittersüßen, absurden, liebestrunkenen Perlenketten einfacher Noten, die, auf genau diese Weise und zu diesem höheren Zweck ineinander verflochten, ein sich immer fortspinnendes Gewebe von Erinnerungen bildeten.

Ich sah Laura an. Diese Oper war in puncto Sentimentalität ihr absoluter Favorit. Sie konnte einen Großteil von da Pontes Libretto auswendig und auf italienisch aufsagen, kannte sämtliche Intrigen, den kompletten Zeitablauf, die quecksilbrigen Auftritte und Abgänge, das ganze Bäumchen-wechsle-dich der Handlung in- und auswendig. Sie saß gebannt lauschend leicht vorgebeugt da, die Augen auf die Bühne geheftet, und wartete voller Vorfreude – wie jemand, der gerade dabei ist, ein Geschenk auszupacken –, darauf, dass der goldene Vorhang aufging.

Dann war es so weit. Der Vorhang teilte sich. Mein Blick wanderte von Laura zur Bühne. Die Zeit verwandelte sich in etwas anderes, gerann zu Musik und Handlung: *Ein teilweise möbliertes Zimmer mit einem Sessel in der Mitte. Figaro mit einem Metermaß in der Hand, Susanna probiert vor dem Spiegel einen mit Blumen verzierten Hut.* Figaro sagt laut Zahlen an: fünf ... zehn ... zwanzig ... dreißig ... sechsunddreißig ... dreiundvierzig. Susanna sagt nein, dieses Zimmer komme überhaupt nicht in Frage, nicht für ihr Brautbett, nicht mit dem Grafen gleich nebenan, der nur darauf warte, sich auf sie zu stürzen. Figaro verkündet singend, wie er dem Grafen einen Strich durch die Rechnung machen will ... Ach, es war komisch und tragisch zugleich, eine Farce. Die Kostüme und Verkleidungen, die fehlgeleiteten Nachrichten, der chronische Mangel an Durchblick, der Widerstreit der Stimmen, die Missverständnisse und falschen Schlussfolgerungen, die gebrochenen Herzen, die gewiss wieder heilen würden. Der törichte Graf, der sich wünscht, seine Frau wäre eine andere.

Dann fiel meine Aufmerksamkeit vom Geschehen auf der Bühne ab, so wie ein kleiner Junge vom Fahrrad purzelt. Musik und Geschichte kamen mir abhanden. Als wären meine Ohren mit einem Mal taub geworden, als hätten sich meine Augen, vom Bühnenlicht geblendet, nach innen gewandt, dorthin, wo meine tiefsten und undurchdringlichsten Gedanken saßen, und sähen nur noch das, was sich dort abspielte. Und das waren nicht diese kostümierten Figuren. Es war nicht meine Frau, die ich liebte, die da neben mir saß und stumm den Text mitsprach.

Claire ist hier, dachte ich. Sie ist hier, sitzt irgendwo ganz in der Nähe, in derselben Dunkelheit.

drei

Sobald die Saallichter zur Pause angingen, erhob ich mich. Hier und da wurde noch vereinzelt applaudiert, da griff ich schon nach meinem Mantel, der über der Stuhllehne hing.

Laura blickte mich fragend an, und ich murmelte, mir sei nicht ganz wohl. Meine Brust fühlte sich an wie zusammengeschnürt, mein Gesicht war heiß. Ich brauchte dringend frische, kalte Luft, einen ordentlichen Temperaturschock, der mir die jüngsten Gefühle und Erinnerungen aus dem Kopf pustete.

»Ich komme mit«, bot sich Laura an und griff ebenfalls nach ihrem Mantel.

Langsam bahnte ich mir, gefolgt von Laura, den Weg durch das Gewimmel den Mittelgang hinauf. Wir erreichten den bereits überfüllten Korridor, und ich kämpfte mich schon quer durch das Gewühl in Richtung Treppe, als ich Laura nach mir rufen hörte. Ich drehte mich um und sah sie auf der anderen Seite des wogenden Menschenstroms neben einem adretten, gut gekleideten Mann in den Fünfzigern. Sie winkte mich zu ihnen hinüber.

»Du kennst doch noch Colin Weeks«, sagte sie, als ich mich bis zu ihnen durchgeschlagen hatte.

Ich sah den Mann an.

»Colin hat sich damals, vor vielen Jahren, nicht vor dem Risiko gescheut, mich einzustellen.«

»Da war kaum ein Risiko dabei«, parierte Weeks freundlich in meine Richtung. »Und so lange kann es unmöglich her sein – Laura sieht immer noch wie fünfundzwanzig aus. Hallo Julian, Colin Weeks. Ich glaube, wir haben uns letztes Jahr bei Amanda Baird kennen gelernt.«

Ich konnte mich absolut nicht an ihn erinnern. Seine Hand kam auf mich zu, ich schüttelte sie. Dann erkundigte er sich höflich, wie mir die Aufführung gefallen habe. Eine Frage, die ich so kurz angebunden und abwegig beantwortete, dass eine peinliche Gesprächspause entstand, ein Vakuum, das Laura mit der Bemerkung zu füllen versuchte, sie finde Barbara Bonneys Stimme für diesen Veranstaltungsort mehr als angemessen. Worauf Weeks nachdenklich erwiderte, die Bonney besäße zweifellos ein herrliches Organ, doch über ihr Stimmvolumen hinsichtlich der Oper stehe der endgültige Schiedsspruch noch aus.

*

Ich murmelte eine Entschuldigung, ließ die beiden in ihrer Unterhaltung stehen und entfernte mich die breite, geschwungene Treppe hinab. Unten stieß ich die Glastüren auf und stürzte hinaus auf den Vorplatz, wo mir ein eiskalter Windstoß ins Gesicht schlug. Sofort fingen meine Wangen an zu brennen, meine Augen tränten. Nicht weit von mir entfernt drängelte sich ein Grüppchen Opernfans vor den Plakaten mit der Vorschau auf die kommenden Aufführungen. Ich ging an ihnen vorbei, knöpfte mir den Mantel zu und stellte den Kragen auf. Vor mir stand, angestrahlt wie ein Denkmal in Paris, der Brunnen, vor dem manchmal an lauen Sommerabenden ein Jazz-Orchester Tanzmusik und Swing-Melodien spielte, zu denen sich Paare jeden Alters unter Sternen drehten, die sie nicht sehen konnten. Laura war es nie gelungen, mich dazu zu überreden. Ich sei nun mal kein Tänzer, hatte ich ihr wiederholt erklärt; nicht einmal bei unserer Hochzeit hatte ich getanzt.

Die Plaza war jetzt fast leer. Ich stellte mich vor den Brunnen, und als ich den Kopf auf die Seite legte, sah das Wasser nach billigem Swimmingpool-Blau aus, legte ich ihn auf die andere, verwandelte es sich in pures Gold. Mein Atem wehte in die Nacht. Durch die schweren Steinplatten und die Sohlen meiner besten Schuhe kroch mir die Kälte in die Glieder. Der Brunnen plätscherte und sprühte, und in den feinen Nebel malte das Licht einen Regenbogen. Rings um den Brunnen, dort, wo das Wasser auf den Stein gespritzt war, hatten sich bläulich schimmernde, von einer dünnen Eisschicht überzogene Pfützen gebildet. Ich musste daran denken, dass ich doch einmal getanzt hatte, in einem anderen Land. Wie langsam wir uns bewegt hatten. Ich konnte noch jeden Titel auf dieser Langspielplatte nennen, sogar ihre Reihenfolge, obwohl ich sie mir seither nie wieder angehört hatte. Ich erinnerte mich daran, wie ihr Kopf meine Schulter zu stützen schien, und nicht umgekehrt; wie ich einmal zu unserem Spiegelbild in den Fensterscheiben geschaut und unsere gemeinsamen Bewegungen gesehen hatte: das Abbild eines geisterhaften Paares, im Staub grobkörnig und dabei von innen leuchtend.

Ich drehte mich um. Da war die Met – mehrere Hektar golden strahlendes Glas. Das Licht ergoss sich bis weit auf die Plaza heraus. Und jetzt stand in diesem Licht eine vertraute Silhouette.

Claire kam auf mich zu, weg vom Licht, ihre Absätze hallten auf dem kalten Stein. Mit jedem Schritt wurde sie weniger schattenhaft. Und mein Herz schritt mit ihr, erklomm eine Gefühlsleiter, die seit langem ungenutzt war, wie etwas, das man auf den Dachboden geräumt und dort vergessen hatte. Zuerst tauchte ihr blasses Gesicht auf, wie eine Erscheinung. Dann ihr weißer Hals, der in den Tiefen eines schwarzen Mantels verschwand. Ihr Haar so lang, wie es immer gewesen war, offen und bis über die Schultern zurückgekämmt. Ihr Blick ließ mein Gesicht nicht los. Sie kam auf mich zu und blieb vor mir stehen und auf einmal war die Entfernung zwischen uns, nach zwölf Jahren, auf einen Meter zusammengeschrumpft.

»Wo fangen wir an?«, fragte sie mit ruhiger Stimme.

Mein Mund war so trocken, dass ich nicht antworten konnte. Ich schüttelte den Kopf.

»Soll das heißen, wir fangen überhaupt nicht an? Oder dass du nicht weißt, wo wir anfangen sollen?«

»Ich weiß nicht, was das heißen soll.« Meine Stimme kam mir verrostet vor, schwach.

»Da wären wir schon zwei.« Sie runzelte die Stirn, als hätte sie Bedenken, wie sich das wohl angehört hatte. Ihre Beklommenheit schien eher zu- als abzunehmen.

»Schon gut«, sagte ich. Dann sagte ich es noch einmal.

Meine Worte schienen sie zu beruhigen. Wir standen da und

sahen uns an, unsere Atemwölkchen bildeten kleine Rauch-
signale in der Luft zwischen uns und lösten sich in nichts auf.
Dann probierte sie es noch einmal.

»Er hat gesagt, du bist Lehrer. Was für ein Lehrer bist du
denn?«

»High School. Politik und Geschichte.«

»Gefällt's dir?«

»Ja.«

»Das freut mich für dich.« Sie sprach mit leiser, fester Stimme, doch mit einem Mal glänzten ihre Augen, als sammelten
sich Tränen darin, aber das war vielleicht nur eine Reflexion
des Lichts vom Brunnen hinter mir. »Bist du verheiratet?«,
wollte sie wissen.

»Ja«, sagte ich.

Ich beobachtete ihre Reaktion; sie schlang die Arme eng um
sich.

»Kinder?«

»Nein.« Ich zögerte. »Noch nicht.«

»Willst du –«

»Ich glaube, damit hätten wir mich erst mal abgehakt.«

Sie lächelte zum ersten Mal. »Ach was«, sagte sie, und der
alte Schalk blitzte wieder auf. »Dich kann man gar nicht abha-
ken.«

Wir standen da und lächelten uns an. Und dann, nach einer
Weile, schauten wir beide weg.

»Jetzt du«, forderte ich sie auf.

»Ich?«, antwortete sie wegwerfend. »Ich hab doch noch meinen Doktor gemacht.«

»Schön für dich.«

»Ich hab mich noch mal drangesetzt und Burne-Jones, so
weit es in meinen Kräften stand, wieder zum Leben erweckt«,
sagte sie, wobei ihre Stimme mit jedem Wort dunkler wurde.
»Du versuchst den Leuten zu zeigen, was Schönheit ist, dass
sie lebendiger ist als wir, das Beste in uns. Du möchtest das

222

Evangelium wie ein Prophet verkünden. Aber nach einer Weile merkst du, dass du ins Leere rufst. Du bist ziemlich sicher, dass da draußen niemand zuhört.« Sie winkte ab, als hätte sie damit genug von sich erzählt. »C'est tout.«

»Du hattest deine Gründe«, sagte ich.

»Ich weiß nicht. Ein Hausfrauendasein ist wohl kein richtiger Grund.«

»Aber Mutter zu sein.«

Was da aus meinem Mund kam, klang vernünftig und nicht besonders verbittert. Ich war fast stolz auf mich, dass ich es über mich gebracht hatte, die Worte auszusprechen, als wären sie der Beweis dafür, dass ich nicht mehr in der Vergangenheit feststeckte.

Erst dann sah ich, welche Wirkung meine Worte bei ihr hervorgerufen hatten: Sie war verstummt, ihr Gesicht ausdruckslos geworden.

»Ich bin keine Mutter«, sagte sie leise.

Ich starrte sie an, mein Herz wie ein mitten im Flug in der Luft geschlagener Vogel.

»Ich hatte damals, beim ersten Mal, eine Fehlgeburt«, fuhr sie mit der gleichen leisen Stimme fort. »Und dann noch zwei.«

Sie schüttelte den Kopf, als stünde sie der Vergangenheit immer noch hilflos gegenüber, sagte aber nichts mehr.

Ich drehte mich von ihr weg. Aus dem Augenwinkel wirkte der Brunnen wie ein brennender Scheiterhaufen. Ich versuchte zu atmen, aber ich hatte das Gefühl, keine Luft zu bekommen.

Als ich mich wieder zu ihr umdrehte, sah ich, dass das Glitzern in ihren Augen wieder da war; sie versuchte es mit der Hand wegzuwischen. Ein paar Tränen rollten trotzdem herab, geräuschlos, fingen das reflektierte Licht ein und malten blasse Farbstreifen auf ihr Gesicht. »Ich hatte dir schon viel zu weh getan«, sagte sie mit belegter Stimme. »Ich musste dich loslassen.«

Ich hob die Hand, um sie zum Schweigen zu bringen. Noch mehr davon konnte ich nicht ertragen. Ihr Mund öffnete sich, doch es kam kein Laut daraus hervor, und dann hielt sie die Hand davor, als wollte sie sämtliche Gedanken ersticken, die ihr noch unausgesprochen auf der Zunge lagen.

»Ich muss los«, sagte ich. »Meine Frau wartet.«

Sie hob das Kinn. Jetzt rollten die Tränen ungehemmt über ihre Wangen. Ich senkte den Blick und ging an ihr vorbei in Richtung Opernhaus.

Vier Monate später war sie tot.

vier

Es war zehn Uhr an einem Vormittag im April. Laura war eine Stunde zuvor zur Arbeit gefahren. Ich saß am Esszimmertisch und las in der *Times*, als die Sprechanlage summte und der Portier mir mitteilte, Kate Daniels stünde unten in der Eingangshalle.

Es dauerte einen Moment, bis mein Gehirn den Namen von Claires ehemaliger Mitbewohnerin, die ich seit mehr als zehn Jahren nicht mehr gesehen hatte, richtig zuordnen konnte. Doch dann war mit einem Schlag die Erinnerung an Kates markantes Gesicht und ihr chlorgebleichtes Haar wieder deutlich da, dicht gefolgt vom ehemals so vertrauten Klang ihrer heiseren Stimme.

*

Sie trat aus dem Fahrstuhl, drehte sich um und sah mich am Ende des Flurs stehen. Wir standen da und schauten einander an. Ein nervöses Lächeln huschte über ihr Gesicht – der Ausdruck von jemandem, der fest entschlossen ist, mit fröhlichem Gesicht über die Planke zu gehen –, verschwand jedoch sofort wieder. Sie schüttelte den Kopf, als riefe sie sich selbst zur Ordnung.

»Ich hätte vorher anrufen sollen.«

Ich sagte ihr, sie solle sich darüber keine Gedanken machen. Sie kam den Flur entlang und wir umarmten uns. Ihr Haar war kurz und schon grau, ihr Körper schlanker und deutlich weniger athletisch, als ich ihn in Erinnerung hatte, wenn auch immer noch durchtrainiert. Auf der Schwelle zu unserer Wohnung blieb sie stehen, um mich noch einmal zu betrachten.

»Du siehst gut aus, Julian. Ein bisschen mager vielleicht, aber gut.«

Ich führte sie ins Wohnzimmer und ging selbst weiter in die Küche, um Kaffee zu holen. Als ich ihr eine Tasse einschenkte und mir selbst nachgoss, trat mir etwas schmerzlich ins Bewusstsein: Irgendwann im Winter hatten Laura und ich, ohne darüber zu reden, einfach damit aufgehört, nach den Ratschlägen unserer Wie-werde-ich-schwanger-Ratgeber zu leben, obwohl wir nach wie vor so taten, als wollten wir unbedingt ein Kind bekommen. In zwei Wochen hatten wir einen Termin bei einem neuen Spezialisten für künstliche Befruchtung. Aber wir tranken wieder Wein und Kaffee. Laura kontrollierte ihre Temperatur nicht mehr regelmäßig, und wir schliefen auch kaum noch öfter als ein Mal die Woche miteinander.

Ich trug die Tassen über den Flur zurück ins Wohnzimmer. Kate stand mit gesenktem Kopf gedankenverloren am Fenster. Als sie aufblickte, verriet ihre unverhüllte Miene eine Mischung aus Kummer und Sorge, die ich nicht deuten konnte, die sich aber schon im ganzen Zimmer ausbreitete.

»Du wunderst dich wahrscheinlich, woher ich weiß, dass du an einem normalen Wochentag vormittags zu Hause bist«, sagte sie.

Ich zuckte lächelnd die Achseln. »Es sind Osterferien. Aber ehrlich gesagt, wundere ich mich über so einiges.«

»Es war nicht schwer zu erraten. Ich bin ebenfalls Lehrerin.

Public High School, Bethlehem, Pennsylvania. Meine alte Schule. Ich unterrichte dort Sozialkunde.«

»Woher wusstest du, dass ich Lehrer bin?«

Eine kleine Pause entstand. Sie sah mich nicht direkt, aber doch aus dem Augenwinkel an, immer noch halb zum Fenster gewandt. »Von Claire.« Kate sah mich an. Als ich stumm blieb, fügte sie hinzu: »Aus einem Brief.«

»Wie geht es ihr?«, fragte ich, und meine Stimme hallte dumpf in meinem Ohr.

Kate holte tief Luft und drehte sich zu mir um. »Sie ist tot.«

Zuerst verstand ich sie nicht richtig. Das heißt, ich muss sie verstanden haben, aber ich begriff nichts.

»Julian«, sagte Kate behutsam, »Claire hat sich das Leben genommen.«

In mir geschah nichts, was eine Reaktion auf das soeben Gehörte sein konnte. Als hätte sie gar nicht das gemeint, was sie gesagt hatte, als wäre alles nur eine Sinnestäuschung. Ich stand einfach da und wartete auf die richtigen Worte mit der richtigen Bedeutung und hoffte auf irgendein Gefühl. Aber dann brach es mit brutaler und unbarmherziger Plötzlichkeit über mich herein. Übelkeit flammte in meinem Magen auf, mein Gesicht wurde kalt.

»Sie war in Frankreich«, fuhr Kate unerbittlich fort. »Die Polizei hat sie in einem Fluss unweit des Hauses gefunden, in dem ihr damals gewohnt habt. Sie hatte Sachen in ihren Taschen. Schwere Sachen. Die französische Polizei ist der Ansicht, sie habe sich ertränkt.«

»Wann?«, hörte ich mich fragen.

Kate riss sich zusammen. Ihre Augen, die die ganze Zeit über auf den Boden gerichtet waren, blickten jetzt zu mir auf. »Sie haben ihre Leiche vor zehn Tagen gefunden. Sie wohnte dort. Sie hat Carl kurz vor Weihnachten verlassen.«

Sie unterbrach sich, wartete offensichtlich auf eine Frage, irgendeine Reaktion. Aber ich konnte nicht sprechen.

»Ich bin wahrscheinlich die Einzige, die wusste, wo sie gewesen ist«, fuhr Kate fort. »Sie hat mir letzten Monat von dort geschrieben. Ehrlich gesagt, war ich ziemlich überrascht, von ihr zu hören. Wir hatten uns in den letzten Jahren mehr oder weniger aus den Augen verloren. Nicht, weil wir uns nicht mehr mochten, unsere Wege hatten sich einfach getrennt. Carl und ich kamen nicht besonders gut miteinander aus. Und dann trudelt auf einmal wie aus dem Nichts ein Brief von ihr ein, mit diesem Absender auf der Rückseite. Er kam aus Frankreich, aus dem Lot. Zuerst dachte ich, sie sei dort mit Carl in Urlaub. Mir fiel ein, dass ihr beide damals dorthin gereist seid. Ich dachte mir noch, es ist nicht recht, dass sie jetzt ihn dort hinbringt, auch wenn sie miteinander verheiratet sind. Ich habe Carl nie leiden können. Aber trotzdem, sie hat ihn geheiratet und ich habe mich eine Zeit lang redlich bemüht, gute Miene zum bösen Spiel zu machen.«

Sie machte wieder eine Pause und versuchte, ihre Gedanken zu ordnen.

»Der Brief war vom 18. März und auf dünnem blauem Luftpostpapier geschrieben. Sie hat fast jeden Zentimeter der fünf Seiten voll geschrieben. Allein beim Anblick ihrer Handschrift musste ich lächeln. Zu diesem Zeitpunkt hatte ich noch keine Ahnung, dass sie ihn und schon gar nicht, dass sie das Land verlassen hatte, überhaupt nichts davon. Dann las ich den Brief. Er war herzlich, aber eigenartig nüchtern, was die Ereignisse anging. Sie hat ihn während einer seiner Reisen nach Washington verlassen. Hat alles, was sie tragen konnte, in zwei Koffer gepackt und den Rest zurückgelassen. Sich nicht einmal mehr umgedreht. Hat ihm lediglich einen kurzen Zettel hingelegt. Er tut mir fast Leid. In dem Brief schreibt sie, es wäre nicht geplant gewesen, sie wusste einfach nur, dass sie wegmusste. Am nächsten Vormittag saß sie bereits in einem Zug, der sie aus Paris herausbrachte. Am Abend war sie in dem kleinen Hotel im Lot. Sie fand das Haus, in dem ihr gewohnt habt, es stand leer, und fünf Tage später wohnte sie darin. Sie hat die Eigentümerin ausfindig gemacht und sie überredet, es ihr zu vermieten. Es war billig, weil es kaum zu beheizen war. Sie hat ihre Koffer dort hingebracht, und nach ein paar Wochen wurde sie krank. Sie dachte, es sei nur eine Erkältung und achtete nicht sonderlich darauf. Wie auch immer, sie war allein, kannte niemanden, wollte auch niemanden kennen, und es gab auch niemanden, den sie hätte anrufen können. Wie sich herausstellte, war es eine Lungenentzündung. Sie geht in dem Brief nicht näher darauf ein, nur dass sie sehr krank war und es fünf Wochen dauerte, und dass die Eigentümerin des Hauses, die ganz in der Nähe wohnte, sehr nett war. ›Sie hat mir das Leben gerettet‹, waren ihre genauen Worte. ›Sie hat mir das Leben gerettet.‹«

Kates Mund und Augen zogen sich zusammen. »Ach, Scheißdreck! Ich erzähle zu viel Kram, der jetzt überhaupt nicht wichtig ist.«

»Doch, es ist wichtig«, sagte ich. »Ich möchte, dass du weiterredest.«

Unsere Blicke trafen sich.

»Bitte.«

Sie holte Luft. »Viel mehr gibt es nicht zu erzählen. Sie schrieb den Brief ungefähr sechs Wochen nach ihrer Krankheit. Sie war wieder gesund, hielt sich irgendwo anders auf, vielleicht wusste sie nicht, wo, aber es ging ihr etwas besser als vorher, jedenfalls nicht schlechter. Es war fast Frühling. Und sie hatte in der alten Frau, die ihr das Haus vermietet hatte, eine Freundin, oder so etwas Ähnliches wie eine Freundin, gefunden. Sie war einsam, aber frei.«

Plötzlich verzog Kate zornig das Gesicht. »Hör nicht auf mich. Das sind nicht ihre Worte, es sind meine, und ich habe keinen blassen Schimmer. Ich versuche nur schon wieder, sie dir verständlich zu machen, als wäre ich die große Expertin. Es ist mir auch beim letzten Mal nicht allzu gut gelungen, was?«

»Du hast deine Sache sehr gut gemacht«, antwortete ich.

»Du warst ihr eine gute Freundin. Du bist immer noch eine gute Freundin.«

Ein schwaches Achselzucken, ausgelaugt.

»Erzähl weiter«, forderte ich sie auf.

»Das war's schon ziemlich. Sie schrieb, Carl wisse nicht, wo sie sich aufhalte, und sie wolle auch nicht, dass er es erfährt, deshalb solle ich niemandem erzählen, dass ich etwas von ihr gehört hätte und niemandem ihre Adresse geben. Sie meinte, sie würde sich nach Möglichkeit wieder melden. Es täte ihr Leid, dass sie sich so lange nicht gemeldet hätte, aber ihr Unglück und ihre Fehler hätte sie beinahe zu Stein werden lassen. Sie hoffe, dass ich ihr verzeihen könne. Sie hoffe, dass ihr alle verzeihen könnten. Und dann nur noch ›Alles Liebe‹ und ihr Name. Und dann, nach ihrem Namen, kam noch ein kleiner Absatz über dich. Es war kein P. S. Es war mehr als das. Es stand ganz für sich allein am unteren Seitenrand, praktisch die einzigen Worte in diesem ganzen eng beschriebenen Brief mit ein bisschen Platz drum herum, wie eine Insel im Ozean. Sie schrieb, du seiest Lehrer in Manhattan und wollte wissen, ob ich dich ab und zu besuchen und ihr davon berichten könne. Aber nur, wenn ich verspräche, dir nicht zu erzählen, dass ich es ihretwegen tat.«

*

Kate ging am Nachmittag. Sie fuhr mit dem Zug zurück nach Pennsylvania, wo sie mit ihrer langjährigen Freundin zusammenwohnte. Am Abend war sie bei ihren Eltern zu einem großen Essen eingeladen, zu dem alle ihre Brüder und deren Ehefrauen kamen. »Marcy und ich sind einfach nur ein Pärchen mehr«, erläuterte Kate trocken. »Nur dass wir besser in Sport sind.«

Wir standen an der Straßenecke, hielten nach einem Taxi Ausschau und unterhielten uns über Banalitäten. Drei Stunden lang hatten wir in meinem Wohnzimmer gesessen und Erinnerungen an Claire ausgetauscht. Denn genau das tut man

mit den Toten: Man lässt sie Stück für Stück wiederaufersteh-
hen und hofft dabei, dass das Gebäude, das man errichtet, eines Tages ihren Geist beherbergen wird; obwohl man sehr wohl
weiß, dass das niemals geschieht. Der Rest ist Glaube und
Schmerz. Wir hatten dagesessen und den Grundstein dafür gelegt, wie wir in Zukunft über sie reden würden. Und dann waren wir müde geworden und wortlos übereingekommen, uns
anderen Themen zu widmen.

Ein Taxi hielt an. Kate und ich umarmten uns noch einmal,
dann blickte ich ihr nach, wie sie davonfuhr.

Ich blieb noch eine Zeit lang auf der Straße stehen. An jenem Apriltag war der Himmel klar, aber die Luft war immer
noch so frostig, dass einem die Kälte bis ins Mark fuhr. Ich
schaute an dem Gebäude hinauf, in dem ich nun schon seit fast
zehn Jahren wohnte, und sah, wie hässlich es war und dass es
die Sonne verdeckte, einen ewigen Mantel des Schattens über
die breite Straße und die Leute warf, die hier unten ihren Ge-
schäften nachgingen.

Vor mir bremste ein Taxi in der Hoffnung auf einen Kunden,
aber ich winkte den Fahrer ärgerlich weiter. Er streckte mir
den Finger entgegen und gab wieder Gas.

Ich drehte mich um und ging ins Haus zurück.

Von all den verborgenen Dingen, der intimen Vertrautheit,
den Erinnerungen, die in meiner Seele lebten, von all dem hatte ich Kate nichts erzählt. Wie auch? Wie hätte ich meine Gefühle in Worte fassen können? Claire war die Einzige, die jemals gewusst hatte, wie sehr ich sie liebte. Sie war auch die
Einzige, die es jemals hatte wissen sollen.

fünf

»Julian?«

Wie sie da in der Tür zum verdunkelten Wohnzimmer stand, sah Laura in ihrem weißen Nachthemd beinahe wie eine Erscheinung aus. Nur ihre Stimme war klar und deutlich. Es war mitten in der Nacht. Ich starrte sie aus dem Sessel, in dem ich schon wer weiß wie lange saß, vom anderen Ende des Zimmers her an.

»Ist alles in Ordnung?«, erkundigte sie sich.

Ich war nicht in der Verfassung, ihr zu antworten. Im Dunkeln griff ich nach meinem Glas auf dem Fußboden und nahm einen kräftigen Schluck wässrigen Scotch. Eiswürfel klingelten.

»Julian.«

»Geh wieder ins Bett, Laura.«

»Nein«, sagte sie. »Nein.«

Sie drehte am Wandschalter und das Zimmer wurde von grellem Licht geflutet.

Ich blinzelte wütend und versuchte, mein Gesicht mit dem Arm abzuschirmen. Erst als sich meine Augen langsam daran gewöhnt hatten, ließ ich ihn wieder sinken. Laura sah mich vom anderen Ende des Zimmers an. Mir war klar, dass sich ihre Aufmerksamkeit nicht auf das große Glas Scotch konzentrierte, auch nicht auf den dicken Wollpullover, den ich im dunklen Schlafzimmer ertastet und über den Schlafanzug gestreift hatte. Sondern auf mein Gesicht.

»Ich habe dich noch nie weinen sehen.«

»Lass mich, Laura.«

Sie schien von dem, was sie sah, vorübergehend wie betäubt zu sein. Dann, nachdem sie sich sichtlich zu einer Entscheidung durchgerungen hatte, kam sie weiter ins Zimmer herein. Ich zog den Kopf ein – genau wie David Glassman – und spürte kurz darauf ihre Hände auf meinen Schultern, die mich fest-zuhalten und zu trösten versuchten. Aber ich konnte keine Be-rührung ertragen, entwand mich ihr mit einer raschen Schul-terbewegung, woraufhin sie ohne ein weiteres Wort wieder hi-nausging. Ihre Schritte wurden im Flur immer leiser, während ich reglos sitzen blieb und spürte, wie sich ein Schmerz in mei-ner Brust, meiner Kehle und meinen Augen breit machte. Ich sehnte mich nach der Dunkelheit. Und dann hörte ich sie zu-rückkommen.

Voller Anmut und mit liebevollem Sinn fürs Praktische reichte sie mir eine Schachtel Kleenex. Geduldig wartete sie ein paar Schritte entfernt auf dem Sofa, bis ich mir die ge-schwollenen Augen abgewischt und die Nase geputzt hatte. Doch kaum war ich damit fertig, senkte sich ein noch undurch-dringlicheres Schweigen wie ein gewaltiger Schatten auf uns herab.

Schließlich holte sie tief und entschlossen Luft. »Es ist ziemlich still hier, Julian. Merkst du das nicht?«

»Tut mir Leid«, murmelte ich und betrachtete meine Hän-de.

»Ich will keine Entschuldigung. Ich will, dass du mit mir re-dest.«

»Das ist nicht so einfach.«

»Doch, ist es«, erwiderte Laura nachdrücklich. »Doch. Es. Ist. Einfach. Du bist mein Mann. Ich liebe dich. Und ich will, dass du mit mir redest. So einfach ist es.« Sie beugte sich vor, packte mein Handgelenk und schüttelte es. »Rede mit mir, Ju-lian. Etwas Schreckliches nagt an dir. Soll ich vielleicht taten-los dabei zusehen? Einfach dasitzen und nichts dazu sagen? Darauf warten, dass dir wieder einfällt, wie sehr du mich brauchst? Das kannst du vergessen. Ich bin nicht blind, falls du das denkst. Ich bin auch nicht taub oder stumm. Und meine Geduld hat irgendwann ein Ende.«

Es war ganz still im Zimmer.

»Eine Freundin von mir hat sich umgebracht«, sagte ich.

Laura ließ mein Handgelenk langsam los und setzte sich wieder gerade hin.

»Welche Freundin?«

»Du kanntest sie nicht.«

Wieder ein langes Schweigen.

»Welche Freundin?«, wiederholte Laura.

Ich fuhr mir mit der Hand übers Gesicht. »Claire Marvel.«

Sie erstarrte. Claires Name war seit zehn Jahren in dieser Wohnung nicht mehr gefallen, aber nun sah ich dem Gesicht meiner Frau an, dass er ihr sofort gegenwärtig war, dass er ihr ständig gegenwärtig gewesen war.

Eine Zeit lang sagte keiner von uns ein Wort. Von der Straße tief unten dröhnte dumpfes Scheppern herauf, eine umgeworfene Mülltonne. Mein Verstand, der nach einer Fluchtmöglichkeit suchte, klammerte sich schwach an dieses weit entfernte Geräusch. Ich stellte mir einen Obdachlosen vor, der auf der Suche nach Flaschen und Dosen den Abfall durchwühlte.

Dann sagte Laura leise: »Das tut mir sehr Leid. Sie muss sehr gelitten haben, wenn sie so etwas getan hat.« Sie griff nach der Schachtel und zog ein Papiertaschentuch heraus. Sie musste ihre Hände beschäftigen, faltete das Tuch zwei Mal zusammen und legte es zwischen uns auf den Couchtisch, ohne es noch einmal anzusehen. »Ich habe gesehen, wie du dich an diesem Abend, als wir in der Oper waren, mit ihr unterhalten hast«, sagte Laura. »Ich habe euch draußen auf der Plaza gesehen. Ich wusste gleich, wer sie war.«

Ihre Stimme war kaum noch wiederzuerkennen; das war nicht mehr Laura. Mich überkam das Bedürfnis, nach ihrer Hand zu greifen, doch inzwischen hatte sich ihr Gesichtsausdruck bereits verändert, verhärtet, und in ihren Augen funkelte ein verbitterter, gerechter Zorn.

»Es war das einzige Mal, dass ich sie gesehen habe, Laura.«

»Erzähl mir nicht so was!«, fuhr sie mich an. »In deinem

Herzen, Julian, in deinem tiefsten Herzen hast du nie jemand anderen gesehen als sie. Du hast niemanden geliebt außer sie. Mich ganz gestimmt nicht. Jedenfalls nicht so.«

Sie sprang auf und streunte wütend durch das Zimmer. Als sie sich schließlich zu mir umdrehte, war sie den Tränen nahe.

»Wir beide haben versucht, ein Kind zu bekommen. Schon lange versuchen wir das, sehr lange …« Lauras Stimme flatterte, drohte zu kippen. Eine Faust an den Mund gepresst wartete sie, bis sie sich wieder unter Kontrolle hatte. »Wir haben es mit ganzem Herzen gewollt. Wir haben versucht, uns ein gemeinsames Leben aufzubauen und ein neues Leben in die Welt zu setzen. Aus welchem Grund, frage ich dich, wenn nicht aus Liebe zueinander? Sag es mir, Julian. Aus welchem Grund?«

sechs

Wenn man einem Menschen das Herz bricht, wird man zu einer Art Mörder ohne Erinnerungsvermögen. Alles, was an Mitgefühl vorhanden ist, wird zeitweilig außer Kraft gesetzt, während man sich rücksichtslos auf das eigene emotionale Überleben konzentriert. Man tut einfach das, was man tun muss, weil man, wie man glaubt, ohnehin keine andere Wahl hat. Man lebt einfach nur.

Wenn es dann vorbei ist, steht man vor den Trümmern seines Lebens und erinnert sich.

*

Laura und ich haben versucht, gemeinsam weiterzumachen.

Morgens ging sie früher als sonst zur Arbeit, abends kam sie später zurück und häufig aß sie mit Kollegen zu Abend. In den wenigen Stunden, die wir gleichzeitig und im wachen Zustand in der Wohnung verbrachten, redete sie mit mir, wenn nötig, war so höflich wie immer, blieb sonst aber eher für sich. Dabei war sie nicht feindselig, vielmehr schien sie erschöpft zu sein; als Vorspiel zur Trauer versuchte sie zuerst den Schaden zu bemessen.

Ich verbrachte immer mehr Zeit in der Schule. Es gab keine überflüssige Lehrerkonferenz mehr, kein Schüleranliegen war zu belanglos und keine wissenschaftliche Frage zu nichtig, um sich nicht damit zu beschäftigen. Als stünde mir die Zeit mit einem Mal unbegrenzt zur Verfügung, als existierte außer der Gegenwart keine Wirklichkeit mehr. Was in gewisser Hinsicht ironisch war. Denn ich fühlte mich vor allem, ohne zu wissen warum und ohne es zu bedauern, wie eine geborstene Sanduhr, deren Sand sinnlos auf den Boden rinnt.

sieben

An einem wolkenlosen Samstag im Juni saß ich mit meinem Vater auf einer Bank mit Aussicht auf den Riverside-Hundeplatz, der aus kaum mehr als einem kahlen Wiesenstreifen bestand. Ungefähr ein Dutzend Tiere unterschiedlicher Gestalt und Größe tollten unter Aufsicht ihrer Besitzer wild durcheinander und jagten sich gegenseitig mit unbändiger Ausgelassenheit. Eine feine Staubwolke lag über dem Gelände. Vom Westside Highway kam das Dröhnen unsichtbaren Autoverkehrs herüber.

Mein Vater trug säuberlich gebügelte Khakihosen, ein kurzärmeliges Hemd mit durchgescheuertem Kragen und gegen die Sonnenhitze einen beigefarbenen Hut. Die Brusttasche wurde von einem schwarzen Brillenetui ausgebeult, und dort blinkte auch der goldene Clip eines Kugelschreibers, zum Ausfüllen des Kreuzworträtsels in der *Times*.

Er war fünfundsiebzig, und es ging ihm ganz gut. Vielleicht sogar mehr als das. Für jemanden, der nie in seinem Leben Sport getrieben hatte, mit Ausnahme des Spaziergangs von siebzehn Querstraßen bis zu seinem Büro, und später, im Ruhestand, zum Kino und Sonntag zu Zabar's, war sein Herz in annehmbarer Verfassung. Das leise, chronische Pfeifen in seinen Lungen ließ, wie sein Arzt meinte, auf eine geringfügige Abnahme der Atemkapazität schließen. Dazu die Prostata mit ihrer leichten alterstypischen Schwellung. Äußerlich war er jedoch erstaunlich gut beisammen. Sogar die unvermeidliche Landkarte aus Fältchen hatte den paradoxen Effekt, seinem, wie man zugeben musste, etwas nichts sagenden Gesicht eine interessante Note zu geben. Seine Augen, blass wie Mondstein, schienen immer noch, wenn auch sehr bedächtig, nach Hinweisen zur Lösung des großen Rätsels zu suchen.

Es war nicht so, dass er meine Mutter vergessen hätte oder sich nicht mehr wünschte, sie wäre noch Teil seines Lebens. Aber in den letzten Jahren war ihm so etwas wie Frieden zuteil geworden. Es hatte sich langsam vollzogen, klammheimlich, von unten herauf, so wie Efeu sich an einer Mauer hinaufrankt. Bis er eines Tages durch das spinnwebartige Mysterium dieses Geflechts auf eine Landschaft hinausgeblickt hatte, die ihm keine Angst mehr einflößte. Die Selbstzweifel fielen wie eine Last von ihm, und das machte ihn leichtfüßiger. Irgendwann hatte er einfach aufgehört, die Milliarden Löcher in seinem Verständnis ihres Herzens stopfen zu wollen. Sie war ein anderer Mensch. Und was er jahrelang als brennendes Strafgericht an seiner Seele empfunden hatte, sah er jetzt ganz richtig als eine gefühllose persönliche Entscheidung. Es war keine Entscheidung, wie er sie selbst jemals getroffen hätte, das walte Gott, aber er konnte sie akzeptieren. Und irgendwie hatte ihm diese Akzeptanz, wie bescheiden oder unbemerkt sie sich auch eingestellt hatte, seine Würde wiedergegeben.

Ich dachte angestrengt über ihn nach. Und dann war ich

schlagartig wieder bei mir; ein unwillkommener Wechsel, der irgendwie durch die vertraute Kargheit des Hundeplatzes ausgelöst worden war. Alles Grüne, Lebendige war in den Staub getrampelt.

In der letzten Zeit war meine Schlaflosigkeit mit alter Hartnäckigkeit zurückgekehrt. Mein Problem bestand nicht darin einzuschlafen, sondern in diesem Zustand zu verharren. Wenn man regelmäßig jeden Morgen um Punkt drei Uhr aufwacht, kommen einem die verbleibenden Stunden wie eine endlose Steppe vor, deren äußerste Ränder in Müdigkeit und einer unbestimmten Panik verschwimmen; etwas, das es in der Dunkelheit langsam zu durchqueren gilt, ein langes sich Dahinschleppen in Richtung Sonnenaufgang. Sämtliche Selbstvorwürfe, über die du auf keinen Fall nachdenken darfst, sind wie Sterne am Himmel über dir verstreut. Alles was du weißt, ist, dass du nicht nach oben schauen, nicht nachdenken darfst, sonst schaffst du es auf keinen Fall bis ans andere Ende.

Laura hingegen schlief tief und fest. Betrachtete man sie nachts im Bett, vor dem Lichtausmachen, bis zu den ersten rhythmischen Takten ihrer schläfrigen Atemzüge, konnte man Zeuge eines herrlichen Paradoxons werden: einer Kapitulation, die zugleich eine Umarmung war. Einmal, wir waren noch nicht lange verheiratet, habe ich gesehen, wie sie lächelnd einschlief – und es hatte nichts mit mir zu tun, da war ich mir sicher, sondern es war etwas ganz Persönliches, Unbenennbares, wie bei einem Fallschirmspringer, der seinen Kick daraus zieht, allein durch den Äther zu fallen. Ihrem Gesichtsausdruck nach hätte man vermuten können, dass die eigentliche Geschichte meiner Frau genau in diesem Moment von ineinander verschmelzendem Verlust und Gewinn verborgen liegt – diesem unsichtbaren X, auf dem das stille Mädchen seinen abgesicherten Auftritt der Besonnenheit verlässt und sich der Leidenschaft seines verborgenen Ichs hingibt. Aber diese Geschichte hätte man sehr geduldig suchen müssen. Man müsste um den Zustand ihrer Seele wissen wollen. Man müsste auf den Augenblick von Kapitulation und Umarmung warten, auf ihren Atem lauschen und ihr Gesicht betrachten, wenn es die Last des Bewusstseins fahren ließ. Man müsste genug Hingabe aufbringen, um diesem Augenblick ihres geheimsten Verlangens seine uneingeschränkte Vorstellungskraft zu widmen. Dazu hätte ich sie allerdings so lieben müssen, als wäre sie die große Liebe meines Lebens.

*

Draußen auf der sandigen Wiese warf jemand einen Tennisball. Sofort schossen zwei schwarze Neufundländer hinterher. Der Ball flog durch die Luft, sprang auf, die beiden Hunde rannten unter ihm hindurch und setzten im gleichen Augenblick zum Sprung an, die Schnauzen weit vorgestreckt, geschmeidig wie Panther in der vor Hitze glasierten Luft. Sie verfehlten einander und den Ball um wenige Zentimeter, und während sie sich noch aufgeregt anbellten, kullerte der Ball davon und wurde von einem Dackel apportiert.

»Sieh mal einer an«, kommentierte mein Vater trocken. »Das kleine Kerlchen hat gewonnen.«

*

Wir saßen ungefähr eine Stunde dort, ohne viel zu sagen.

Einige der Hunde, die am liebsten noch den ganzen Tag herumgetollt hätten, wurden von ihren Besitzern viel zu früh wieder nach Hause geführt. Neue Hunde kamen, zogen ihre Menschen hinter sich her, konnten es kaum erwarten, von der Leine gelassen zu werden und in dem brodelnden, schnüffelnden, bellenden Mahlstrom ihrer Artgenossen frei herumzurennen.

Bei ihrem Anblick kam ich mir wieder jung vor, und alt. Ich musste daran denken, wie ich als kleiner Junge an der Hand meines Vaters in diesem Park spazieren ging. Die Wiese war damals noch üppig mit Gras bewachsen. Ich sehe, wie eine Dänische Dogge mit großen Sprüngen quer darüber rennt. Ich zeige auf den riesigen, wunderschönen Hund – schwarz wie Anthrazit ist er und läuft wie ein Fohlen – und versuche etwas zu sagen. Aber ich bin sprachlos. Ich habe keine Angst. Ich zeige nur immer weiter mit dem Finger auf den Hund. Bis ich in Tränen ausbreche, frustriert von meiner Unfähigkeit, mein Staunen zu artikulieren,. »Was hast du denn?«, fragt mein Vater vergnügt, geht neben mir in die Hocke und legt mir die Hände auf die Schultern. »Was ist denn, mein kleines Kerlchen?«, sagt er.

Jetzt sagte er: »Du kommst mir unglücklich vor.« Er redete bedächtig, wog seine Worte vorsichtig ab, den Blick unablässig auf den Hundeplatz gerichtet. »Eigentlich kommst du mir schon seit einiger Zeit recht unglücklich vor.«

Ich sah ihn an.

»Jedenfalls habe ich diesen Eindruck gewonnen«, fügt er hinzu, das Gesicht immer noch starr geradeaus gerichtet.

»Es gab da eine Frau in Cambridge«, sagte ich. »Ich habe sie geliebt. Du hast dich schon einmal nach ihr erkundigt, und ich habe dir gesagt, sie hat einen anderen geheiratet.« Ich machte eine kleine Pause. »Wahrscheinlich erinnerst du dich nicht mehr daran.«

»Ich weiß schon.«

»Sie hat sich umgebracht.«

Jetzt wandte er sich mir zu. Seine Wangen hatten Farbe bekommen. Und ich saß da und wartete darauf, dass er etwas sagte, während die Hunde auf der Wiese herumtobten, um die Wette rannten und spielten und nacheinander schnappten.

Mein Vater jedoch blieb stumm, bis ich schließlich resignierte.

Doch gerade als ich mich wegdrehte, spürte ich seine Hand auf meiner Schulter. Er drückte mich fest und sehr lange, und der Kloß, der jetzt in meiner Kehle aufstieg, war beinahe unerträglich.

Mit gepresster Stimme sagte ich: »Ich glaube nicht, dass ich darüber hinwegkomme.«

Er nickte und sah mir in die Augen: »*Willst* du denn darüber hinwegkommen?«

Ich dachte darüber nach, dann schüttelte ich den Kopf.

»Was hast du vor?«, fragte er nach einer Weile.

»Sie wohnte zuletzt in einem Ort in Frankreich, wo wir damals zusammen gewesen sind. Dort, wo wir glücklich waren.« Ich spürte den Druck hinter meinen Augen und unterbrach mich erneut, um wiederholt zu schlucken. »Ich glaube, ich muss dorthin.«

»Für wie lange?«

»Ich weiß nicht.«

»Hast du es Laura schon gesagt?«

Ich schüttelte den Kopf.

»Das wird sehr schwer für sie«, sagte er. Er hatte Laura von Anfang an gern gehabt.

»Die ganze Sache war sehr schwer für sie.«

Der Dackel verließ den Platz, trottete seinem Herrchen mit stolz erhobenem Kopf hinterher, als trüge er ein unsichtbares Cape.

»Da geht der kleine Kläffer«, sagte mein Vater leise.

Sein Lächeln war gedankenverloren und traurig. Höchstwahrscheinlich, dachte ich, hatte er keine Ahnung, wie tröstlich es für mich war, mit ihm auf dieser Bank zu sitzen. Aber ich hoffte, dass er es doch wusste.

acht

Es war ein strahlend sonniger Nachmittag, und ich hatte Angst vor meiner eigenen Courage.

Nachdem ich meinen Vater bis zu seinem Wohnhaus beglei-

tet hatte, ging ich nicht sofort nach Hause, sondern spazierte
eine Zeit lang ziellos durch die Upper West Side und betrachtete die Schaufenster. Später, als ich an der Ecke 48ste und
Broadway am Cineplex vorbeikam, sah ich, dass dort gerade
eine Teenager-Horrorkomödie anfing, die mich überhaupt
nicht interessierte, kaufte eine Eintrittskarte und ging hinein.
Zwei Stunden vergingen in einem albernen Grusel-Ferienla-
ger voller Gekreische und künstlichem Blut. Es war beinahe
eine Wohltat, einfach so im Dunkeln zu sitzen und mir einzubilden, ich wüsste, was zu tun war.

*

Am frühen Abend kehrte ich in die Wohnung zurück. Ich
schloss auf, stand auf der Türschwelle und warf einen Blick ins
Wohnzimmer. Von dort hatte man Aussicht über die Dächer
nach Westen, zum Hudson und bis nach New Jersey hinüber.
Direkt auf dem Horizont schwamm eine orangefarbene Sonne,
übergoss die Fabriken und verlassenen Terminals, die sich bis
zum Fluss zogen, mit einer grell leuchtenden Farbe. Das ganze Zimmer war von diesem Licht entflammt, und mitten darin
fühlte sich mein Herz auf einmal beengt, als ob es kurz vor
dem Ersticken wäre. In der Annahme, allein zu sein, stieß ich
einen Laut aus, eine Mischung aus Stöhnen und Seufzer.

»Dein Vater hat vorhin angerufen«, sagte Laura.

Erschrocken sah ich nach unten. Sie saß auf dem Sofa und
schaute sich wie ich den Sonnenuntergang an. Sie hatte sich
nicht umgedreht. Ich sah lediglich ihren Hinterkopf, eine Silhouette, die mit ihrer Stimme sprach. Die Stimme wirkte mechanisch, als hätte sie sich die Worte schon vorher zurechtgelegt und würde sie jetzt lediglich aufsagen, wie eine nüchterne Bestandsaufnahme. Sie liefert mir Berichte von ihrer Seite,
dachte ich traurig, so wie ich mir angewöhnt hatte, welche von
meiner Seite zu liefern. Ein Austausch von Neuigkeiten.
Darauf hatte es sich mittlerweile reduziert.

Ich ging langsam um das Sofa herum und setzte mich in den Ledersessel.

»Was hat er gesagt?«

»Er hat gesagt, er wollte nur, dass ich weiß, dass er mich wie eine Tochter liebt. Ich sagte ihm, mir ginge es genauso. Am Schluss war es ein bisschen peinlich. Er dachte nämlich, du wärst schon wieder zurück und hättest bereits mit mir geredet ... was immer du mir auch mitzuteilen hast.«

Jetzt konnte ich ihr Gesicht sehen. Auf ihren Wangenknochen glühte der Widerschein der Feuersbrunst draußen. Ich sah ihre Augen, konnte den Ausdruck darin jedoch nicht erkennen.

»Es tut mir Leid«, sagte ich und bedauerte die Worte im selben Moment, in dem ich sie ausgesprochen hatte.

»Es tut dir *Leid*?«

Es war still im Zimmer. Die Sonne setzte ihren unmerklichen Untergang fort. Die Glut wurde noch intensiver: Rosa, Terrakotta, Mandarine, Blut.

»Erinnerst du dich an meinen Großvater?«, fragte Laura, und mit einem Mal klang sie beinahe vergnügt, obwohl ihr Ton hart wie eine Gewehrkugel war. »Das war der mit dem Rollstuhl bei unserer Hochzeit. Nierenkrebs. Opa George, der große alte Mann der Wall Street. Vielleicht erinnerst du dich nicht mehr an ihn. Er ist zwei Monate danach gestorben. Ich möchte dir etwas über ihn erzählen, was du wahrscheinlich niemals erfahren hättest, selbst wenn es dich interessiert hätte. Etwas, das niemand von ihm wissen konnte, der nicht gerade mit ihm verheiratet war. Der arme alte George war ein elendes Stinktier. Er hat meine Großmutter fünfundfünfzig Jahre lang ignoriert, ihr nicht mal für einen Groschen Liebe geschenkt, hat weder ›Bitte‹ noch ›Danke‹ noch ›Du hast aber ein hübsches Kleid an‹ oder ›Die neue Frisur gefällt mir‹ gesagt. Er hat sie so gut wie nie geküsst. Hat kaum mit ihr gesprochen, außer um ihr zu sagen, dass sein Hemd nicht ordentlich gebügelt oder

der Braten zu lange im Rohr gewesen sei. Dass sie zu viel von seinem Geld ausgebe. Dass sie um die Hüften zu dick sei. Dass sie ungepflegt aussähe. Zu laut sei. Zu langweilig. Ab und zu hörte man ihn vor sich hin nörgeln, warum er sie überhaupt geheiratet habe. Die Mädels auf dem College seien alle hinter ihm her gewesen, das müsse sie doch noch wissen. Er sei eine verdammt gute Partie gewesen. Aber er hatte sie geheiratet, hatte sich für sie entschieden, sie auserwählt, und dafür sollte sie ihrem Glücksstern gefälligst auf den Knien danken.«

Sie hielt inne. Die Worte waren nur so aus ihr hervorgesprudelt, und jetzt hörte ich sie in der Stille des Zimmers atmen.

»Er starb auf dem Operationstisch«, sagte Laura. »Die letzte Niere hat es nicht mehr gepackt. Er starb wie jeder andere auch, vielleicht noch schlimmer. Er wusste, was auf ihn zukam. Wenn es um sein Ansehen ging, war Opa George ziemlich auf Draht. Sein guter Ruf war ihm schon wichtig. Vielleicht war es das, woran er dachte, als sie ihn aus dem Krankenzimmer hinausfuhren. Meine Großmutter ging neben ihm und hielt seine eiskalte Hand. Weißt du, was er als Letztes zu ihr gesagt hat, kurz bevor sie ihn in den Fahrstuhl schoben? Wahrscheinlich das Letzte, was er auf dieser Welt von sich gegeben hat. Nur ein einziger kurzer Satz. Er ist immer sehr sparsam gewesen, mein Großvater. Ein einziger Satz, um ein ganzes Lebens aufzuarbeiten: ›Tut mir Leid‹, sagte er. Es tat ihm Leid. Er sagte ihr, es täte ihm Leid, und dann starb er.«

Ich hob den Blick. Die Sonne war hinter New Jersey hinabgefallen, die Farben so gut wie verblichen. Wir verwandelten uns, wie wir da saßen, in Schatten.

»Laura …«

»Ich bin noch nicht fertig«, sagte sie. »Ich bin immer still gewesen. Du hältst mich für still, und das stimmt auch. Aber ich bin es leid, still zu sein. Ich bin es leid, so still zu sein, dass du manchmal sogar vergisst, dass ich da bin. Fragst du dich manchmal überhaupt, was das für ein Fleck da im Hintergrund ist? Das bin ich, Julian. Ich. Obwohl ich direkt hier neben dir sitze. Und ich bin es leid, allein durch die Wüste zu gehen. Es ist mir am Tag zu heiß und in der Nacht zu kalt. Ich bin es leid, an jemandem gemessen zu werden, den ich niemals kennen gelernt habe und der nicht einmal mehr auf dieser Erde weilt. Ich bin es leid, dafür leiden zu müssen, dass du dich nicht mehr daran erinnern kannst, ob sie dich genug geliebt hat. Was ist genug, Julian? Gibt es überhaupt etwas, das für dich genug ist? Ich lasse mir jedenfalls nicht mehr das Gefühl geben, dass ich nicht genug bin. Ich *bin* genug. Ich bin mehr als genug. Und wenn nicht für dich, dann für jemand anderen.«

Sie weinte. Sie hielt sich den Arm schützend vors Gesicht und rollte sich auf dem Sofa zusammen, als wollte sie sich unsichtbar machen. Ein Anblick, den ich nicht ertragen konnte. Ich stand auf und ging zu ihr, um sie in den Arm zu nehmen. Sie versuchte mich wegzustoßen, aber ich hielt sie fest, und ihr Weinen wurde lauter. Ihr Körper bebte an meiner Brust. Und dann kamen meine eigenen Tränen, und wir umklammerten einander mit einer Inbrunst, die wir in den langen, ruhigen Tagen unserer Ehe niemals erlebt hatten, und ihre Fäuste trommelten auf meinen Rücken, ihr Mund lag an meinem Ohr und stammelte mit einer von Traurigkeit gezeichneten Stimme, dass sie mich hasste und dass sie es sich nie ausgesucht hätte, mich zu lieben.

TEIL

FÜNF

eins

Dasselbe Land, und doch nicht dasselbe. Jetzt ist Sommer, nicht Frühling. Der gleiche Mietwagen – ein Peugeot –, und doch völlig anders; sämtliche Modelle von allem sind verändert. In den dreizehn Jahren hat die französische Regierung die Autoroute fast durch das ganze Quercy ausgebaut, was die Fahrt von Paris um eine Stunde verkürzt. Normalerweise. Aber einer wie ich verfährt sich schon irgendwo in der Pariser Banlieue, ängstlich durch die Windschutzscheibe starrend und mit der Karte auf dem Schoß. So dauerte die Fahrt vom Flughafen aus nach Süden zwei Stunden länger als damals, obwohl unsere Wegbeschreibung lediglich aus Namen bestanden hatte, die nur sie aussprechen konnte.

Nicht alles war anders. Winzige Tässchen mit bitterem Kaffee unterwegs, ein Croque-Monsieur. Rings um Châteauroux verloren sich die ausgedehnten Felder allmählich, die frisch gepflügt oder vor kräftigem Gelb und kühlem Grün strotzten, und gewannen an Komplexität und Geometrie, bildeten Buckel, gingen ins Limousin über, das alte Hügelland mit seinen Steinmauern und roten Ziegeldächern. Dann runter von der Autoroute, auf die kleinen Straßen, die sich in ständigem Auf und Ab durch die Landschaft wanden. Niedrige Hügel, die schon jetzt von der sengenden Sommerhitze ausgedorrt und fast braun waren, Schafe mit Römernasen, auf den schmalen Schattenkeilen vereinzelter Pflaumen- oder Walnussbäume eng aneinander gedrängt, Schwalben, die wie unbenutzte Satzzeichen auf Telefonleitungen hockten. Die wenigen Kühe ein

Bild sprichwörtlicher Trägheit. Das Tal und der schmale, graublaue Fluss, die kilometerlangen Mauern aus scharfkantigem Kalkstein, die Weiler mit ihren einfachen weißen Schildern, das Kreisstädtchen mit den Fachwerkfassaden rings um den Marktplatz, die Lebensmittelläden, in denen sie damals die Zunge um jedes Wort geschlungen und aus jedem einen Leckerbissen gemacht hatte.

Ich folgte dem Fluss aus der Stadt hinaus, bis ich ihn aus den Augen verlor, nahm die steile Straße, die sich an der Bergflanke hinaufwand. Und dann dehnten sich das weite Tal und der Fluss wieder in meinem Rückspiegel aus.

Mein Atem hatte sich beschleunigt, ich fing an zu schwitzen. Oben auf der Hochebene bog ich nach links ab, weg von der einspurigen, mit Schafmist gesprenkelten Landstraße, die zu dem Haus führte, in dem Claire und ich dreizehn Jahre zuvor gewohnt hatten.

*

Das nächste Dorf thronte drei Kilometer entfernt ganz oben auf dem Berg. Zweifellos ein ehemals bedeutsamer Ort, mit direkt in den Berghang gebauten Wehrmauern und einem nach allen Richtungen weiten Ausblick ins Tal. Inzwischen jedoch unheilbar geschrumpft, mehrere Größen zu klein für seine eigene Geschichte, bestand er im Wesentlichen aus der *épicerie* mit dem FERMÉ-Schild in der Glastür, einer *auberge* mit acht Zimmern und einer Meute magerer Hunde, die beim Anblick meines Autos sofort zu kläffen anfing. Nicht einmal ein Café gab es.

Ich stellte den Wagen auf dem kleinen Platz unter einer brutal gestutzten Kastanie ab und betrat die Auberge du Soleil.

Hinter der Rezeption stand ein stämmiger alter Mann. Als er mich erblickte, richtete er sich auf.

»*Monsieur, bonsoir.*«

Mein Französisch war bestenfalls holprig. Ich erkundigte mich nach einem Zimmer.

Ich hatte Glück, ich verstand ihn mit einiger Mühe. Normalerweise sei um diese Jahreszeit nichts zu machen. Aber aufgrund einer Absage sei gerade ein Zimmer frei geworden. Eins der besseren. *Avec la vue*, wie er sagte, trotzdem sei der Preis durchaus akzeptabel. Wie lange ich zu bleiben gedächte, wenn er fragen dürfe?

Ich sagte, ich wüsste es noch nicht. Die Erschöpfung holte mich ein, es fiel mir schwer, mich überhaupt zu unterhalten, egal in welcher Sprache. Als er meine Kreditkarte entgegennahm, erkundigte er sich, ob ich schon einmal in der Gegend gewesen sei. Einmal, murmelte ich, ist schon lange her. Er wartete ab, in der Annahme, ich würde noch mehr sagen, aber ich schüttelte den Kopf und machte eine hilflose Handbewegung, und auf einem Sessel wachte ein räudiger, grauer Hund von seinem Schläfchen auf und betrachtete mich interessiert. Dann half mir der Mann mit langsamen, bedächtigen Schritten mit meinem Gepäck die Treppe hinauf zu meinem Zimmer. Einen Fahrstuhl gab es nicht.

Das Zimmer war klein: ein Bett, eine Kommode, ein Stuhl, ein Waschbecken, das kaum tief genug für beide Hände war, Toilette und Bad auf dem Flur. Er schaltete das Licht an und klappte die Fensterläden auf. Die gelben Wände waren mit gerahmten Aufnahmen des Städtchens geschmückt, der gemauerten Festungsanlage und anderen wunderschönen Ansichten, sowie von Rocamadour und der berühmten Schwarzen Jungfrau, die Claire und ich nie gesehen hatten.

Der Mann und ich standen da, schauten uns im Zimmer um und blickten aus dem Fenster auf »*la vue*«. Die Dämmerung setzte bereits ein. Auf der gegenüberliegenden Seite des Tales waren Lichter angegangen, die uns wie erdgebundene Sterne zublinkten. Er erkundigte sich, ob ich noch etwas bräuchte. Er schien nur ungern gehen zu wollen. Sein Verhalten war förmlich, aber freundlich, ernst, und dabei sehr hilfsbereit; weniger des Geschäfts, sondern meiner Gesellschaft wegen, glaubte

ich. Ab und zu rieb er die Hände aneinander, als müsste er sie
einfach hin und wieder spüren. Es waren verbrauchte Hände,
abgearbeitet und schwielig. Sie hatten eine Farbigkeit wie altes Teakholz; in der Stille zwischen uns übernahm das Geräusch, das ihr Aneinanderreiben hervorrief, in gewisser Weise
die Funktion einer angeregten Unterhaltung. Ich spürte, dass
der Mann mich seltsam anrührte. In den tiefen, verwitterten
Furchen seines Gesichts und dem wässerigen Blick seiner Augen spürte ich eine Verlassenheit, eine matte Resignation, als
habe er vor langer Zeit einen Treueschwur geleistet, der nicht
erwidert wird.

»J'espère que vous serez bien content ici, Monsieur.«

Ich war zu müde, um zu antworten. Trotzdem war ich ihm
dankbar dafür, dass er es gesagt hatte. Und als er mich mit einem letzten Händereiben und einem kurzen Nicken mir selbst
und der Nacht überließ, spürte ich seine Abwesenheit und bedauerte, dass er fort war.

Dann setzte ich mich aufs Bett und versank innerhalb weniger Augenblicke in einen traumlosen Schlaf.

zwei

Als ich gegen elf Uhr aus dem kühlen Schatten der Auberge
trat, glühte der kleine Dorfplatz bereits wie ein Backofen. Ich
stand blinzelnd und halb blind im grellen Sonnenlicht. Nir-
gendwo waren Leute zu sehen. Die Hitze der Pflastersteine
drang durch die dünnen Sohlen meiner Schuhe, und das ständige Gesumme der Fliegen erinnerte an das Brummen einer
Starkstromleitung.

In der Nähe standen drei Steinhäuser unbestimmbaren Alters, deren Fensterläden zum Schutz gegen das blendende
Licht geschlossen waren. Das mittlere Haus mit einer großen

Scheibe im Erdgeschoss – einem nicht verrammelten Schaufenster – schien ein Laden zu sein; aber es war kein Schild zu sehen, und auch drinnen stand nichts außer einem einzigen Stuhl mit Sprossenlehne, einer rostigen Gießkanne und einer völlig reglosen schwarzweißen Katze, die ich, hätte sie nicht die Augen geöffnet, um mich zu beobachten, für ausgestopft gehalten hätte. Ich drehte mich um. Auf der gegenüberliegenden Seite des Platzes trafen zwei schmale Sträßchen aufeinander. Eine führte hinunter ins Tal, die andere, eine kurze Sackgasse, führte zu einer Gruppe von alten Steinhäusern, durch die ein gepflasterter Gehweg hindurchführte. Das Ganze war eingefasst von der uralten, am Rande des Berghangs aufragenden Stadtmauer.

Während ich noch unentschlossen dort stand, schleppte sich eine untersetzte Frau mit einem schweren Sack auf dem Rücken vorbei. Sie trug eine braune Kittelschürze und staubige schwarze Schuhe; ihre Schultern waren breit, ihre Schritte hallten dumpf auf den Pflastersteinen. Dann bog sie in den Kopfsteinpflasterweg ein und war aus meinem Gesichtsfeld verschwunden.

Ich nahm mich zusammen und ging um die Auberge herum zu der Épicerie. Heute stand OUVERT auf dem Schild hinter der Glastür. Ich ging hinein. Ein kleiner Laden, der nur aus einem Raum bestand und dessen vom Boden bis zur Decke reichende Regale nach einer geheimnisvollen Logik der angewandten Gegensätze voll gestopft waren: Kisten mit Rattengift neben Dosenerbsen, Tüten mit H-Milch gleich neben dunklen und staubigen Flaschen Cahors. Vor dem Durchgang hinter der behelfsmäßigen Verkaufstheke hing ein Fliegenvorhang aus grünen Plastikperlen. Der Laden war leer, es gab auch keine Klingel, um sich bemerkbar zu machen. Ich wollte schon wieder gehen, als ich Schritte vernahm – und dann trat der alte Mann von der Auberge durch den Fliegenvorhang, einen blauen Arbeitskittel über den Kleidern, die er am Abend zuvor getragen hatte. Die langen Perlenschnüre tanzten klackernd um ihn herum. Mit einer leichten Verneigung seines fast kahlen Kopfes und einer einladenden Handbewegung in Richtung der Regale begrüßte er mich.

»*Monsieur?*«, sagte er.

Ich fragte nach Kaffee.

»*Oui. Voilà le café.*« Mit nun vollends geöffneter Hand dirigierte er mich höflich zu den Kaffeepäckchen auf einem seiner Regale.

Ich schüttelte den Kopf. »*Ah, non.*« Ich versuchte, mimisch und gestisch nachzuahmen, wie man aus einer kleinen Tasse diesen bitteren Kaffee trank und nippte genüsslich – ich wollte bereits zubereiteten Kaffee haben. Mitten in meiner Vorstellung schien sein Mund beinahe ein Lächeln in Erwägung zu ziehen, dem er sich dann aber doch nicht ergab.

»*Attendez*«, sagte er schließlich und verschwand wieder durch den Vorhang nach hinten.

Ich wartete. Es machte mir nichts aus. In dem Laden war es fast kühl, dazu die Regale mit den vielen alltäglichen Dingen, die ich betrachten und benennen konnte. Hier konnte man nicht verloren gehen.

Dann sah ich durch die Glastür den räudigen Hund des alten Mannes mit gespannter Aufmerksamkeit quer über den Platz trotten, die Nase zielgerichtet wie eine Kompassnadel vor sich hertragend. Für ihn war das hier kein Dorf, sondern ein Königreich unbegrenzter Möglichkeiten. Ich verspürte eine unerklärliche Rührung in meiner Brust. Dann erschien der alte Mann wieder, kam aus irgendeinem Grund rückwärts durch die langen Perlenschnüre, die sich vor ihm wie ein Kramladenmeer teilten.

Er drehte sich um. In seinem Blick schimmerte Großzügigkeit. Auf dem runden Kellnertablett in seiner Hand standen zwei kleine Tässchen Kaffee auf Untertassen.

»Et voilà, le café«, sagte er.

Wir standen in seinem Laden und tranken Kaffee.

Er hieß Delpon, was, wenn ich ihn richtig verstanden habe, im alten Dialekt jener Gegend »Brücke« bedeutete. Er war kaum zehn Kilometer von der Stelle, an der wir standen, auf die Welt gekommen. Ein Onkel und ein älterer Bruder waren während *»la Guerre«* in der Resistance gewesen. Der Bruder war jetzt schon fünfzehn Jahre tot. Auch seine, Delpons, Frau war tot. *Ma pauvre femme*, sagte Delpon, eine Aussage von unwiderlegbarer Einfachheit.

Er fragte, ob ich als Tourist ins Lot gekommen sei, denn das Lot sei wirklich wunderschön, und im Sommer kämen viele Touristen in die Gegend, vor allem Engländer und Amerikaner, aber auch ein paar Deutsche. Einmal soll sogar ein japanisches Pärchen auf Durchreise gewesen sein, aber das sei nur ein Gerücht, meinte Delpon, er jedenfalls habe es nicht mit eigenen Augen gesehen.

Er wartete, schwenkte den Kaffeesatz auf dem Boden seiner Tasse, um den verbliebenen Zucker aufzunehmen, und trank den Rest mit einem Schluck aus.

Ich erkundigte mich, ob er im Winter vielleicht zufällig eine Amerikanerin hier gesehen hätte, es müsste im Dezember gewesen sein, so um Weihnachten herum. Eine Amerikanerin mit langen braunen Haaren, die in einer Auberge in der Gegend übernachtet und dann einige Monate in einem kleinen Haus im nächsten Dorf gewohnt habe.

Das alles in meinem langsamen, holprigen Französisch, was seine Zeit in Anspruch nahm.

Delpon setzte seine Tasse ab. Er sah, dass auch meine leer war, nahm sie mir überraschend behände aus den Fingern und stellte sie auf das Tablett. Sein Gesichtsausdruck hatte sich verändert.

»Es war hier«, sagte er auf Französisch. »Sie hat hier übernachtet.« Behutsam, wie aus Pietät, zog er den blauen Krämerkittel aus, faltete ihn zusammen und legte ihn auf den Tresen neben das Tablett. Dann legte er mir die Hand auf den Arm, als wollte er mich stützen, bevor er mit sanfter Stimme weiterredete: »Sie ist tot, wissen Sie das?«

Ich sagte ja, ich wüsste es.

Er schüttelte bedauernd den Kopf. »Sie war sehr hübsch.« Er unterbrach sich. »So viel war klar«, sagte er. *C'était clair.*

Draußen fuhr ein Auto in Richtung Tal vorbei. Wie aus dem Nichts kommend rannten die Dorfhunde laut bellend hinter ihm her, fielen aber rasch zurück. Sie wollten nur ein wenig Eindruck schinden, kamen schon bald wieder zurückgetrottet, sanftmütig wie Stallhasen, und verzogen sich wieder, jeder in seine eigene Ecke des Königreichs.

»Und das Haus, in dem sie gewohnt hat?«, fragte ich.

»Ein einfaches Haus«, sagte er. »Typisch für die Gegend hier. Zur Zeit nicht bewohnt.«

»Wem gehört es denn?«

»Einer Frau von hier. Ich kenne sie seit vielen Jahren. War mit einem Amerikaner verheiratet, aber der ist gestorben. Sie wohnt ganz allein auf der anderen Seite des Flusses.«

»Wie heißt sie?«

»Madame Conner.«

Der Name klingelte in meinem Gedächtnis: die Frau von Leland Conner, Lou Marvels Freund aus Kindertagen. Also war das Anwesen immer noch in Familienbesitz.

»Ich würde das Haus gerne sehen«, sagte ich. »Wenn das möglich ist.«

Delpon blickte mich an. Es war still in dem kleinen, mit allen möglichen Sachen voll gestopften Laden. Draußen stand die Sonne hoch am Himmel, in der gleißenden Hitze war keine Menschenseele zu sehen. Sein Blick, in dem sich seine eigenen Verluste spiegelten, schien mühelos in dem meinen zu lesen.

»Mal sehen, was sich machen lässt.«

drei

Drei Stunden später klopfte es an meine Tür.

»Ja?«

Zuerst lugte nur sein Kopf herein, dann folgte der ganze Kerl. Den blauen Ladenkittel hatte er abgelegt.

Ich legte das dicke Manuskript, in dem ich gerade gelesen hatte, zur Seite – David Glassmans Dissertation über die Geschichte des politischen Rundfunks in den USA.

»Störe ich, Monsieur?«

»Nein, überhaupt nicht, Monsieur.«

Delpon stand mit ernstem Gesichtsausdruck im Zimmer und rieb sich langsam die Hände. »Ich habe mit einigen Leuten geredet«, entnahm ich seinen Worten. »Genauer gesagt, habe ich mit dem Mann der Frau gesprochen, die gelegentlich etwas für Madame Conner genäht hat. Der hat mit seiner Frau gesprochen, die ihm wiederum erzählt hat, dass Madame Conner schon den ganzen Monat weg ist. Leider weiß sie weder, wo sich Madame Conner aufhält, noch wann sie wieder zurückkommt.« Seine Hände hörten mit dem Reiben auf und zeigten mir bedauernd ihre leeren Innenseiten.

»Vielen Dank«, sagte ich.

Er verneigte sich, und ich sah, wie sein Blick auf meine großen Koffer in der Zimmerecke fiel. Er überlegte einen Augenblick und fügte dann hinzu: »Dürfte ich Ihnen ein Glas Wein anbieten, Monsieur Rose? Mein Schwiegersohn stellt ihn selbst her …« Er schürzte kaum merklich die Lippen, womit er womöglich andeutete, dass sein Schwiegersohn nicht unbedingt alle in ihn gesetzten Erwartungen erfüllte. »Aber sie dürften ihn dennoch recht passabel finden.«

»Vielen Dank, Monsieur Delpon, sehr nett von Ihnen. Vielleicht später. Jetzt muss ich noch mal weg.«

Die einspurige Landstraße, die glänzenden Schafsköteln. Am Eingang des Dorfes ein hässlicher Neubau aus braun verputztem Zement. Dann die alten Steinhäuser. Eine umgestürzte Schubkarre im Gras. Ein Esel mit blauschwarzen Augen, dessen Maul unter den tief hängenden Zweigen eines Pflaumenbaums hervorlugt, wo er spitzfindig über seinen pfützenförmigen Schatten nachsinnt. Ein älterer Mann in einer blauen Arbeitsjacke und riesigen Holzschuhen, der in einem Gartenrechteck häckelt, richtet sich langsam auf und schaut meinem vorbeifahrenden Auto nach.

Es war immer noch das letzte Haus, hinter einer niedrigen Mauer ein wenig abseits von den anderen. Ich hielt an, stieg aus und blieb erst einmal stehen. Mein Herz war plötzlich ganz ruhig, an der Grenze zur Empfindungslosigkeit und mir gänzlich fremd. Dann schob ich mich durch das Tor.

Das Haus war wie erwartet zugesperrt, sämtliche Fensterläden geschlossen. Allem Anschein nach war schon seit geraumer Zeit niemand mehr hier gewesen. Das vertrocknete Gras stand fast kniehoch. Die Luft vibrierte vom Gebrumm der Hummeln, Schmetterlinge leuchteten wie Farbskleckse am wolkenlosen Himmel auf. Rosen rankten sich entlang der Wand hinter der Steinbank, an die ich mich noch erinnerte; zu dieser Zeit des Jahres waren die Rosen jedoch schon fast verblüht, die blassrosa Blüten von der unbarmherzigen Hitze derartig bedrängt, dass sie wie die zarten, unglücklichen Gesichter französischer Schulmädchen aussahen. Von ihrem Duft war nichts mehr übrig.

Ich ging zur Scheune hinüber. Die Doppeltür war nicht abgeschlossen. Ich schob sie vorsichtig über die aufgeworfenen Dielen und trat ein. Aus den Löchern im Dach bohrten sich Pfeile aus weißem Licht durch das Halbdunkel, wirbelten die muffige, abgestandene Luft in der drückenden Hitze auf und ließen tanzende Staubpartikel wie Kolonien winzig kleiner Meerestierchen aufleuchten.

Das war alles. Ich blieb stehen, starrte in das Wechselspiel aus Schatten und Licht. Dann ging ich hinaus, schloss die Tür hinter mir, ging um das Haus herum und setzte mich auf die Steinbank. Rings um diesen besonderen Ort schien die Luft vor unsichtbarem Leben zu knistern. Weiter unten im Tal schepperte eine Schafsglocke wie eine Konservenbüchse, auf die jemand mit einem Löffel einschlug, worauf ein Chor verzweifelten Blökens einsetzte.

Ich versuchte, über Claire nachzudenken, aber es ging nicht.

Schließlich muss ich eingenickt sein.

Ich träumte, ich ertränke unter einer Meile schwarzen Wassers, mit weit offenem Mund. Wie ich dorthin gelangt war, wusste ich nicht. Ich rief laut, rief laut um Hilfe, aber es war nichts zu hören. Das Meerwasser drang in mich ein.

Benommen und schwitzend wachte ich auf. Mein Kopf war nach hinten gegen die blauen Fensterläden gesunken, und mein Mund stand so weit offen wie in dem Traum. Doch rings um mich her war der wirkliche Tag – hell, heiß und von vibrierendem Leben erfüllt. Und dahinter ein Geräusch, ein kindliches Kichern. Verwirrt blickte ich in die Richtung. Zwei junge Mädchen standen auf der anderen Seite der Steinmauer und beobachteten mich aus sicherer Entfernung. Als sie merkten, dass ich aufgewacht war, verstummten sie abrupt. Dann nahmen sie sich bei der Hand und rannten davon.

vier

Eine Woche verging, gefolgt von der nächsten. Madame Conner kam nicht zurück. Das kleine Haus im nächsten Dörfchen blieb verrammelt und verschlossen. Das Wetter war heiß und trocken, und ich gehörte schon bald zum lebenden Inventar der Auberge du Soleil. Was nicht besonders schwer fiel. Trotz Delpons gelegentlichen anderslautenden Bemerkungen gab es so gut wie keine anderen Gäste. Außer Delpon lief mir kaum jemand über den Weg, auch hörte ich selten eine andere Stimme als seine oder meine. Ein stiller, vergessener Ort.

Ich machte es mir zur Gewohnheit, das Foyer als Lesezimmer zu benutzen. Dort schrieb ich auch einen Brief an David Glassman, in dem ich ihm mitteilte, dass ich seine Dissertation für veröffentlichungsreif hielte, dass ich auf eine solche Arbeit selbst mehr als stolz wäre und dass ich mich glücklich schätzte, ihn nicht nur unterrichtet zu haben, sondern auch als meinen Freund bezeichnen zu dürfen. Er habe es schon weit gebracht, schrieb ich, und werde es noch viel weiter bringen. Ich ermahnte ihn, auf seinem Weg nicht die Freuden des Lebens zu vergessen. Was mich selbst anginge, so wäre ich zur Zeit in Frankreich irgendwo in der Provinz und wüsste noch nicht genau, was ich weiter vorhätte.

Dort im Foyer der Auberge las ich eines nachmittags auch einen kurzen Brief von Laura:

Warst du überhaupt jemals richtig anwesend? Wenigstens an unserem Hochzeitstag, als wir uns in meinem Mädchenzimmer umarmten? Genau das frage ich mich die ganze Zeit. Es ist schrecklich, wenn man demjenigen, den man liebt, nicht glauben kann. Und trotzdem immer noch dieser Wunsch, dieses Verlangen, verflucht noch mal, wie es wohl wäre, dich ganz für mich zu haben.

Als ich zu Ende gelesen hatte, tauchte Delpon aus den bescheidenen Räumlichkeiten hinter der Rezeption auf, die er selbst bewohnte. Er nickte mir kurz zu und ging nach draußen, gefolgt von seinem räudigen Hund namens Max, dessen Krallen auf den Fliesen klackerten; ein Geräusch, das an den Perlenvorhang erinnerte, durch den Delpon an meinem ersten

Tag in der Épicerie getreten war. Meine Wahrnehmung erging sich in jenen Tagen in solchen sich wiederholenden Ringschlüssen. Ich wusste nicht, was sie zu bedeuten hatten. Ich war wie ein permanent in der Warteschleife kreisendes Flugzeug, das auf Landeerlaubnis wartete.

Das Haus war verschlossen. Niemand wohnte darin. Mir blieb nichts anderes übrig, als herumzusitzen und zu warten. Wenn sich Kummer so anfühlt, dachte ich, dann verabscheue ich ihn, und mich selbst gleich mit. Jeden Tag gab es Augenblicke, in denen ich fürchtete, gleich in Tränen auszubrechen, und andere, häufigere, in denen ich gar keines Gefühls fähig zu sein schien. Es war, als hätte ich den weiten Weg bis hierher auf der Suche nach Claire nur zurückgelegt, um mich von dort, wo sie gewesen war, immer weiter zu entfernen. Es schien fast so, als könnte ich jetzt nicht einmal mehr meine Liebe zu ihr wiederfinden, außer in Träumen und Tagträumen, die zwangsläufig morbide, manchmal sogar beängstigend waren und wie Geister aus den Wänden meiner Erinnerung vorkamen und jeden Raum, den sie betraten, verdüsterten, bis sie schließlich wieder spurlos verschwanden.

Ich saß da, den Brief meiner Frau in der Hand, und fragte mich, wie ich jemals in mir einen Menschen zu Tage fördern sollte, der heil genug war, um zu ihr zurückzukehren.

*

In der Abenddämmerung stand ich mit Delpon vor der Auberge und trank den bärbeißigen Rotwein, den sein Schwiegersohn selbst machte.

Eine Zeit lang sprach keiner von uns ein Wort. In den zwei Wochen, die wir uns inzwischen kannten, hatte er mir beigebracht, behaglich mit einem anderen Mann zu schweigen. Er hatte meinen Ehering und meine Koffer gesehen und zweifellos aus meinem Verhalten und meinen Fragen nach der amerikanischen Frau, die hier in der Nähe gewohnt hatte, seine eigenen Schlüsse darüber gezogen, was ich hier, eine Woche nach der anderen, ganz allein in der Auberge du Soleil machte.

»Der Wein ist jung«, sagte er jetzt.

»Jung, aber gut«, erwiderte ich.

»*Passable?*« Der Anflug eines Lächelns.

»*Passable.*«

Sein Schwiegersohn hatte sich, soweit hatte ich Delpon verstanden, irgendwie verschuldet, war sonst jedoch kein schlechter Kerl. Dann war da noch die Tochter, die geschieden war und in Paris lebte. Es gab drei Enkel, zwei Mädchen und einen Jungen. Sie wohnten alle woanders. Er machte sich Sorgen um die Tochter, die nicht glücklich war. Er erkundigte sich, ob ich Kinder hätte, und ich sagte ihm, nein, noch nicht.

Rings um uns wurde es dunkel im Tal. An einer Ecke des Marktplatzes schaltete sich eine Straßenlaterne automatisch an (Delpon machte ein missbilligendes Geräusch mit den Lippen). Kurz darauf flatterten kleine Fledermäuse in ihrem durchsichtigen Lichtfächer und auch die Hunde, unter ihnen Max, kamen hervor und flitzten darunter hin und her.

Ich fragte ihn, wie lange er und seine Frau vor ihrem Tod zusammengelebt hätten, und er antwortete wie aus der Pistole geschossen. »Achtundfünfzig Jahre.«

»Wie haben Sie sich kennen gelernt?«

»Sie ist eines Tages hier vorbeigefahren, hinten auf dem Traktor ihres Vaters. Ich stand praktisch genau da, wo ich jetzt auch stehe. Sie hatte ein Kopftuch auf, aber ich konnte trotzdem ein bisschen von ihrem Haar sehen. Es war lang und dunkel, ihr Haar, und als sie merkte, dass ich sie anschaute, strich sie darüber …« Er hob seine dicke, abgearbeitete Hand zur Schulter. »Sie fuhren zum Markt nach Bretenoux«, sagte er. »Der Traktor fuhr nicht besonders schnell. Ich ging den ganzen Weg bis zur Stadt hinter ihm her, zehn Kilometer, und als ihr Vater nicht aufpasste, bin ich zu ihr hin und habe sie angesprochen.«

Unter uns schlängelte sich die Pflasterstraße an einer Steinmauer vorbei und weiter bis ins Tal hinab. Ein Auto fuhr dort
entlang, gelbes Scheinwerferlicht strich über den bewaldeten
Berghang, dunkle Pappeln und Eichen warfen Schatten wie
auf vergilbten Sepiadrucken.

Delpon leerte sein Glas. »Man vergisst nie«, sagte er leise.
»Mein Gott, man vergisst nie.«

Dann pfiff er nach seinem Hund und ging wieder in die Auberge hinein.

fünf

Ich sah noch einmal nach dem Haus. Ich ging sogar zweimal
hin, und beide Male war es unverändert. Und dann ging ich
eines Nachmittags noch einmal hin und sah, dass jemand die
Fensterläden aufgemacht hatte.

Ich stand draußen im hohen Gras. Mit den aufgeklappten
Fensterläden sah es wie ein anderes Haus aus, aus dem
Schlummer erwacht, bewohnt, aber weder von Claire noch von
mir. Seit Wochen hatte ich auf Madame Conners Rückkehr gewartet, jedenfalls hatte ich das geglaubt; doch jetzt, da das Warten womöglich ein Ende hatte, wurde mir klar, dass ich mich
schwer getäuscht hatte. Ich wollte niemand anderen in diesem
Haus sehen. Ich wollte nicht die Kleider von jemand anderem
im Schrank hängen sehen, keine fremde Zahnbürste im Glas
oder Geschirr in der Spüle vorfinden. Ich wollte mir auch nicht
schonungslos unter die Nase reiben lassen, dass von meiner
Vergangenheit letztendlich nichts mehr übrig war, als meine eigene fragile Vorstellung davon, was sich damals zugetragen hatte. Dass das, was ich für unsere, Claires und meine Geschichte gehalten habe und was ich jahrelang insgeheim wie einen
unabdingbaren Anspruch gepflegt habe, letztendlich eine Fik-

tion war – ein flüchtiger Traum, nicht wirklicher oder dauerhafter als das Spiegelbild in einer staubigen Fensterscheibe, eine Bühne, die hier lange vor uns schon von anderen bevölkert gewesen war, und nun, ganz offensichtlich, wieder von anderen in Besitz genommen wurde.

Derlei ging mir damals durch den Kopf. Ich blieb eine Weile in Gedanken versunken dort stehen, und ein eigenartiges Frösteln umfing mich an diesem heißen Tag. Dann ging ich zur Haustür und klopfte an. Meine Handflächen waren feucht geworden, mein Atem hatte sich beschleunigt. Es machte niemand auf. Das Haus wirkte leer und ich klopfte noch einmal. Nach einem raschen Blick zur Straße hin versuchte ich mein Glück an der Türklinke. Das Schloss schnappte auf, die Tür öffnete sich und ich trat ein. Tageslicht flutete mit mir herein, erfüllte den ganzen Raum, umhüllte meinen Körper und warf meinen Schatten auf den zerschlissenen Strohteppich. Es war der gleiche Belag, den ich noch in Erinnerung hatte: An den Rändern zerfetzt, und die zur Isolierung darunter gestopfte Zeitung in unterschiedlichen Stadien der Zersetzung befindlich. Es roch nach fauligem Holz, nach mit Flechten überwachsenem Feuerholz, Spinnweben, kalter Asche und klammem Mauerwerk. Im Stein blieb der Winter das ganze Jahr über aufgespeichert, kalt und feucht und erbarmungslos, ungeachtet der draußen herrschenden Hitze. Mich fröstelte wieder, und es kam mir vor, als bekäme ich nicht genug Atemluft. Links von mir schien schräges Sommerlicht durch die Glasscheiben der Terrassentür, die Streifen leuchtend hell und nur vom Staub getrübt. Ein paar träge Fliegen torkelten durch die Luft, während zahllose andere tot auf dem Boden unter den Fenstern lagen.

Ich ging in die Küche. Auch sie unverändert, bis hin zu dem Streifen Fliegenpapier, der in der Ecke von der Decke hing. Dort, zwischen den alten Gerätschaften und dem angeschlagenen Porzellan, stieg plötzlich so etwas wie Panik in mir auf.

Ich verließ die Küche und erklomm die steile, knarrende

Treppe zum ersten Stock. Auch hier das gleiche Bild. Das leere Badezimmer, das schmale Zimmer mit der schrägen Decke und dem Einzelbett, das größere mit den französischen Fenstern und dem Doppelbett; die Matratzen abgezogen und fleckig; keine Betttücher, keine Decken, keine Handtücher und keine Bücher. Nichts war von ihr übrig geblieben.

Ich ging wieder nach unten. Ich wusste nichts mehr mit mir anzufangen, stand wieder in der Mitte des großen, offenen Zimmers und erinnerte mich an das erste Mal. Nach der Nacht und dem Tag unterwegs hatte sie genau hier gestanden und sich um die eigene Achse gedreht, damit sie alles sehen konnte, die Arme balancierend ausgestreckt, das Gesicht verklärt. Was hatte sie damals so in Verzückung gesetzt? Jetzt wollte ich es wissen. Dieser Haufen toter Fliegen, verrottetes Zeitungspapier, beschädigte Dielen, gesprungene Spiegel und die dicken Schichten Staub? Dieses schäbige, primitive Haus, dessen Wände nur noch die Verwahrlosung beherbergten und nichts von dem Gefühl, an das ich mich erinnerte?

In diesem Augenblick fiel mein Blick auf den Geschirrschrank neben der Küchentür, und aus der Schwermut blitzte eine Erinnerung auf wie ein Signalfeuer. Ich ging hin und öffnete ihn. Ein starker Modergeruch stieg mir in die Nase. Ich starrte auf den vertrauten Stapel Langspielplatten und auf etwas anderes, das in eine ausgeblichene, mottenzerfressene Decke eingeschlagen war. Ich schlug eine Ecke zurück und las den Namen: PHILIPS.

Erst als ich den Plattenspieler aus seiner Ruhestätte herunterholte, stieß ich auf die einzigen Spuren ihrer Anwesenheit in diesem Haus: zwei Spiralbücher. Eines älter, mit fleckigem und abgestoßenem Deckblatt, in dem ich sofort die Erinnerungen ihres Vater wiedererkannte, die sie damals mitgeschrieben hatte. Das andere Notizheft war neueren Datums, mit makellosem Einband. Ich sah, dass sie nur ungefähr ein Drittel der Seiten benutzt hatte, aber die waren eng beschrieben.

Mit zitternden Händen setzte ich mich hin und fing an zu lesen.

sechs

6. Januar 1999

Das hier geht an dich. Im Moment zittere ich ein bisschen, aber ich werde mich schon wieder beruhigen. Ich weiß nicht, warum es so beängstigend ist, Worte niederzuschreiben, von denen ich weiß, dass ich sie niemals abschicken werde, die du niemals sehen wirst, sie sind nur für mich, denn ich habe das dringende Bedürfnis, mit dir zu reden, und dieses Bedürfnis bedeutet mir alles.

Seit fast vierzehn Jahren habe ich jeden Tag in Gedanken mit dir geredet. Jeden Tag haben wir uns unterhalten, miteinander geflüstert, sokratische Dialoge geführt, auch Monologe waren darunter, Gedichtfetzen, Ausschnitte aus Liedern und sogar langes Schweigen, sehr langes Schweigen der beredten Art, das kannst du ja so gut, und mir macht es nichts aus. Aus meinen geheimsten Gedanken bist du niemals fortgegangen.

Also schreibe ich.

10. Januar

Heute Nachmittag kam eine Frau aus dem Dorf mit einem Korb vorbei, in dem sie zwei weiße Rüben, vier Kartoffeln und fünf frische Eier hatte. Sie ist um die fünfzig, hat gute, kräftige Bauernhände und spricht den einheimischen Akzent, der direkt von den Troubadouren abzustammen scheint. Eine nette Frau, auch wenn sie neben ihren fürsorglichen Absichten hauptsächlich daran interessiert war, im Namen der Nachbarschaft ein wenig in meinem Leben herumzuschnüffeln. (Nachbarschaft? Das hier ist wohl eher Das vergessene Land.*) Da sie annahm, ich sei Engländerin, gab ich ihr eine Tasse Tee, mehr hat-*

te ich ohnehin nicht anzubieten, weil ich noch nicht die Willenskraft aufbringen konnte, ein paar Lebensmittel einzukaufen. Es fällt mir immer wieder ein, aber dann überfällt mich fast augenblicklich eine Lethargie, trotz der Eiseskälte, eine Lethargie oder etwas noch Schwereres, ein Stahlnetz, und dann bleibt mir nichts anderes übrig, als mich unter dem erdrückenden Gewicht hinzulegen. Das mit dem Hinlegen kriege ich immer besser hin. Aber es ist ein anderes Gewicht und eine andere Dunkelheit als die Migräneanfälle, die mich früher heimgesucht haben. Davon weißt du nichts. Der erste kam ungefähr einen Monat, nachdem du aus Cambridge weggezogen warst.

Carl hatte ein paar Professoren und deren Frauen zum Essen eingeladen. Ich konnte nicht kochen, sollte es aber lernen, doch es ist mir nie so richtig gelungen. Während das Hähnchen noch vor sich hin brutzelte, nahmen wir im Wohnzimmer einen Aperitif, die Unterhaltung drehte sich wie üblich um die Iran-Contra-Geschichte, Carl trug ein rosa Hemd mit silbernen Manschettenknöpfen und sein Gesicht war ganz rot vom vielen Erzählen, von seinen Ausführungen über Reagan und was für ein Visionär er wäre, wie ihn seine Feinde verunglimpft hätten, und ich saß einfach da und dachte insgeheim an dich und an das Baby, das ich in mir trug. Ich versuchte, dich in der einen gegen das Baby in der anderen Hand abzuwägen und die richtige Entscheidung zu treffen, als wäre ich eine Waage, unbestechlich und alt und weise, eine dieser Waagen aus der Bibel, deren Arme von manchen Leuten als Arme Gottes und damit als göttliche Gerechtigkeit angesehen wurden und deshalb Licht auf die Dinge werfen und über Schicksale entscheiden konnten. Aber ich war eben nur ich, verstehst du, mir gelang es nicht so gut, ich war mehr oder weniger gelähmt vor Kummer. Ich konnte nicht über dich nachdenken, sonst hätte ich sofort angefangen zu weinen, und weinen war in diesem Wohnzimmer und in diesem Leben nicht erlaubt, jedenfalls nicht nach den Regeln, die ich selbst für mich aufgestellt hatte. Also versuchte ich mich auf das Baby zu konzentrieren, versuchte, das Baby zu spüren, das Baby war heilig, das Baby war das Einzige, was mir geblieben war. Aber ich konnte das Baby damals nicht spüren, es bewegte sich nicht und strampelte nicht. Ich spürte sein stetig zunehmen-

*des Gewicht, aber nicht das Leben darin. Was ich damit sagen will: Ich
fühlte mich damals völlig allein, und es war ein grauenhaftes Gefühl.*

*In meinem Kopf, irgendwo hinter meinem rechten Auge hämmerte es
dumpf, ein dumpfes Donnern, wie die Wellen eines aufgewühltes Meeres, das man von der anderen Seite einer hohen Düne aus hören, aber
nicht sehen kann, aber man weiß, dass es da ist und unablässig gegen
den Strand anrollt. Dazu Lichtflecken und -streifen am Rande meines
Gesichtsfeldes. Und Übelkeit. Ich stand auf. Carl hörte auf zu reden
und sah mich an, sie glotzten mich alle wie die Paviane an, und ich hielt
mir den Kopf und spürte, wie die Wellen donnerten und immer näher
kamen, sah das Licht an den Rändern flackern, was allem und jedem,
worauf ich blickte, einen hässlichen kleinen Heiligenschein verpasste.
Und ich dachte: Das Hühnchen brennt an, die Kartoffeln brennen an,
und ich hätte laut lachen können. Dann schlugen die Wellen krachend
über mir zusammen, ich torkelte aus dem Zimmer, trieb hilflos in meinem Schmerz dahin. Aber es tat mir nicht Leid, denn ich wusste, ich
war frei, wenn auch nur so lange, wie der Schmerz anhielt. So lange
musste ich über nichts anderes nachdenken, so lange gab es nichts zu bedauern. Ich ging nach oben, schloss die Tür hinter mir ab und legte
mich im Dunkeln mit einem feuchten Tuch über den Augen hin.*

Das war das erste Mal.

11. Januar

Schnee. Nichts zu berichten.

14. Januar

*Kein Strom, warum weiß ich auch nicht. Ich schreibe das hier am Ka-
minfeuer, ich habe nicht genug Holz, bis auf diesen Fleck hier ist es im
ganzen Haus dunkel und eiskalt. Vor einer Weile bin ich mit einer Taschenlampe nach oben gegangen, um ein paar Decken zu holen, und
auf der Treppe habe ich den Halt verloren und wäre beinahe gestürzt.*

*Jetzt habe ich eine Decke über den Beinen liegen und eine andere um
die Schultern gewickelt. Von dem vielen Staub muss ich niesen, mein
Kopf fühlt sich ganz komisch heiß an, der Himmel draußen ist*

schwarz, die Sonne hat sich schon seit Tagen nicht mehr gezeigt, der Mond ist ein elender Feigling.

16. Januar

Heute Fieber, leichtes Frösteln, nicht so gut, danke. Schreibe das hier im Bett, unter mehreren Lagen Decken, und denke: Zu dumm, zu dumm, dass es soweit gekommen ist, ich schäme mich, mich so zu sehen. Hab mir immer was auf meinen Mut, meine Intelligenz und meinen Verstand eingebildet, aber davon ist momentan nichts mehr zu spüren.

Einmal, nachdem du ungefähr ein Jahr weg warst, bin ich einen Tag nach New York gefahren. Bin einfach allein in den Zug gestiegen, nur um irgendwo in deiner Nähe zu sein, habe mich in einen Coffee Shop, dann in den Central Park gesetzt und meine innere Ruhe gesucht. Habe sie aber erst gefunden, als es schon zu spät war. An dem Tag habe ich Unmengen von Menschen gesehen, aber keiner davon warst du.

Meine nicht abgeschickten Briefe würden ein ganzes Buch füllen. Mehr Schnee. Müde jetzt.

5. Februar

Eine Frau hat mir das Leben gerettet.

Corinne Conner ist die Besitzerin dieses Hauses. Ihr Mann, Leland, und mein Vater haben sich fast fünfzig Jahre lang gekannt, vielleicht erinnerst du dich. Jedenfalls ist Corinne immer noch hier, wohnt jetzt aber in einem anderen Haus, weiter unten im Tal. Sie hat hereingeschaut, wollte nur mal nach der neuen Mieterin sehen – hier schließt niemand seine Haustür ab – und sagt, sie hätte mich oben im Bett vorgefunden, wo ich wie eine Geisteskranke vor mich hin gemurmelt hätte. (Ich bin verrückt, hat sie das nicht gemerkt?) Ich hatte über 40 Fieber, aber daran kann ich mich nicht erinnern. Alles, woran ich mich erinnere, ist das Gefühl, in einer Luftblase zu leben, ohne Zugriff auf die Welt und ohne von der Welt berührt zu werden. Irgendetwas hatte sich von mir gelöst und ich sah zu, wie es entschwand, das war alles. Es war nicht schwer. Es war leicht.

Wie sie mich die Treppe hinunter und in ihr Auto geschafft hat, wer-

de ich wohl nie erfahren. Sie ist nicht besonders kräftig. Ich weiß nicht genau, wie alt sie ist, aber ich würde sie auf siebzig schätzen. Das nächste Krankenhaus ist eine Stunde entfernt, dort habe ich eine Woche verbracht, bis sie mich in Corinnes Pflege entlassen haben. Sie wohnt in einem Haus auf der anderen Seite des Flusses, ganz allein, denn Leland ist vor ein paar Jahren gestorben, und sie hatten keine Kinder. Sie hat mir ein eigenes Zimmer gegeben, und da bin ich jetzt, mein Husten dröhnt durchs ganze Haus. Ich habe ziemlich abgenommen, und Corinne kocht mir ständig herzhafte Suppen und Eintöpfe, um mich wieder aufzupäppeln, aber mein Appetit will sich nicht wieder einstellen. Sie hat ein paar von meinen Sachen aus dem anderen Haus geholt, darunter auch dieses Notizbuch, und voilà, hier bin ich, wach, abgemagert, immer noch am Leben, und während ich diese Worte schreibe, frage ich mich, wie es wohl gewesen wäre, wenn ich einfach losgelassen hätte. Ich glaube, es würde mir nicht Leid tun. Dann würde ich dich wenigstens nicht mehr vermissen. Aber ich schulde dieser Frau, die ich kaum kenne, eine ganze Menge, und ich will nicht, dass sie merkt, dass sich jetzt, nachdem das Fieber verschwunden ist, die wirren Träume nachgelassen haben und ich wieder auf mein altes Ich zurückgeworfen bin, die Niedergeschlagenheit allmählich wieder breit macht. Dass ich zwar gerettet, aber nicht wiedergeboren worden bin. So weit ist die Medizin auch heute noch nicht. Ich bin immer noch ich, mit den gleichen Charakterschwächen, die mir das Tageslicht unbarmherzig vor Augen führt: Was ich getan und was ich nicht getan habe, welche Wahl ich getroffen und was für unbegreifliche Fehler ich dabei gemacht habe. Ich glaube, du hast mir noch nie so sehr gefehlt wie gerade jetzt. Tauche eine Hand in mich ein, und du ziehst, wenn du sie wieder herausziehst, dein in tausend Teile aufgesplittertes Bild hervor, all die Minuten, Stunden und Tage, die ich zu meinem Glück mit dir verbringen durfte, und ich weiß nicht, weiß immer noch nicht, ob das eher ein Grund dafür ist, weiterzumachen, oder Grund genug, einfach loszulassen.

10. Februar

Heute hat mich Corinne zu dem kleinen Haus zurückgefahren. In der

Zeit, als ich bei ihr wohnte, hat sie jemanden kommen lassen, der die Heizung repariert hat (sie sagt, sie macht sich Vorwürfe, weil ich krank geworden bin), deshalb sind die drei Heizkörper jetzt einigermaßen handwarm statt eiskalt, außerdem hat sie mir einen Pullover von ihrem Mann mitgegeben, den ich jetzt auch trage. Er muss schon dreißig Jahre alt sein, doch die Wolle ist immer noch leicht fettig und riecht so streng, als wären die Schafe, die vor so vielen Jahren dafür herhalten mussten, irgendwie immer noch am Leben.

Wenn ich morgen früh aufwache, werde ich Corinne nicht in ihrer Küche herumklappern und mit Gaston, ihrem Belgischen Schäferhund, plaudern hören. Sie nennt ihn ihren fröhlichen Schatten – ombre joyeuse – und genau das ist er auch. Als ich in dieser ersten Woche ständig zwischen Wachen und Schlafen lag, hörte ich sie ständig leise mit ihm reden, und einmal, als sie dachte, ich schlafe, sang sie ihm mit leiser Stimme ein Lied über einen Igel vor.

Sie hat weiches, kurz geschnittenes weißes Haar und schöne Hände. Die Falten in ihren Mundwinkeln lassen sie unsicher und streng zugleich aussehen, obwohl ich glaube, dass sie weder das eine noch das andere ist. Ihre großen, strahlenden Augen übernehmen im Einklang mit ihren Händen einen Gutteil ihrer Konversation.

Wie oft bin ich aufgewacht und habe sie am Fußende meines Bettes stehen und mich einfach nur anschauen sehen, und das war immer, als erwachte man völlig den Erwartungen entsprechend an einem Ort, der bereits genau auf einen zugeschnitten ist, und erst dann wurde mir klar, dass ich im Schlaf geredet hatte. Ich habe sie nie gefragt, was ich gesagt habe, und sie hat es mir nie von sich aus erzählt, aber ich glaube, wir sind uns zum Teil auch deswegen so nahe gekommen, weil ich mich ihr auf diese Art und Weise mitgeteilt habe, ihr die unbewussten Dinge erzählt habe, die ich selbst schon vergessen hatte, an die ich nicht mehr zu glauben wagte oder die ich vielleicht niemals richtig gewusst hatte.

Einmal, als ich aufwachte, stand sie dicht neben mir und schaute mich mit besonderer Aufmerksamkeit an. »Ich habe gerade deinen Vater gesehen«, sagte sie. »Ich habe Louis gesehen.«

Dann erzählte sie mir, wie sie, als sie vierundzwanzig war, in der

Auberge in Carennac bedient hatte, und eines Abends zwei schmucke
»américains« zum Essen hereinkamen und ihr schon bald den Hof
machten. Leland Conner hatte vollendete französische Manieren, aber
es war mein Vater – gut aussehend, geistreich, ein »lächelnder Pessi-
mist« –, in den sie sich verliebt hat. Sie fingen ein Verhältnis miteinan-
der an. Er verschwieg ihr nicht, dass zu Hause in Connecticut ein neu-
er Job auf ihn wartete und er nur einen Monat Urlaub hier verbrach-
te, doch nach ein paar Tagen war die Leidenschaft zwischen den bei-
den so entflammt, dass Corinne überzeugt war, er würde seine Pläne
ändern und bleiben. Sie täuschte sich. Er ging zurück nach Connecti-
cut, nahm die Stelle an und lernte später meine Mutter kennen. Co-
rinne vergrub sich lange in ihren Schmerz, und Leland bot ihr seinen
Trost an. Er war geduldig, geradezu ehrerbietig, und er war ihr treu
ergeben. Sie entschloss sich, wie sie sagte, ihr Herz einer anderen Son-
ne entgegenwachsen zu lassen, und nach und nach trat genau das ein.
Erst war es eine Entscheidung, sagte sie, und dann war es ihr Leben.

Ich habe das Notizbuch jetzt vor mir liegen; das mit den Erinne-
rungen meines Vaters. Auch er hat vor all den Jahren eine Entschei-
dung getroffen, und hier im Anschluss folgt das, was seine Aufzeich-
nungen dazu sagen, mehr findet sich dazu nicht:

Corinne – Französin, hübsch. Spaziergang
auf der Causse m. ihr.
Verheiratet. Denke immer noch an sie.

Manchmal stelle ich mir vor, dass rings um uns alle ein dicker Strick
liegt, wie ein Schlinge. Wir wissen nicht, wer ihn festhält, aber wenn die
Schlinge sich wie von unsichtbarer Hand zusammenzieht, wird der
Radius enger und wir werden gegeneinander geworfen – manchmal
mit verhängnisvollem Ausgang, manchmal leidenschaftlich, manch-
mal auf Lebenszeit, mit weit geöffneten Armen. Aber dann, wenn sich
die Schlinge wieder lockert, schlagen die Kräfte, die uns so eng anei-
nander gedrängt haben, in ihr Gegenteil um. Wir fallen zurück, ein
kleines oder ein großes Stück, je nach dem vielleicht, welche Strecke wir

vorher zurückgelegt haben. Und wenn wir wieder zu uns kommen, befinden wie uns in der äußersten Randzone einer viel zu großen Welt, und zwar allein, so wie Ovid in seinem Exil am Ufer des Schwarzen Meeres, von unserer eigenen Nichtigkeit gedemütigt, voller Sehnsucht nach der vormaligen Nähe und unendlich erstaunt über die Liebe, die wir einst erfahren haben.

Das einzig Gute daran, dass du nicht hier bist, ist, dass du nicht weggehen kannst.

12. Februar

Die Schafe werden nach draußen geschickt, bei Wind und Wetter. Ein Mann aus dem Dorf – ich glaube, es ist der Mann der Frau, die mir die Eier gebracht hat – hütet sie. Ich sehe ihn immer von weitem durchs Fenster, am frühen Morgen oder am späten Nachmittag, wenn er in der Dämmerung die Tiere mit einem langen Stab wie mit einem Taktstock dirigiert. Sie sind zu dumm, um einfach wegzulaufen. Wo sollten sie auch hin? Hat er keinen Sohn, der ihm hilft? Alle jungen Leute sind in die Großstädte gezogen oder zumindest in die umliegenden Kreisstädtchen. Seit meiner Ankunft sind schon sechs Wochen vergangen, aber ich habe sein Gesicht noch kein einziges Mal gesehen.

16. Februar

Seit vier Tagen regnet es ununterbrochen. Der Regen fällt durch den Schornstein herab, und das Feuer zischt wie eine Schlange. Es ist viel zu dunkel, als ob alles mit der gleichen Farbe übermalt wäre, so dass keine Abweichungen und keine Unterschiede mehr erkennbar und sämtliche Sinne taub sind.

17. Februar

Die Feder ist nicht mächtiger als die Hand, die sie hält – das ist mein kleines Epigramm für diese Woche, ich finde es gut. Sieh nur, wie meine Worte eintrocknen, verschrumpeln, schwerelos werden. Ein kräftiger Windstoß würde sie durcheinander wirbeln und eines schönen Tages wird man mich dort draußen auf der Causse finden, wo ich mit zerzaustem Haar zwischen den Steinen der bröckelnden Mauern nach meinen verlorenen Worten suche.

9. März

Hatte eine Zeit lang den Mut verloren. Verzeih mir. Aber jetzt bin ich wieder da, die Hand ist wieder ruhig und greift zu, der Stift bewegt sich.

Gestern Morgen schien die Sonne. Corinne kam unangekündigt in ihrem hellblauen 2 CV vorbei und verkündete, sie würde mit mir in die Stadt zum Markt fahren. Zuerst wollte ich nicht mit, aber ich hatte kaum noch etwas zu essen im Haus und auch schon seit fast einer Woche kaum einen anderen Menschen gesehen, außerdem schien die Sonne, und Corinne bestand darauf, dass ich mitkomme. Also bin ich mir rasch mit der Bürste durch die Haare gefahren, habe den Pullover gewechselt – von dicker Schafswolle zu leichter Schafswolle –, und wir sind losgefahren. Ein oder zwei Stunden Sonnenschein hatten den Dunstschleier über dem Tal vertrieben, zurück blieben Blau- und Grüntöne, der leuchtende Kalkstein und der sich im Licht kräuselnde Fluss. Wir fuhren eine Zeit lang schweigend dahin, bis Corinne erzählte, sie habe schon seit einer Woche versucht, bei mir anzurufen, ob ich weg gewesen sei? Ich sagte nein, wahrscheinlich ist das Telefon kaputt gewesen. Mit einem vielsagenden Blick meinte sie: Aber jetzt geht es doch wieder, oder? Und ich antwortete: Ja, jetzt geht es wieder. Und dann – ich konnte es selbst kaum glauben – lächelte ich sie an, ich wusste gar nicht, woher das kam, ich konnte mich nicht daran erinnern, wann ich das letzte Mal gelächelt hatte. Es passierte einfach, und wir fuhren weiter in Richtung Stadt.

Du erinnerst dich bestimmt noch an die Viehhändler in ihren dunkelblauen Kitteln, den schwarzen Baskenmützen und den kniehohen Gummistiefeln, die sich an einem Ende des Platzes versammeln, drüben am Fluss, und dort ihre Rinder und Schafe versteigern. Hinter ihnen, unter den Platanen, waren mehrere Boule-Spiele im Gange, und in der Mitte des Platzes das Café mit dem abgewrackten Flipper und den vor Langeweile halb durchgedrehten Jugendlichen, und der Produits-du-Quercy-*Laden mit den ausgefallenen* foie-gras-*Dosen und den* eau-de-vie-*Flaschen. Außerdem – aber das war eine einmalige Darbie-*

tung – eine Wohnung im Erdgeschoss, durch deren offenes Fenster ich zufällig eine Frau mit Kopftuch beim Wohnzimmerputzen beobachtete, die mit auffallendem accent das Titellied aus Titanic schmetterte.

Überall wurden Buden aufgebaut, in denen die Leute Kleider, billige Taschen, Haushaltswaren oder Naturprodukte verkauften. Corinne und ich schlenderten an Auberginenbergen vorbei, die wie märchenhafte Kanonenkugeln aufgetürmt waren, an glänzenden, auf zerstoßenem Eis gebetteten Forellen, Käserädern auf Wachspapier und runden, mehlbestäubten Brotlaiben. Zwischen unseren Füßen strolchten Hunde herum, Wasser rann über die Pflastersteine, lautstark wurde FISCH oder KÄSE oder BROT angepriesen, ein Mann mit einer Schürze füllte aus einem Eichenfass Wein in dunkelgrüne Flaschen ab, die seine Kunden von zu Hause mitbrachten. Corinne ging zielstrebig von einem Stand zum anderen, kaufte, was ihr gefiel, und ich kaufte fast so viel wie sie. An jenem Tag meldete sich mein Appetit endlich wieder, was ihr nicht entging, und immer wieder drehte sie sich aufmunternd zu mir um.

14. März

Heute bin ich zu unserer Burgruine spaziert. Ich brauchte eine Weile, um sie wiederzufinden. Zuerst ging ich einen Pfad hinunter, der zu einem Haus führte, wo mir ein kleiner Junge mit schmutzigem Gesicht die Tür öffnete und mich einfach nur anstarrte, ohne ein Wort zu sagen. Sein Gesichtsausdruck war so ernst und sein Gesicht so schmutzig, dass ich schon dachte, er sei vielleicht ein Waisenkind, aber dann sagte er, kurz bevor er die Tür zumachte, mit dünner, hoher Stimme Bonjour, und ich erwiderte seinen Gruß.

Als ich endlich den richtigen Weg gefunden hatte, hielt ich nach der Eselin Ausschau, die wir damals gesehen haben. Wie lange leben Esel? Natürlich war sie nicht mehr da, und dort, wo sie früher gestanden hat, reichte mir das Gras bis ans Knie und war voller Brennnesseln.

Die Ruine war verlassen, genau wie damals. Ich kam zu der Stelle, von der aus man über das ganze Tal sieht, dort, wo du deine Hand unter mein Haar geschoben und in meinen Nacken gelegt hast, und *auch heute war die Sicht wieder klar, die gleiche herrliche Aussicht, und die Burg hinter mir schien mehr oder weniger die gleiche Ruine zu sein wie damals. Für eine Ruine sind dreizehn Jahre überhaupt nichts, glaube ich, ein bisschen Verwitterung mehr oder weniger. In dreizehn Jahren fallen keine Mauern zusammen, verbleichen keine Steine in der Sonne. Da ist eine langsamere, geduldigere Uhr am Werk, eine Uhr, die letztendlich auch die unsere sein wird. Aber bis dahin, egal wo wir sind oder nicht sind, spüre ich die Zeit lieber, als sie nicht zu spüren, mir ist es lieber, zu wissen, wie sich dreizehn Jahre ohne dich anfühlen, als die lange Sicht, die historische Perspektive einzunehmen, die Uhr, die nach der Ewigkeit geht. Ich bin lieber schwach als stark, wenn stark sein bedeutet, wie eine Mauer zu sein, die vier Jahrhunderte braucht, um zusammenzubrechen, und noch einmal vier, um weiß zu werden. Ich bin zusammengebrochen und weiß geworden, und es hat nicht so lange gedauert. Ich weiß genau, wie lange es gedauert hat.*

19. März

Nach dem Abendessen gestern bei Corinne saßen wir noch vor dem Kamin. Gaston lag ausgestreckt zu unseren Füßen auf dem Boden, und mit einem Mal ließ sie die Hand sinken und legte sie ihm auf den Kopf. Einfach so. Die Berührung ließ ihn aufblicken, als erwarte er etwas, oder als lausche er aufmerksam auf etwas, das sie ohne Worte sagte, und sie, seinen Blick erwidernd, sagte leise: Je te donne la main, Gaston, ich gebe dir die Hand, woraufhin er den Kopf wieder ablegte und einschlief. Danach war es still im Haus, bis auf sein Atmen, das Feuer im Kamin und den Wind draußen.

Bald darauf fing ich an, zum ersten Mal von dir zu erzählen. Nachdem ich einmal angefangen hatte, redete ich immer weiter, und Corinne saß einfach nur da und hörte zu.

24. März

Es ist immer noch nicht warm in diesem Teil der Welt, aber nicht mehr ganz so kalt. Man muss nicht mehr so gegen jeden einzelnen Tag ankämpfen wie noch vor kurzem. Streckenweise muss man überhaupt nicht kämpfen, und ich merke, wie mich eine unerklärliche Zuversicht durchströmt, die vielleicht einfach aus der Hoffnung besteht, die nach Sonnenflecken sucht, wo, seitdem du aus meinem Leben gegangen bist, nur noch Dunkelheit herrschte.

26. März

Ich hatte nie vor, dir diese Seiten zu schicken. Sie waren nur für mich gedacht, verstehst du, nicht für dich. Aber inzwischen – verzeih mir, meine Liebster – fange ich an, diese Absicht in Frage zu stellen.

Ich bin vor kurzem aufgewacht und habe mir vorgestellt, wie du diese Worte liest. Habe mir dich mit einer Deutlichkeit vorgestellt, die nur jemand zustande bringt, der dein Bild in sich trägt, dein Gesicht, deinen Körper kennt, besser als sich selbst, und ich habe mich gefragt, was du wohl denken würdest, nachdem du meine an dich gerichteten Worte gelesen hast, und was du dann tätest.

Vielleicht nichts. Das ist das Risiko, wenn ich sie abschicke, ein gewaltiges Risiko, finde ich.

Vor meinem inneren Auge sehe ich jetzt das Gemälde von Burne-Jones mit der jungen Frau, die eine Kugel in der Hand hält, mit dem mittelalterlichen Spruch darauf: »Wäre nicht Hoffnung, bräche das Herz.«

Wie stark sich unsere Herzen doch gezeigt haben, Julian! Wie stark und seltsam zuversichtlich, und wie rätselhaft.

29. März

Der Frühling kommt zeitig, in den Bergen hat das Tauwetter eingesetzt, die Dordogne führt Hochwasser. Ich gehe überall zu Fuß hin und bin zum ersten Mal froh darüber, kein Auto zu haben. Ich habe einen Weg von mir bis zu Corinnes Haus ausfindig gemacht; er führt ungefähr anderthalb Kilometer den steilen Pfad hinunter, dann zwischen mehreren Feldern hindurch und über eine kleine, baufällige Römerbrücke. Von dort aus ist es weniger als ein Kilometer bis zu der Mauer um ihren Pflaumengarten, an der mich Gaston regelmäßig begrüßt und bellend bis ins Haus begleitet, als wäre ich ein zu Besuch kommen-

275

der Würdenträger. In der Abenddämmerung sieht er wie mein Schatten aus. Wenn es sich mit dem Essen zu sehr in die Länge zieht oder das Wetter umschlägt, bleibe ich über Nacht in dem Zimmer, in dem ich von meiner Krankheit genesen bin. Es kommt mir mittlerweile schon wie mein eigenes vor. Die Wände sind hellblau, der Bettbezug ist gelb, vor dem Fenster der kleine Obstgarten mit den Pflaumenbäumen und ihren weißen Blüten.

2. April

Wenn ich es mir aussuchen könnte, würde ich dir meine Augen geben, wie ich sie heute Morgen in meinem Haus, das auch das deine ist, aufschlug. Vom Schlafzimmerfenster aus sehe ich die Schafe hinausziehen. Ihre Schritte sind jetzt leichter; den ganzen Winter über, als es nichts als kahle Stoppeln zu fressen gab, haben sie sich wie Strafgefangene dahingeschleppt, aber das ist jetzt vorbei. Das neue Gras, das überall sprießt, ist zart, fast durchscheinend, und ihre wiederkäuenden Mäuler senken sich immer wieder zum Boden. Der vom Sonnenlicht durchflutete Nebel unter ihnen löst sich auf, verwandelt sich in Himmel, der Fluss schimmert hindurch, zentriert das Tal und verrät mir, wo ich bin.

Ich bin hier. Die dunkle, geharkte Erde rings um die Walnussbäume wie ein riesenhafter Daumenabdruck; die moosbedeckten Wurzeln und der schwarze Humus in den Krüppeleichenhainen; die Höhlen und unterirdischen Bäche; die Ziegen oben auf den Felsen; die im Dreck scharrenden Hennen; die Römer verschwunden; die Gallier tot; der Schäfer mit seinem Taktstock sagt: Los, los und hopp, hopp!

Viel zu spät habe ich meinem alten Leben den Rücken gekehrt, meiner Ehe, in der ich dich viel zu sehr vermisst habe, um weiterzumachen, in der ich alles bedauert und nichts mehr erwartet habe. Es war kein Mut, sondern Notwendigkeit. Und jetzt, da ich diese Reichtümer hier gefunden habe, möchte ich sie dir alle schenken.

sieben

Das war der letzte Eintrag.

Ich saß reglos da, das offene Notizbuch an die Brust gedrückt. Es kam mir vor, als wäre jetzt, nachdem ich ihre Stimme auf diese Weise vernommen hatte, ein riesiger Stein von meinem Herzen weggerollt worden, und ich läge nun in dem Krater, den er hinterlassen hat, auf dem noch immer kalten Boden, auf dem sein Gewicht so lange gelastet hatte.

Nach einer Weile erhob ich mich und ging hinaus auf die Terrasse, weil ich sehen wollte, was sie an ihrem letzten Tag gesehen hatte.

Es war früh am Abend, die untergehende Sonne tauchte das Tal in einen schimmernden Glanz. Ich atmete die Luft in langen, tiefen Zügen ein. Vögel zwitscherten in dem alten Eichenhain direkt unterhalb des Hauses. Dahinter lag das karge, geharkte Feld mit den Walnussbäumen, dann ein grasbedeckter Schafspfad, und dahinter erstreckten sich die Hänge mit den ummauerten Viehweiden bis hinunter zum Fluss. Die Oberfläche des Flusses sah aus der Ferne graublau und wie mit einem zartgoldenen Nebelschleier behaucht aus. Weiter im Vordergrund sah ich die Schafe, die sich in einer Ecke der Weide zusammendrängten, ich hörte ihr wie Kinderstimmen klingendes Blöken und den blechernen, unregelmäßigen Rhythmus ihrer Glocken. Ein Mann mit einem langen Stab trieb sie an. In dem Licht, das alles verwandelte, schien der Stab wie ein Taktstock zu tanzen, und die Schafe trugen Umhänge aus Gold auf ihren frisch geschorenen Rücken. Ich sah zu, wie sie durch eine Lücke zwischen zwei Mauern auf einen Pfad hinausgetrieben wurden, der sich durch das Dorf schlängelte. Ich stand da und sah das alles, wie sie es gesehen hatte. Dann ging ich durch das Haus und zur Vordertür hinaus, hinauf zum Tor, an dem die Schafe gerade vorüberkamen. Hier auf der gepflasterten Straße klackerten ihre Hufe wie prasselnder Steinschlag. Sie waren jetzt schon fast zu Hause, gingen deutlich schneller, und an Stelle des müden Klagens erfüllte immer häufiger erwartungsfrohes Blöken die Luft. Der Mann bildete schweigend die Nachhut. Seine Rufe und sein Stab waren jetzt nicht mehr nötig. Als er noch etwa zehn Meter entfernt war, nickte er mir zu, knapp, aber nicht unfreundlich, dann war auch er vorbeigegangen, und die Schafe waren schon ein gutes Stück voraus auf dem Weg zu seinem Hof. Kurz darauf war die Straße wieder leer. Abgesehen von einer muhenden Kuh und dem fernen Scheppern einer Glocke war absolute Ruhe in das Dörfchen eingekehrt. Ich stand, das Notizbuch immer noch in der Hand, am Tor, und war noch nicht so weit, wieder hineinzugehen.

Nicht lange darauf näherte sich vom Dorf her ein Auto. Es wurde langsamer, machte vor dem Tor Halt, und eine Frau mit einer beigen Hose und einem schwarzen Baumwollhemd stieg aus. Eine hagere, eindrucksvolle Erscheinung mit kurz geschorenem weißem Haar und feingliedrigen Händen. Sie musterte mich über die Kühlerhaube hinweg, wobei der Blick aus ihren großen, dunklen Augen langsam von meinem Gesicht zu dem Notizbuch in meinen Händen und dann wieder zurück zu meinem Gesicht wanderte. Die tiefen Falten um ihre Mundwinkel ließen sie auf den ersten Blick streng oder sogar hart wirken. Doch dann veränderte sich ihr Ausdruck. Ein warmes Leuchten des Erkennens und der Zuneigung trat in ihre Augen, und ihr Mund wurde weich.

»Dann sind Sie es also«, sagte Corinne Conner.

acht

Wir saßen vor dem kalten Kamin wie zwei Menschen, die sich schon sehr lange kennen, und sie erzählte mir vieles. In stark gebrochenem Englisch erzählte sie mir, wie sie als Erste nach Claires Tod in das Haus gegangen war und die beiden Notizbücher auf dem Boden neben dem Bett gefunden hatte und wie sie sie mitgenommen hatte, als sie die Handschrift erkannte. Sie beschrieb mir die Ankunft des Ehemannes kurz darauf, seine Arroganz und seine schlechten Manieren, an die man sich in der ganzen Gegend noch jahrelang erinnern würde. Er war in einem teuren Hotel in St. Céré abgestiegen, nicht im Dorf nebenan, und hatte es vorgezogen, nur mit der Polizei zu reden und kein Wort mit den Anwohnern zu wechseln, die womöglich seinen falschen Eindruck hinsichtlich der Umstände ihres Todes hätten zurechtrücken können; aus diesem Grunde hatte sich außer der Polizei auch niemand darum bemüht, mit ihm zu reden. Zwei Tage später war er wieder abgereist und hatte ihren Leichnam, ihre Habseligkeiten und seine falschen Schlüsse mit nach Amerika genommen. Ihr Herz war ihm, nach wie vor, unbekannt geblieben. Seither hatte das Haus wieder so leer gestanden wie vor ihrer Ankunft, nichts war von ihr geblieben außer den Notizbüchern, die Corinne seither mehr als einmal gelesen hatte.

»Ich bringe sie ins Haus zurück«, sagte sie. »Ihre Briefe an Sie. Sie hatte keine Zeit, sie abzuschicken. Ich lege sie in den Schrank, für Sie, wenn Sie herkommen. Ich wusste, dass Sie kommen, denn bei Ihnen ich habe das Gefühl, dass wir keine Fremden sind. Wenn ich gestern zurückkomme, Monsieur Delpon sagt mir gleich, dass Sie sind hier. Also schließe ich das Haus auf und warte. Ich will Sie nicht hetzen. Und jetzt Sie sind hier und kennen die Worte, die Claire wollte, dass Sie sie kennen.«

Sie verstummte. Das offene Zimmer war ein Flickenteppich verschiedenfarbiger Schatten. Während ich noch auf meine Stimme wartete, hörte man oben auf der Straße einen dreirädrigen Lastwagen durch das Dörfchen tuckern und eine alte Frau grüßte laut rufend.

Schließlich sagte ich: »Also glauben Sie ebenso wenig wie ich, dass sie sich umgebracht hat.«

Corinne Conners funkelnder Blick zerschnitt das Halbdunkel, und sie schüttelte den Kopf. In ihren Augen lag Mitleid, vielleicht sogar Zuneigung. Langsam erhob sie sich.

»Kommen Sie«, sagte sie, »ich zeige es Ihnen.«

*

Wir fuhren mit ihrem Auto durch das Dorf zurück. Vor der Auberge stand Delpon mit einem Glas Wein. Als wir vorüberfuhren, hob er feierlich eine Hand zum Gruß, und wir nickten zurück. Corinne folgte der Straße, die den Berg hinabführte. Sie fuhr langsam, wir unterhielten uns kaum, und rings um uns versickerte nach und nach das Tageslicht. Wir überquerten den Fluss auf einer einspurigen Eisenbrücke, auf der anderen Seite stieg die Landstraße mit der Bergflanke allmählich wieder an, und nach kurzer Zeit bog Corinne in einen ausgefahrenen, von Pappeln gesäumten Feldweg ein, der sich wieder zum Fluss hinabwand. Am Ende des Weges stand ein drei- oder vierhundert Jahre altes Steinhaus an einem flachen Hang, an das ein kleiner Garten mit Pflaumenbäumen angrenzte. Die Fenster an der Vorderseite glänzten, als wären sie vom letzten Tageslicht eingeölt worden.

Als wir ausstiegen, kam ein großer schwarzer Hund angesprungen, der laut bellend an meinen Beinen schnüffelte. Corinne hob leicht die Hand, woraufhin der Hund sofort verstummte und ein Stück zurückwich, die samtene Schnauze nach oben gereckt, was aussah, als breitete sich so etwas wie ein Lächeln auf seinem Gesicht aus: der fröhliche Schatten.

Dann bot mir Corinne ihren Arm und führte mich am Haus vorbei in Richtung Fluss. Ihre Glieder fühlten sich zerbrechlich an wie Streichhölzer, doch ihre Schritte und ihre Stimme waren kräftig. Der Hund folgte uns in kurzem Abstand.

Als wir das Ende des Pflaumengartens erreicht hatten, blieben wir stehen.

»Claire kam oft hierher«, sagte sie. »Wie Sie wissen, hatte sie kein Auto. Sie hatte kein Geld. Sie kam zu Fuß, bei jedem Wetter. Sie genoss den langen Spaziergang. *Voilà sa route.*«

Sie streckte den freien Arm aus und malte in der magischen Stunde, die sich rasch mit Schatten füllte, mit dem Finger eine unsichtbare Karte, einen Weg in die Landschaft. Links von den Pflaumenbäumen an einer Steinmauer vorbei, die wuchtig und schnurgerade wie ein Hafendamm verlief, den sanft abfallenden Hügel hinunter und über die dunklen Dachziegel anderer Häuser hinweg (von denen eines bereits verfallen war), bis an die Stelle, wo ein kurzes Stück Fluss wie ein im Morsecode aufblitzender Spiegel aufblinkte. Dann folgten meine Augen ihrem sanft aufsteigenden Finger auf die gegenüberliegenden Seite – über leere, mit Mauern eingefasste Felder, Baumgruppen und weite Grasflächen, die zu dieser Stunde grüner als sonst waren –, bis er schließlich bei dem versteckten Dörfchen angelangt war, wo ich, ein wenig abseits, grau und verschwommen, das mir wohl bekannte Haus mit der Scheune erkannte.

Ich fragte sie, wie Claire über den Fluss gekommen sei.

Corinnes Arm rückte fünf Zentimeter nach rechts und zeigte auf den Fluss. »Dort ist die Metallbrücke für die Autos, auf der sind wir hergekommen. Aber Claire hat verabscheut ihre Hässlichkeit und ihren Krach. Und so findet sie, *un jour*, einen anderen Weg, da drüben …« Der Arm schwenkte wieder ein Stück zur Seite, diesmal nach links, an eine Stelle, die hinter einer Baumgruppe und dem eingestürzten Haus verborgen lag. »Dort ist der Fluss nicht so breit, und genau an der Stelle steht

eine sehr alte Steinbrücke, die noch von den Römern erbaut
wurde. Sie ist in sehr schlechtem Zustand, das Département
hat Schilder aufstellen lassen, auf denen steht: Vorsicht! Nicht
betreten! *En réparation*! Genau das hat Claire gefallen – die
Möglichkeit, sie zu haben ganz für sich allein.«

Corinne ließ den Arm sinken, der allmählich in der Luft angefangen hatte zu zittern.

»Ich erwarte sie zum Abendessen. Sie kommt immer zu
Fuß. Das dauert eine gute halbe Stunde, vielleicht auch eine
Stunde. Und jedes Mal bringt sie mir diese Sachen mit, *petits
cadeaux*, eine Flasche Wein, manchmal Bücher, Steine, die sie
gefunden hat, *n'importe quoi*. *Objets trouvés*, wie eine Unterhaltung zwischen uns. Denn in diesen kleinen Dingen, diesen
hübschen kleinen Dingen, begreife ich sie am ehesten. Verstehen Sie? *Son âme, tout ce qu'elle était*.«

Corinne hielt inne, drehte den Kopf, und sofort tauchte der
Hund neben ihr auf – so schnell, dass ich nicht die geringste
Ahnung hatte, woher er gekommen war. Er blieb neben ihr stehen, lehnte sich kaum merklich an ihre Beine, als wollte er sie
stützen. Sie streichelte ihm den Rücken.

»Ich warte, aber sie kommt nicht. Ich rufe an, aber niemand
meldet sich. *Éventuellement* ich gehe sie suchen. *Je la cherche*.
Nehme Gaston mit zum Fluss. Ich finde die Stelle dort, *la route
qu'elle préfère*, die Steinbrücke, über die der Weg über den Fluss
führt, und direkt darunter das Wasser fließt sehr schnell. Das
Licht ist so wie jetzt, man sieht nicht besonders gut. Aber die
Brücke ich kenne genau. Ich wohne schon mein ganzes Leben
lang hier. Da stehen die Warnschilder, wie immer – *attention, en
réparation* –, und zu dieser Jahreszeit ist der Fluss sehr voll, rei-
ßend, gefährlich. Zu viel Regen vom Winter, und das Wasser
geht sehr hoch unter der Brücke. Die Steine nass, *mouillé*, nicht
gut zum Darübergehen. Und ich sehe, dass an einer Seite ein
Stück fehlt. Gleich neben dem Schild, auf dem *attention* steht,
ist ein Loch, wo vorher Steine waren. Ich sage Gaston, er soll

sich nicht rühren und gehe vorsichtig auf die Brücke. Und es stimmt. An einer Kante ist der Stein weg, ins Wasser gefallen. Und allmählich es dämmert mir. Mir fällt ein, dass ihre Taschen immer schwer sind, von den Sachen, die sie mir mitbringt, und das Wasser ist so hoch, die Strömung so stark, dazu die Dunkelheit. Und niemand da, der ihr kann helfen.«

Corinne hörte auf, den Hund zu streicheln. Sie ließ die Schultern hängen, und jetzt sah sie wie eine alte Frau aus.

»*C'est tout*«, sagte sie mit kummervoller Stimme.

»Und die Polizei?«, erkundigte ich mich.

»Die Polizei?« Mit einem Mal klang ihre Stimme hart, und Corinne richtete ihren Blick wieder auf mich. »Am Tag danach kommt er zu mir, *l'agent de police*. Um mir zu sagen, ein Bauer hat die Leiche gefunden, sie ist fast bis nach Carennac getrieben. Er stellt mir dumme Fragen, die er sich ausgedacht hat. War Claire glücklich? War sie traurig? Hat sie zu viel Wein getrunken? Hatte sie einen Freund, der sie nicht liebte? Und ich sage zu ihm: ›*Pourquoi? Pourquoi vous me demandez ces questions?*‹ Und er antwortet: ›*Parce qu'elle s'est suicidée.*‹ Das sagt er zu mir, in meinem eigenen Haus. Von dem Unfall, der Brücke, die Stück für Stück in den Fluss fällt – kein Wort. Ihm gefällt die tragische Geschichte von ihrem Unglück. Er erzählt mir, sie haben alle möglichen Sachen in ihren Taschen gefunden – schwere Sachen, zwei Bücher, eine Flasche Wein, einen großen Stein, *et cetera*, und das sei Beweis genug, dass sie wollte sich ertränken. Ich nenne ihn einen Dummkopf. Was für ein Wein?, frage ich ihn. Vielleicht eine Sorte, von der ich ihr etwas erzählt habe. Was für ein Stein ist es? Ist vielleicht ein Bild darauf, eine Figur, etwas, das sie mir vielleicht zeigen wollte? Sie hat immer die Schönheit geliebt, den Geschmack des Lebens. Sie konnte nicht genug davon kriegen. Sie wollte mehr vom Leben, nicht weniger. Aber natürlich hat er keine Ahnung, wovon ich rede. Er hört nicht einmal zu. Es steht nicht geschrieben *sur son papier*. Er weiß nicht, warum ich weine. Für ihn ist sie nur eine Leiche – *un objet trouvé*, ohne Wünsche und ohne Verlangen.«

Mittlerweile herrschte tiefe Dämmerung, der Tag neigte sich endgültig seinem Ende zu. Von den meisten Häusern schimmerten bereits Lichter herüber. Nur das halb eingefallene Wohnhaus am Fluss blieb in Dunkelheit gehüllt, und von einem Ende des Tales zum anderen wirkten die eng von Mauern umschlossenen Felder so glatt und undurchdringlich wie ein Überschwemmungsgebiet um Mitternacht. Das Dorf, das Haus und die Scheune – alles war verschwunden.

»Hören Sie«, sagte Corinne eindringlich und nahm meine Hand. »Hören Sie mir genau zu, Julian, und vergessen Sie es nie: *C'était un accident. Un accident.* Claire hatte noch so viel tun wollen. Und schon als sie fiel, kam sie zu Ihnen.«

neun

Das Holz ist in der Scheune. Die Schafe sind für die Nacht in den Stall gebracht. Am Ende des Tages stehe ich auf der Terrasse des Hauses, in dem wir einst zusammen gewohnt haben und schaue zu, wie das Tal mit den Lichtern anderen Lebens wiedergeboren wird, wie der graublaue Fluss, der Claires Seele ist, immer silbriger und leuchtender wird. Bis dann, während die Nacht hereinbricht, ihr Leuchten allmählich nachlässt, und ich sie loslasse.

Danksagung

Ich möchte insbesondere folgenden Menschen danken:

Meiner Agentin Binky Urban, deren Unterstützung und Klugheit mich seit meinem einundzwanzigsten Lebensjahr geleitet hat, und das auch weiterhin tun wird.

Nan Talese, dafür, dass sie so eine brillante Lektorin der alten Schule ist, von der Schriftsteller immer träumen, denen sie aber im wahren Leben so gut wie nie begegnen.

Ileene Smith, deren messerscharfer Leserinnenverstand nur mit ihrer Großzügigkeit als Freundin zu vergleichen ist.

Beatrice Rezzori und der Santa Maddalena Foundation in Donnini, Italien, für die Gelegenheit, ungestört an einem Ort der Schönheit, des Friedens und der Inspiration arbeiten zu dürfen.

Ed Maddox und Zach Goodyear von Choate Rosemary Hall, die mir vor langer Zeit gezeigt haben, was es heißt, ein guter Lehrer zu sein.

Und schließlich meiner Frau Aleksandra, die mir die Erfahrungen und das Bedürfnis zum Schreiben einer Liebesgeschichte vermittelt hat.

CHARLOTTE LINK

Westhill House, ein einsames Farmhaus im Hochmoor
Yorkshires. Ehemals Schauplatz einer wechselvollen
Familiengeschichte – und jahrzehntelang Hüter eines
bedrohlichen Geheimnisses. Bis eine Fremde
kommt und wie zufällig die Mauern des Schweigens zum
Einsturz bringt ...
Raffiniert, suggestiv und dramatisch bis zur letzten Seite!

44436

GOLDMANN

FRANCESCA MARCIANO

Keiner ist wirklich vor dem »mal d'Afrique« gefeit, der verzehrenden Liebe zum schwarzen Kontinent. Auch nicht die Italienerin Esmé, die sich in Kenia niedergelassen hat. Ihr Leben verstreicht ereignislos zwischen Dinnerparties und Cocktails am Pool. Bis sie eines Tages den britischen Kriegsreporter Hunter Reed kennen lernt ...
»Das Bild einer leidenschaftlichen Liebe zu Afrika – spannend und mitreißend!«
Abendzeitung

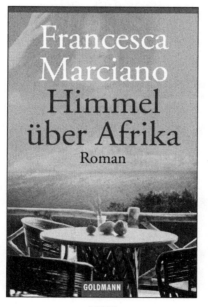

44585

GOLDMANN

*Das Gesamtverzeichnis aller lieferbaren Titel erhalten Sie
im Buchhandel oder direkt beim Verlag.
Nähere Informationen über unser Programm erhalten Sie auch im Internet unter:*
www.goldmann-verlag.de

★

Taschenbuch-Bestseller zu Taschenbuchpreisen
– Monat für Monat interessante und fesselnde Titel –

★

Literatur deutschsprachiger und internationaler Autoren

★

Unterhaltung, Kriminalromane, Thriller
und Historische Romane

★

Aktuelle Sachbücher, Ratgeber, Handbücher und
Nachschlagewerke

★

Bücher zu Politik, Gesellschaft, Naturwissenschaft und Umwelt

★

Das Neueste aus den Bereichen
Esoterik, Persönliches Wachstum und Ganzheitliches Heilen

★

Klassiker mit Anmerkungen, Anthologien und Lesebücher

★

Kalender und Popbiographien

★

Die ganze Welt des Taschenbuchs

★

Goldmann Verlag • Neumarkter Str. 28 • 81673 München

Bitte senden Sie mir das neue kostenlose Gesamtverzeichnis

Name: _____

Straße: _____

PLZ / Ort: _____